北方謙三

Kenzo Kitakata

杳冥

ようめい

チンギス紀 八

目次

チンギス紀

杳冥

ようめい

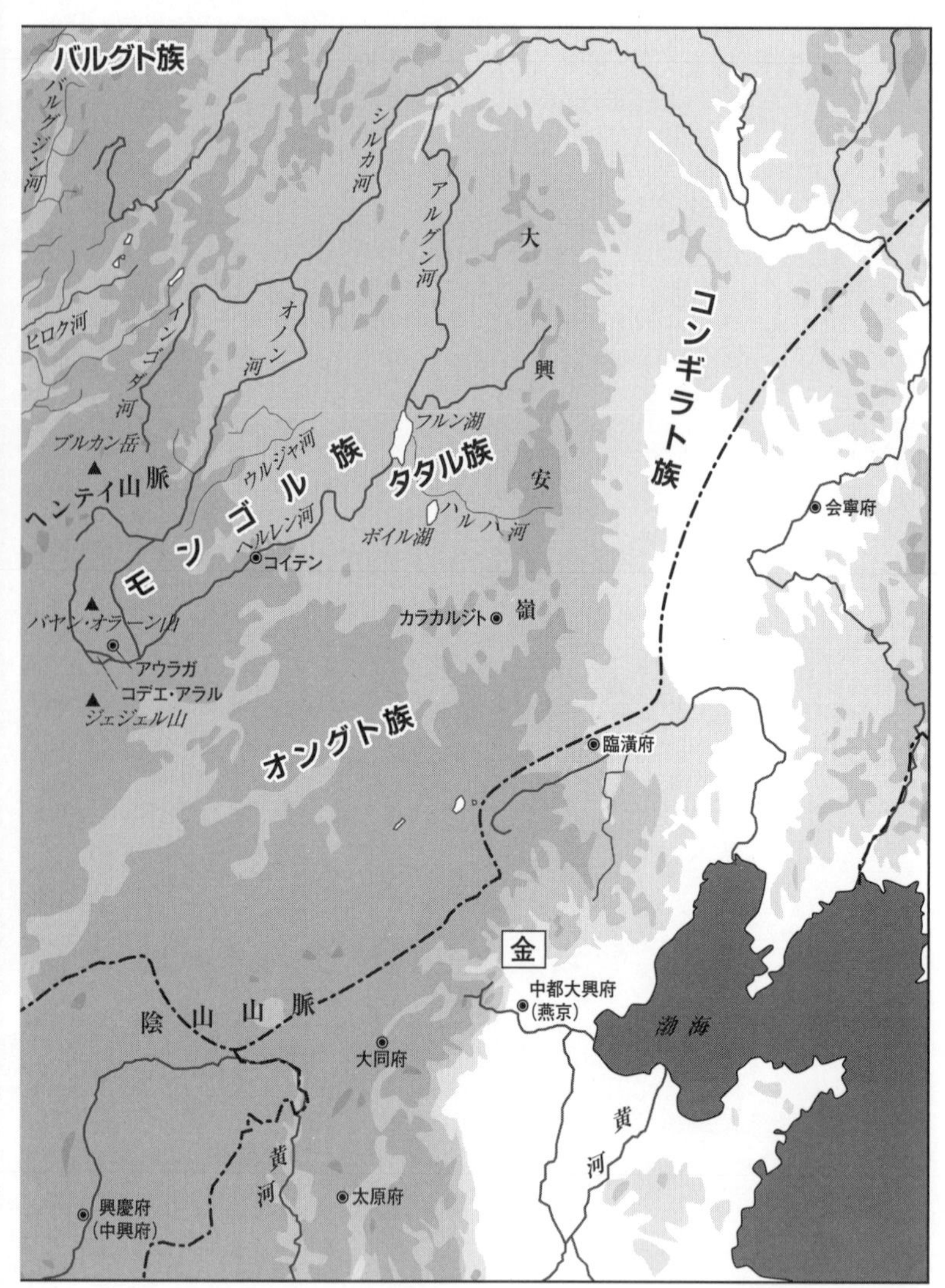

バルグト族
バルグジン河
シルカ河
アルグン河
大
興
安
嶺
コンギラト族
ヒロク河
インゴダ河
オノン河
フルン湖
ブルカン岳
ウルジャ河
モンゴル族
タタル族
ヘンテイ山脈
ヘルレン河
ボイル湖
ハルハ河
会寧府
コイテン
バヤン・オラーン山
カラカルジト
アウラガ
コデエ・アラル
ジェジェル山
オングト族
臨潢府
金
中都大興府
(燕京)
陰山山脈
渤海
大同府
黄河
黄河
興慶府
(中興府)
太原府

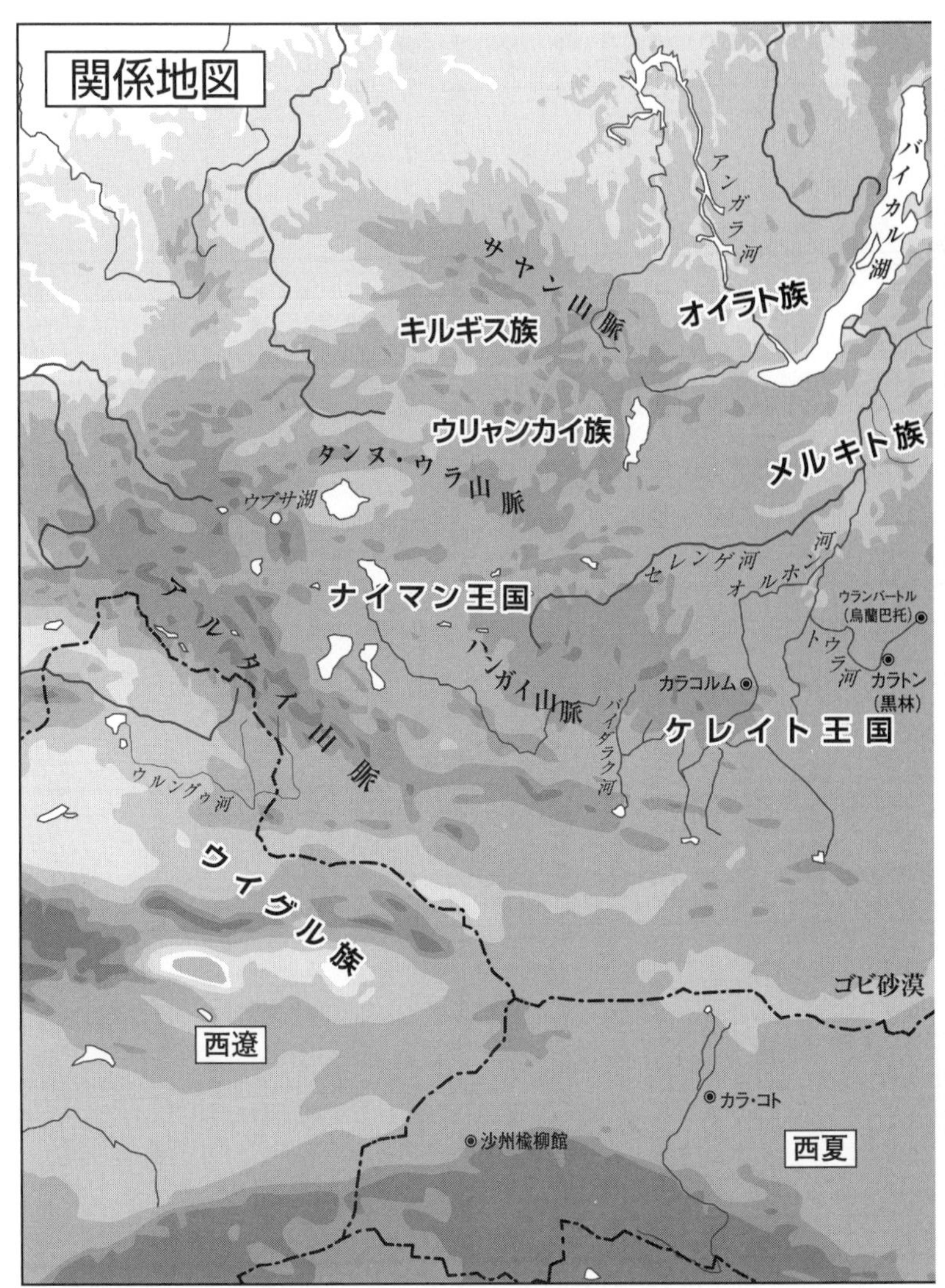

関係地図
アンガラ河
バイカル湖
サヤン山脈
キルギス族
オイラト族
ウリャンカイ族
メルキト族
タンヌ・ウラ山脈
ウブサ湖
セレンゲ河
オルホン河
ナイマン王国
アルタイ山脈
ウランバートル
（烏蘭巴托）
トウラ河
ハンガイ山脈
カラコルム
カラトン
（黒林）
バイダラク河
ケレイト王国
ウルングゥ河
ウイグル族
ゴビ砂漠
西遼
カラ・コト
沙州楡柳館
西夏

テムジン（モンゴル族）と麾下

テムジン……（モンゴル族キャト氏の長）
ホエルン……（テムジンの母）
カサル……（テムジンの弟、次子）
テムゲ……（テムジンの弟、四子）
テムルン……（テムジンの妹でボオルチュの妻）
ボルテ……（テムジンの妻）
ジョチ……（テムジンの長男）
チャガタイ……（テムジンの次男）
ウゲディ……（テムジンの三男）
トルイ……（テムジンの四男）
コアジン・ベキ……（テムジンの長女）
ボオルチュ……（人材を募る任務を担う）
アンカイ……（ボオルチュの副官。医術を学ぶ）
モンリク……（岩山の館に住み、商いを管理する）
ダイル……（モンリクの息子）
アチ……（ダイルの妻）
ツェツェグ……（ダイルとアチの娘）
ジェルメ……（槍の達人）
クビライ・ノヤン……（左利きの弓の達人。左箭（させん）と呼ばれる）
スブタイ……（テムジンに仕える将校）
ジェベ……（テムジンに仕える将校）
ボロクル……（テムジンに仕える将校）
ムカリ……（五十騎の精鋭による雷光隊を率いる）
カチウン……（テムジンの亡弟と同じ名を与えられ、法を学ぶ）
ヌオ……（馬匹や武具を扱う隊の隊長）
ハド……（ヌオのもとで働く男）
バブガイ……（兵站や物資の輸送を担い、船大子（オンゴツ）と呼ばれる）
チンバイ……（故ソルカン・シラの長子）
チラウン……（故ソルカン・シラの次子）
陳元（ちんげん）……（ボオルチュが太原府で見出した鍛冶）
義竜（ぎりゅう）……（元大同府の鍛冶屋でテムジンに仕える）
耶律圭軻（やりつけいか）……（鉄の鉱脈を追う山師）

黄貴（こうき）……（双子の兄。計算を得意とする）
黄文（こうぶん）……（双子の弟。計算を得意とする）
桂成（けいせい）……（アンカイの師。医師）
劉健（りゅうけん）……（薬師）
ヤク……（狗眼（くがん）一族の男）

ジャムカ（モンゴル族）と麾下

ジャムカ……（ジャンダラン氏の長。テムジンと同年）
ゲデス……（ジャムカの前副官）
ホーロイ……（武術の達人で力が強い）
トルゴイ……（ジャムカの元家令）
ドラーン……（トルゴイの息子で家令）
フフー……（ジャムカの妻で、ジャカ・ガンボの姪）
マルガーシ……（ジャムカの長子）
サーラル……（ジャムカに仕える将校）
アルタン……（元テムジンの百人隊長だがジャムカに仕える）
クチャル……（元テムジンの百人隊長だがジャムカに仕える）
一臓（いちぞう）……（六臓党の頭。ジャムカに仕える）

メルキト族

アインガ……（メルキト族を率いる若い族長）
トクトア……（メルキト族を率いる立場をアインガに譲り、森に住む）

ケレイト王国

トオリル・カン……（ケレイト王国の王）
セングム……（トオリル・カンの息子で百人隊長）
ジャカ・ガンボ……（トオリルの末弟。ケレイト王国禁軍を統べる）
アルワン・ネク……（ケレイト王国の将軍）
チャンド……（トオリル・カンの側近）

その他

タルグダイ……（テムジンに滅ぼされたモンゴル族タイチウト氏の長）
ラシャーン……（大柄な女戦士でタルグダイの妻）
サムガラ……（タルグダイ麾下の将校）
ホン……（タルグダイ麾下の将校）
ウネ……（タルグダイの家令）
オルジャ……（タルグダイに仕えていた老人）
鄭孫……（ラシャーンの商いを手伝う男）
蕭源基……（大同府で書肆と妓楼を経営する男）
泥胞子……（蕭源基の妓楼で働く男）
塡立……（蕭源基の妓楼を差配する男）
侯春……（塡立に拾われた孤児の少年。玄牛）
李順……（白道坂一帯の牧で多くの馬を養う男）
宣凱……（沙州楡柳館を統べる老人）
タヤン・カン……（ナイマン王国の王）
ブトゥ……（コンギラト族の男。コアジン・ベキの夫）
ヤルダム……（コアジン・ベキとブトゥの長子）
蕭雋材……（轟交賈を差配する男）
ホシノゴ……（バルグト族の若い長）
リャンホア……（ホシノゴの妹）

雪が孕むもの

一

息はあった。

トクトアは、罠を検分した帰りだった。

「ここまで、抱いてきたのか?」

「馬は、麓で放してやりました」

ラシャーンは、息を乱してさえいない。

「どうやら戦に負けたようだが、それが誰かは訊くまい」

「いえ、私はタルグダイを抱いてきました」

「そうか。ここまで来たのだ。俺のところまで、抱いたまま行くか」

「はい、雪もまだありませんので」

タルグダイの傷は、腹のところが深いように見えた。しかし血の染みがあるわけでもなく、なにかで縛ってあるようでもなかった。そこから、熱のようなものが伝わってくる気がするだけだ。

二刻（一時間）歩いた。

罠に獲物はない。見よう見まねで作った罠で、どこかに欠点があるのだろう。まだ一度も、兎一羽かかっていなかった。

営地のそばの岩で、ダルドが寝そべって待っていた。ダルドがついてくるのは、冬の間の肉を手に入れるため、狩に出る時だけだった。人間では考えられないほど早く、老いてしまう。そして、ものぐさになる。

「御迷惑をおかけします、トクトア殿」

「なんの。負けたらここへ逃げてこい、と俺から言ったのだ」

「逃げてくることに、なってしまいました」

トクトアは、鹿の毛皮を出してやった。

その上に横たえられたタルグダイの躰は、ちょっとびっくりするほど小さかった。負傷が、いっそう躰を縮めたのだろう。

「傷は、塞がっているのか？」

「はい。縫い合わせましたので、三日で出血は止まりました。タイチウト領分内に六日留まり、それから旅に出たのですが、すぐに熱を出しはじめて」

その熱を押して移動したのは、多分、タルグダイの意思なのだろう。

「五日ほど前から、息が苦しそうになり、三日前から、こんなふうに眠った状態です」

「傷の奥の、深いところが」

「わかっています。膿(うみ)を出したら、ゆっくり休ませることができる場所。ここしか思いつかなかったのです」

「俺は、傷の手当てに長じているわけではない。集めた薬草などはあるのだが」

「私が、やります。膿を出し切って、五日は休ませたいのですが」

「五日では無理だぞ、ラシャーン殿」

「しかし、もう雪が来るかもしれません」

「その時は、ここで冬を越せばいい」

「よろしいのでしょうか」

「食いものは、冬を三つ越せるほどある。しかしな、タルグダイ殿は、生き延びるかどうか、際どいところにいると思う」

「死なせません。もともと頑健な人なのです。抱いて歩きながら、私は一度も死を感じませんでした」

「そうか。俺にできることがあれば、言ってくれ」

お湯が必要だ、とラシャーンは言った。

二つの竈(かまど)に火を入れ、鉄の鍋をかけた。

ラシャーンは、タルグダイの上半身を裸にし、それから背中に毛皮を宛がって、躰が横向きになるようにした。

傷は、脇腹だった。見事な手際で、縫われている。糸は抜いてあり、その痕だけがあった。大きく盛りあがり発赤した表面よりも、躰の奥の深いところに、なにか禍々しいものがある、とトクトアは思った。

「血止めの薬草がいるなら、これだ」

トクトアは、陶器の器に木の蓋をしたものを、ラシャーンのそばに置いた。ラシャーンは、見向きもしない。煮え滾った鍋の中の湯に、小刀をしばらく浸けていた。

ラシャーンは、まるで奥を見通すように、傷を見つめている。

ラシャーンの気が、近くにいるトクトアを打ってきた。ダルドが、落ち着きを失った。

はじまるのだろう、とトクトアは思った。

ラシャーンの動きには、微塵の逡巡もなかった。小刀が、白い光を放つ。そして半分ほど、タルグダイの脇腹の中に消えた。なにかを探るように、ラシャーンは小刀を徐々に動かし、それから引き抜いた。傷口から、血が溢れ出す。

ラシャーンは両手で丸い輪を作り、輪の中心に傷口がくるようにして、力をかけた。大きな躰の、体重をかけているようだ。

血と膿が混じって噴き出してきた。ラシャーンの顔にもそれは飛んだ。まったく意に介していない。見開いた眼で、じっと傷口を見ている。

相当の量の膿が出た。両掌がいっぱいになるぐらいはあった、とトクトアは思った。

ラシャーンが、傷口に口を当てた。吸っているようだ。時々、ラシャーンの口から、血が吐き出される。その中に、青白い塊が混じっているのを、トクトアは見た。吐き出されても、それは青白いままで、禍々しいものの正体を見たような気分になった。

ひとしきり傷を吸い、それからラシャーンは針と糸で手早く縫った。白い布を当てる前に、血止めの薬草をひと塊、布に塗った。

腹に布を巻き、しっかり縛った。そんなことも、ラシャーンは軽々とやった。

「終ったな」

トクトアは、タルグダイのそばに、しゃがみこんだ。

「見事な手際だったのかどうか、俺にはよくわからん。ラシャーン殿の肚が据っていることだけは、よくわかった」

トクトアは、タルグダイの首筋に指さきを当てた。

「これは、死なずに済むかもしれないぞ。心の臓の動きが、しっかりしている。さっきまで、頼りなく乱れていたのにな」

ラシャーンは、タルグダイの口の中に、布を入れた。それに、水を垂らしていく。

こんなふうにして、何日か水を補われ続けたことを、トクトアは思い出した。ジャムカに、斬られたのだ。そして、アインガの営地へ運ばれ、手当てを受けた。

タルグダイは死なないだろう、とトクトアは思った。思いが、人を生かすこともあるに違いない。

「しばらく眠り続けるだろうが、眼を醒（さま）した時は、水の代りに肉を煮た汁を飲ませればいい。それは、いつでもあるからな」

「トクトア殿も、重い傷を負われたことがあるのですか？」

「俺は、ジャムカに斬られたのだよ。死ぬところだったが、アインガに救われた」

一度トクトアにむけた眼を、ラシャーンはタルグダイに戻した。

洞穴の中には、さまざまなものがある。アインガが置いていったものだ。

アインガは、背に荷を載せた馬を一頭曳（ひ）いてきて、帰りはなにも持っていなかった。

残された荷の中に、不織布（フエルト）があった。

「これは、天幕として遣える。ここには家帳（ゲル）はないので、せいぜい天幕を張ってみるぐらいだな。あまり動かさない方がいいから、この場に張ろう」

「そうさせていただいて、よろしいですか」

「ほかにも、タルグダイ殿のためにしてやりたいことがあったら、言ってくれ」

「毛皮を、もう一枚だけいただけますか。あまり、風に当てない方がいい、と思うのです」

「鞣（なめ）しがある。まずそれをかけ、その上から俺の套衣（とうい）をかければ、タルグダイ殿も快適でいられる」

鞣した革は嫌いではないので、自分で作っていた。

「これは、いくらなんでも」

鞣した革は受け取ったが、套衣を見て眼を瞠(みは)った。黒貂(くろてん)である。

「やわらかく、暖かい。そして軽い。いまタルグダイ殿の躰には、あまり負担はかけない方がいいだろう」

「でも」

「黒貂であろうが、鹿であろうが熊であろうが、ここでは同じ毛皮だ。俺にとって、物の価値はそんなふうになった」

それでもラシャーンが手をのばさないので、トクトアは自分でかけてやった。

陽(ひ)が落ちてきた。獣脂を遣った灯台があり、洞穴の中で火をつけた。それで、外までいくらか明るい。

ラシャーンは、タルグダイの口の布に、水を垂らし続けていた。

タルグダイは、身動(みじろ)ぎひとつしない。ただ、かすかな呼吸の音が、闇の中でタルグダイの命を、はっきりと感じさせた。

鍋をひとつ温めた。肉と野菜と香料が入っている。

それがくつくつと音をたてはじめると、トクトアは、碗(わん)に注(つ)いで、木の匙(さじ)と一緒に、ラシャーンの脇に置いた。

ラシャーンは、タルグダイの口の布に、水を垂らし続けている。

トクトアは、洞穴の入口の、屋根をつけた下に横たわった。夏でも冬でも、眠るのはその場所である。

柱を四本立てて屋根を支え、壁になる部分は膝の高さぐらいまで石を積んである。石と石の隙間は、粘土で塞いであり、ほぼ完璧に風を遮る。

これは、家のようなものだった。遊牧の民が暮らしたりはしない。畳めないし、移動もできない。寝る場所は木組みで少し高くしてあり、地には不織布、木組みには何枚もの毛皮が敷いてあった。

遊牧の民にとって、地はいつも自分を包みこむ、母のようなものだった。ひとつの場所はただ通り過ぎるところで、たとえ家帳を組んだとしても、それは同じなのだった。

森に入った時から、遊牧の民ではなかった。どんな民でもない、とトクトアは思っている。ひとりなのだ。

翌日、タルグダイは眼を醒さず、それでも水は受け付けているようだった。

トクトアは、ラシャーンとはひと言も喋(しゃべ)らず、ダルドを連れて、営地周辺の見回りをした。しばしば、近辺を虎が通っている。それも、異常なほど大きな足跡だった。

御影(スーデル)は、巨大な虎を追い続けていて、一度は、死ぬ寸前のところまで行った。あの時、御影の傷をトクトアは手当てしたが、ラシャーンのように鮮やかな手際というわけにはいかなかった。御影の傷は、いまもひきつれて残っているようだ。

ラシャーンが、肉の汁を取りに来たのは、さらに翌日だった。

「水で、薄めた方がいいな」

「まだ、自分がどれほど眠っていたかも、わかっていないようです」

「それはそうであろう」

肉汁に水を足し、ラシャーンはそれをいきなり呷(あお)った。自分で飲むのかと思ったが、そのままタルグダイのそばへ行き、口移しで飲ませはじめた。

トクトアは、よそを見ていた。

タルグダイはすぐに眠り、また夜に眼醒めたようだ。二人で、短い言葉を交わしているのが、トクトアの耳にも届いた。

ラシャーンも、ようやく眠れたようだった。

「トクトア殿」

朝になると、タルグダイの声がした。トクトアは、そばに腰を降ろした。

「助けていただいた。礼を申し上げなければなりますまい」

「助けたのは、ラシャーン殿ですな。俺は、毛皮を貸しただけですよ」

「いや、助けていただきました。テムジン軍の掃討があるかもしれないのに、この営地へ留まらせていただいた」

「テムジンは、ここまで来ません。やることは、多過ぎるほどでしょう。山中まで、捜索するようなことは、できませんよ。メルキト族と森については、強い警戒心も持っているでしょうし」

「敗残の身で、お恥ずかしい」

トクトアはなにか言おうと思ったが、言葉が見つからなかった。タルグダイは、眠りに落ちたようだ。

山の、下の方へ出かけ、午すぎに戻った。

弓と槍の手入れをした。槍といっても、小刀を棒の先に縛りつけただけのものだ。

「トクトア殿、闘いですか？」

「この山なみのどこかに、信じられないほど大きな虎がいて、時々、ここのそばも通るようなのです。しかしいまは、相手は虎ではなく、冬眠に入る前の熊です」

「狩に行かれるのですな」

「冬眠に入る前の熊は、躰に養分を多く蓄えていて、肉がうまいのですよ。これから来る雪に埋めておけば、春まで食うことができます」

「ひとりで、闘われるのですか？」

「いや、ダルドと二人で。老いた狼ですが、俺と群を作っていましてね。爺二人で、なんとか狩をやり遂げています」

タルグダイは、水で薄めない肉の煮汁を飲んだようだ。いくらか、血色がよくなったという感じだった。

「ラシャーン、トクトア殿のお供を。おまえが熊を引きつけ、トクトア殿の前まで誘ってくるのだ」

「それは、ダルドがやるよ、タルグダイ殿」

「いや、ラシャーンは、そこそこの強弓を引きますし、剣の腕もなかなかなものです。狩の役には立つと思うのですよ」

「タルグダイ殿が、半日ほどひとりになる」

「俺は、冬眠に入る前の熊の肉を、一度食ってみたいな」

タルグダイがそう言ったので、トクトアは頷き笑い声をあげた。

ラシャーンは、弓矢を持ち剣を佩き、トクトアの後ろからついてきた。

三刻ほど、岩肌を歩いて、いくらか高いところへ行った。森は、岩肌で一度途切れたように見えるが、そこからさらに深い森がはじまるのだ。

「ここで、待つ。熊の通り道だ。気配を殺して待ち、まず矢を射かける。熊の皮は、場合によっては矢を撥ね返すぞ」

「熊を立たせればよいのですね。そして胸のあたりを狙う」

「熊の狩をしたことがあるのか？」

「山中で出会った熊と、闘ったことがあるのです。それほど大きな熊ではありませんでしたが」

「驚いたな。剣の腕だけではないのか」

「弓矢も、多少は遣えます」

「わかった。俺はいつも、二矢射てから槍を遣うが、一矢だけにする。ラシャーン殿も、一矢射ていただけるか」

ラシャーンが頷いた。

「それで、どうやって熊を立たせるのですか、トクトア殿」

「俺たちが」

「不意を討ち、襲われると熊に思わせるのですね。気配に気づく前に姿を見せてやれば、驚いて立ちあがります。射かける機会は、一瞬だと思います」

トクトアは、横をむいた。男以上に、すべてのことができる。こういう女房と一緒に暮らすというのは、どういうことなのだろうか。すべて任せればいい、ということか。男が、それでよしと思えるのか。

「ダルドが、いなくなっています」

「熊が近いと、あいつは逃げる。しかし、熊ではないな」

「虎ですか？」

「俺は足跡しか見たことはないが、信じられないほど大きなやつだ。その虎と闘ったやつを知っているが、払いのけられただけで、死に瀕(ひん)していた。もしその虎が現われたら、ひたすら気配を消して、やり過ごすぞ。俺たちなど、いや森のどういう動物でも、やつにとっては、どうでもいいのだ。腹が減っていないことを祈りながら、やり過ごす」

「わかりました。ダルドは、虎の気配を感じて、消えたのですね」

「そういう消え方だった」

それから三刻ほど、じっと待った。熊が現われ、ラシャーンと同時に矢を射こみ、それが心の臓を射貫(いぬ)いたのか、熊は静止したあと、横に倒れた。

それでも、ダルドは現われなかった。

身を潜めていた場所に戻って、じっとしていた。ダルドはまだ、虎の気配を感じている。

同時に射た矢の、どちらが心の臓を貫いたのか、トクトアはしばらく考えていた。自分の矢だとは、どうしても思えなかった。

ダルドが、どこからか出てきて、熊の屍体のそばに座ったのは、二刻後だった。

「こいつの臆病さが、役に立つこともある」

トクトアは呟きながら、熊の胸に突き立った矢を、引き抜いた。二本とも、心の臓を貫いていた。

「相当に重たいが、運び方は任せてくれ。二人いれば、楽なものだよ」

ほとんどが、緩い下りの斜面なので、その点も楽だった。男を四、五人まとめて運ぶようなものか。

夕刻までには、営地に着いた。

トクトアはすぐに解体をはじめ、ラシャーンはタルグダイに水を飲ませ、傷の点検をしてから、肉の煮汁を口移しで飲ませた。

肝の臓のそばにある、青黒い塊。干せば拳ほどに縮んでしまうが、金国では相当の高値がつくらしい。大事にそれを扱っている自分が、トクトアはいささか滑稽だった。

肝の臓の一部を薄く切って、生で食いはじめたのは、かなり夜が更けてからだった。勧めるとラシャーンは黙って食った。それから、執拗なほど咀嚼したものを、タルグダイに口移しで与えた。

木の実から造った酒があり、焚火のそばでトクトアはそれを飲んだ。できた弱い酒を煮て湯気を取り、それを集めると結構強い酒になる。トクトアは、狩に出ていない時は、毎晩、碗に一杯それを飲む。

「なんでも、作ってしまうのですな、トクトア殿。やることがなにもないので、首だけ動かして、トクトア殿の暮らしぶりを見させていただいた」

タルグダイは、かなり元気を取り戻していた。躰の中の膿が、全部出てしまったのだろう。傷そのものは、一度は癒えたものなのだ。

ラシャーンが、傷口に小刀を刺した時の手際を、トクトアは思い浮かべた。

「なんというのだろう。遊牧の民は思いつかないようなことが、多くありますな。すべて、トクトア殿が作られた。俺は、あのトクトア殿がやったことだと思って、心をふるえさせましたよ」

「作れないものもある」

トクトアは、声を落とした。

「あんたの女房など、絶対に俺には作れませんよ」

「ラシャーンは、俺が作ったのではないしな。はじめから、あんな女だった」

「そうか」

「ラシャーンがいるかぎり、俺は死ぬこともできない。トクトア殿に、わかってくれなどとは言えないことだが」

タルグダイが、笑った。

笑った顔には、意外に愛敬がある、とトクトアは思った。

二

ジョチは、従者を二騎連れていた。

先の戦には、ひとりの兵卒としてカサルの軍に加えられていたというが、領地の中ではそういうわけにもいかないらしい。

「母上、お変りありませんか」

ボルテの前で馬を降りると、ジョチは拝礼して言った。

「戦から、死ぬこともなく帰ってきました」

「傷も、負わなかったのか？」

「大きな傷は、受けませんでした。小さな傷は、数えきれないほどですが」

「死ななければよいのです。死を懼(おそ)れないなどと男たちは言うけれど、死なずにいて欲しいと、女たちはみんな願ってます」

「はい」

「祖母(ばあ)様の営地には、行ったのか？」

「いえ。ベルグティ叔父が亡くなられて、どうしておられるのか、母上に聞いてから行こうと思っていました」

「ホエルン様は、どこも変らぬ。あの方を変えられる者など、この草原にはおらぬ」

「そうですよね。祖母様が変るわけはありません。でも、心の底ではどうしようもない悲しみを抱いておられると思います」

「ジョチ、あたり前のことを言うのではない。普通に振舞われている分だけ、ホエルン様の悲しみはさらに深いのですよ」

「明日、祖母様のところへ行きます。ひと晩、俺を泊めてくださるでしょうか」

「それはもう、何日でも」

　ジョチは、これから忙しくなるはずだった。モンゴル族を統一した、テムジンの長男なのだ。百人隊の指揮、千人隊の指揮を叩きこまれるだけではない。軍をどうやって掌握するか、政事はどうやって行われているのか。そんなことまで、学ばなければならないだろう。

　息子を、四人産んだ。それぞれに、育っている。しかし、二男のチャガタイも三男のウゲディも軍にいて、四男のトルイは叔母テムルンの、つまりボオルチュの営地にいる。これも、軍に入るのは時間の問題だろう。

　息子たちに替って、各地から集まった有力者の子弟が、二十名ほどボルテの営地にいた。そのうちの八名は女で、長(おさ)の妻がやるべきことを、ここで学ぶ。

　ボルテは、身寄りのない子を、ほんとうは預かりたかった。子を持つ親でも、戦で死ぬことは少なくないのだ。

　それについては、ホエルンがずっと以前からやっていることで、同じことをするのを、ボルテは遠慮して避けた。

預かっている子供たちが、雪の中を戻ってきた。剣の稽古と言って、年長の者が男の子だけを連れて、四刻ほど営地を出ていく。

雪は積もっていたが、それほど寒くはない。バヤン・オラーン山が、朔風を遮るからだ。

ジョチが、子供たちの方へ行った。ジョチの姿に気づいて、子供たちはみんな直立する。ジョチは、ひとりが持っていた棒を手に取った。剣の稽古でもつける気なのか。

ボルテは、武術にすぐれた者だけを、育てたいわけではなかった。アウラガ府で働ける者も育てたいと思っていたが、そういう子供はホエルンのもとに集まっている。

有力な家の子は、生まれた時から武術を仕こまれると言ってもいい。強くあれ、というのが、変らぬ考え方だった。

ホエルンのもとに集まる子供は、貧しいだけでなく、家のない者までいた。ボオルチュにとっても、扱いやすい子供が多いのだ。

北のモンリクの館にいた黄文が、ここから五里（約二・五キロ）ほど南に、建物を作っていた。それは、養方所を建てた大工たちがやっていて、金国から来た者が頭だった。

そこでは、読み書きや計算などを教えるようだ。どんな準備をしているか、黄文が話してくれたが、ボルテはもともと読み書きができない。必要だとも思っていなかった。

ジョチは、年長のひとりを棒で打ち倒すと、全員を丸く座らせて、なにか語りはじめた。戦の経験を語っているのだろう、とボルテは思った。

下女たちを呼び、夕餉の仕度をはじめた。

アウラガには、狭いが畠があり、そこで野菜を育てている。種は、隊商に註文していたら、届けてくれた。はじめは、うまく育たなかった。移営があったからだ。

アウラガの営地は動かず、水もあるので、野菜を育てることができる、と思った。それでも、金国から来て、野菜を育てた経験がある者を、ボオルチュに頼んで選んで貰った。

腰の曲がりかけた老人で、鉄音の麦なども、その男が作ったのだという。

野菜は育った。羊肉を煮る鍋の中に、少しずつ野菜を加えた。いまでは、鍋の中で野菜も堂々としている。

テムジンは、金国大同府で、一年余、暮らした経験がある。その時は、野菜も普通に食っていたようだったから、野菜を育てようとしても、それを拒絶することはなかった。

鉄音の鍛冶やアウラガの工房などには、金国から来た人間が少なくない。みんな麦を食べたがった。できれば、野菜も食べたいと言っている。

養方所の食事に野菜を加えたいとは、医師の桂成が言い出したことで、アチもその相談をボルテにしてきた。

アチは、もともと女たちの統轄をしていたが、いまは養方所にかかりきりで、戦のあとなど不眠不休なのだという。

夕餉を、ジョチは子供たちと一緒にとった。この中で、ジョチの部下になる者も、少なくないはずだった。

「戦というのがどんなものか、俺は父上に見せられたのだと思います。まず、自分は自分で守らなければならないと」

「おまえは慎重なところがあった。戦で、それが逆に働かなければいい、と思っていたのだが、慎重になっている暇もなかった、というところかい」

「母上、まさしくその通りなのですが、カサル叔父に、臆病は悪いことではない、と言われました。克服できることだと。克服すれば、臆病ではないと思っている人間より、多くのものが見えると」

「カサル殿が臆病だった、という話は聞かないが。はじめて会った時から、ベルグティ殿と二人で、暴れ回っていた、という感じがありますよ。カサル殿は、ベルグティ殿のことでは、こたえただろう。それで、おまえにもやさしくなったのかもしれませんね」

「いろいろなことがあるものです、戦は。俺には、上にいる百人隊長が見えるだけで、父上のことなど考えることもできませんでした」

家帳の外の焚火。いつもは、こんなところで火を燃やさない。下女たちが、気を遣って焚火を作ったのか。

息子を、四人産んだ。娘も数人。テムジンは、それでよしとしているのだろう。いまは、あまりボルテを抱かない。

時はかかったが、モンゴル族を統一した。

タイチウト氏は、テムジンに忠誠を誓い、ジャンダラン氏の長たちも、服従した。

ただ、タルグダイとジャムカの居所は、わからないようだ。領分は併合したので、二人が大きな力を持つことはない、と思われていた。

時の流れは、テムジンに傾いたのだ。テムジンが、ようやく流れに乗ったのだ、とボルテは思った。しかし、ほんとうにそうなのだろうか。もっとずっと前から、流れに乗っていたのではないのか。それがはじめて見えるかたちになった、という気もする。

テムジンがなにを見ているのか、ボルテは時々わからなくなった。とりあえず、モンゴル族の統一という大それた夢を持っている、と思うことにしていた。しかしそれが、ただの夢ではなく、実現できるかもしれない、ということになった時、モンゴル族の統一は小さな目標にすぎないのかもしれない、とボルテは思った。

自分は、どんな男の妻になったのだろう。このところ、しばしばそれを考える。ともに過ごす時も、ふと気づくと、見知らぬ男がそばにいる、という思いに襲われたりするのだ。

「母上、父上は休もうとはされないのでしょうか?」

「それほど疲れているように、おまえには見えるのですか?」

「俺からは、父上は見えません。カサル叔父もテムゲ叔父も、時々見えるだけです。ただ、戦が終ってからも、休もうとされていませんから」

「もうやめなさい、ジョチ」

ジョチは、自分が疲れを感じているのではないか、とボルテは思った。この間の戦は、はじまってから結着がつくまで、かなり長くかかったのだ。全員が、深い疲労の中にあっただろう。

ジョチは幼いころから、もの事を大袈裟に言い募るところがあった。特に自分に関してで、痛みなどにはあまり耐えず、大人を相手に騒ぎ立てた。

「人の疲れより、自分の疲れでしょう、ジョチ。そしておまえの疲れは、十日最前線で闘い続けることで、ようやく砕けるものですね。おまえの力が出るのは、十一日目からです」

「俺ははじめから、全力を出し切っているつもりです、母上」

ジョチが全力を出して疲れ果てたと言った時、大抵はまだいくらか余力を残していた。死域へ追いこむべきだと思ったが、周囲に男たちは多くいた。女の自分がやることではないだろう、と考えてしまったのだ。

「父上の疲れを、言ってはなりません。私の夫、おまえの父は、しばしば人ではなくなるのですからね。だから、人としての疲れなど、なにほどのこともないのです」

「はあ」

「そのうち、思い知ります」

ジョチが、声をあげて笑った。

普通の兵が聞けば、ふるえあがる。ジョチはそれを、冗談と受け取る。それだけ、甘やかされている、ということか。

「ブトゥ殿が、調練に参加するために、アウラガにむかっている、という話です。ここにも来るかもしれませんね」

コアジン・ベキが息子を産んだ、と知らせが来たのは、一年以上前だ。テムジンとボルテにとっては、はじめての孫になる。

雪があるので、夜が更けても、闇は浅いものだった。ジョチが、焚火に細い薪を足した。何度か、爆ぜる音がした。

ジョチが、ボルテに眼をむけ、どういう意味なのか、小さく頷いた。ボルテは、いくらか大きくなった焚火の焰を見ていた。

いまジョチは、テムジンの長男ではなく、ボルテの息子でいたいのだろう。そういう思いを、受け止めてやった時期もある。

しかしかわいげというより、どこか小さかった。いまボルテの前に拡がりはじめた、テムジンの人生の、圧倒してくるような無気味さと較べると、とるに足りないものとも感じられる。

「明日は、祖母さまの営地へ行ってみますよ。移営をしなくなってから行くのは、はじめてです」

なぜ移営をしないのか、ジョチは考えたことがないのか。テムジンの命令に、余計な説明はなにもなかった。

鉄をはじめとした物の生産と、人の暮らしを一体にするためだ、とボルテは思っていた。遊牧の民の暮らしは、それはそれでいいところも少なくないが、生産をなす者と道具を伴えない。

これからは、遊牧だけで生きていくのではない、とテムジンは決めたのだ。民の大部分は遊牧をなすが、生産に関わる者、交易に携わる者は、定住をする。

ボオルチュなどは、生産は部族の力になると考えているところがある。それはテムジンと南で暮らし、それ以後もしばしば南へ旅して、実際に見て学んだことだろう。

物は、ずいぶんと豊かになった。それでも足りない、とテムジンは考えているのかもしれない。生産と暮らしをひとつにすれば、人が足りないということもなくなりそうだ。

「母上、俺はもう眠くなってきました」

「眠りなさい。私は、もうしばらくここにいる」

ジョチは立ちあがり、一礼して客用の家帳の方へ歩いていった。

ブトゥが、コアジン・ベキを伴って来ると先触れが来た。ジョチがホエルンの営地へ行った、翌日だった。

コアジン・ベキは、子供をどうしたのか。やっと歩きはじめた、というところだろう。乳母にでも預けて、勝手に実家に戻ってきたということなのか。

ブトゥは本営に兵を連れてきているという話だが、それでも五十騎でやってくるというのは、大袈裟すぎた。

ブトゥと一頭挟み、並んで進んでくるコアジン・ベキが見えた。

「コアジン・ベキ、おまえは」

そう言ってから、ブトゥとコアジン・ベキが挟んだ一頭の上に、見馴(みな)れないものをボルテは見た。それが、少しずつ幼子の姿になっていった。

「おまえは子供を」

「はい、ヤルダムです。歩きはじめた日から、馬にも乗っています。母上の孫は、なかなかしっかりしていますよ」

コアジン・ベキが笑った。

ブトゥが、子供を抱き降ろし、ボルテに近づいてきた。

気づくと、子供が腕の中にいた。ヤルダムです、とブトゥが言った。ヤルダムは、しっかり眼を開いて、ボルテを見ていた。

「父上もこうして抱かれたのか、コアジン・ベキ」

「束の間ですね。どうしていいかわからないという顔になり、私に助けを求めたりして」

ヤルダムは、しっかり靴も履いていた。

「さあ、ヤルダム。祖母さまの地だ」

ブトゥが、ボルテの腕の中からヤルダムを掬いあげると、地に置いた。それは置くという感じがぴったりで、ヤルダムはしばらく立っていた。

それから、歩きはじめた。

「ここへ連れてこられて、ほんとによかったと思います」

コアジン・ベキが、ボルテを抱擁して言った。

「それにしても、馬とはね、コアジン・ベキ」

「大丈夫ですよ、母上。ブトゥの部下で、器用な者がいるのです。首さえ据れば、落ちないように鞍に細工をするのです。馬の背が、揺り籠のようなものなのですね」

「揺り籠？」

「大人が赤子を抱いて、ゆっくりと動かしてやるでしょう。あんなものです」

歩いていくヤルダムを、ボルテは放っておけなくなった。追いかけて、抱きあげる。

「母上、俺は調練の指揮をしなければならないので、もう行きます」

「泊ってもいかないのですか、ブトゥ殿」

「今日中に帰るということで、父上の許可をいただいたのです。ヤルダムとコアジン・ベキをよろしくお願いします」

「いつまで」

「半月ほどです。冬の間に、俺は領分に戻らなければなりませんし」

半月も、ヤルダムはここにいるのだ、とボルテは思った。コアジン・ベキも一緒だろう。

「下女を二人つけましょう、ブトゥ殿」

「そんなものは要らないのですが、母上のお気持がそれで済むなら」

コアジン・ベキが、ボルテの腕の中のヤルダムを覗きこんだ。

「母上、今度の戦で、俺はデイ・セチェン殿と一緒に動いていました」

「父と」

「戦が終ってから、ヤルダムを会わせることもできました。ヤルダムを抱いて、あちらの曾祖父様は、涙を流しておられました。こちらの祖父様は、不思議なものでも見るように、見つめておられました」

コンギラト族が、大きく動いて三者連合に与しないように、ブトゥが動いている、という話は聞いていた。そこに、父のデイ・セチェンもいたのだ。

テムジンに嫁いでから、ボルテは一度も実家へ帰っていなかった。デイ・セチェンからも、帰れと言ってきてはいない。

父はいくつになったのだろう、とボルテは束の間、考えた。六十は過ぎている。それでも、ブトゥと一緒に動くことができたようだ。元気なのだ、とボルテは思った。

「俺は、戦に出たかったのですがね。殿からきつく禁じられました。コンギラトの地にいよと。その意味もわかりましたので、俺は兵も出しませんでした。コンギラト族の中に睨(にら)みを利かせるのも戦のうちだ、とデイ・セチェン殿に言われましたよ」

「父の言いそうなことです。それで、息災にしているのでしょうか」

「老いてはおられますが、きわめてお元気です。遠い眼をして、ボルテという娘について語られます」

「私は、親不孝な娘ですよ。一度も、父のもとに帰ろうとは思いませんでした」

「デイ・セチェン殿は、娘がテムジン殿の妻であるということが、なによりの自慢なのですよ。コアジン・ベキにも俺にも、母上は誇りなのですからね」

涙ぐみそうになるのを、ボルテはなんとかこらえた。

なにが嬉しいのか、ヤルダムがのどを鳴らして笑った。

「祖母様に抱かれていることが、ヤルダムにはわかったようですよ」

ブトゥが言う。コアジン・ベキも笑った。ボルテは、ヤルダムに頬を押しつけた。

「では母上、俺はこれで。ヤルダムを、よろしくお願いします」

休みもせず、ブトゥは軽やかに馬に乗り、部下に号令をかけた。

五十騎が駈け去っていく。ボルテはヤルダムを抱いたまま、コアジン・ベキを促して家帳に入った。中央の炉に火が入れてあり、家帳の中は暖かかった。

「ブトゥ殿とは、うまくいっているようだね、コアジン・ベキ。父上は、また階を昇られた。どこへ続く階なのか、私にはもう見えなくなった。確かなのは、私も子供たちも、孫も、みんな一緒に昇ってしまうということです。なにもかも、違って見える。こんな景色の中にいたのかと思うようなところに、私たちは立ってしまう」

「父上が戦に勝たれてから、コンギラトの長たちの態度は、これまで見たこともない恭しさでした。負けていれば、横をむかれるのでしょうが」

「変らぬものが、ひとつだけある。わかりますね、コアジン・ベキ。家族だけは、変ることなく続いていくのですよ」

「ほんとうに、そうです。ヤルダムが生まれてから、私は家族というものを、もう一度考えました」

「こういうことは、何度も言うものでもありません」

「母上が言われたこと、私は心に刻みつけておきます」

ヤルダムが、ボルテの膝から肩に這い登ろうとして、不織布の上に落ちた。転がりながら、ヤルダムは嬉しそうに笑っている。

「ブトゥ殿の息子だね」

「甘えるところも、そっくりなのですよ」

テムジンは、ボルテに甘えることはなかった。ただ、ボルテが話をすると、いつもじっと聞いてくれた。

「私たちは、どういう夫を父を、持ったのでしょうね、母上」

「ああいう夫で、ああいう父です」

ボルテが言うと、コアジン・ベキが声をあげて笑った。立って母親の方へ手をのばしていたヤルダムが、交互に二人の顔を見つめ、のけ反って大笑いをした。

三

いままで経験したことがない、深い雪だった。腿（もも）に達してしまうほどの雪は、しばしば体験したが、地がどこにあるかわからないような雪は、はじめてだった。想像したこともない、という気がする。

豊海（バイカル）の畔（ほとり）で、メルキト領の北の端だった。

アインガは、石積みと丸太で作った、小屋の中にいた。小屋には石板で床が作ってあり、外の竈の煙は、すべて床の下を通り、反対側へ出てくる。それで、小屋の中は暖かいのだ。さらに中で炉を燃やせば、套衣だけでなく、上に着た服も脱いでしまいそうになる。

アインガは普通の套衣とは別に、黒貂の套衣も持っている。

少し離れたところに、長屋が三つ作ってあり、そこには麾下の兵が百名いた。五名の従者は、小屋の脇に、雪洞を作って中にいる。

アインガは、ひとりでいることが多かった。

トクトアからメルキト族の族長を受け継いでから、最初の戦だった。負けたのである。しかし、完膚なきまでに叩き潰されたわけではない。メルキト領の奥深くに戻り、そこで軍を整えた。かなり減ってはいたが、軍容を整え直すと、それもあまり目立たなくなった。

いま、兵馬は休ませ、アインガ自身も領地の北で、麾下と冬籠りに入った。麾下は雪中に馬場ともいうべきものを作り、そこで馬を駈けさせる。アインガは、ほとんどそこには出なかった。

情報は、しばしば届けられた。

タイチウト氏は潰滅し、軍の実態はなくなり、驚くほど速やかにテムジンに併合された。もともとモンゴル族なので、併合と言っても、ひとつにまとまったということかもしれない。ジャンダラン氏も、服属したという恰好だった。

タルグダイとラシャーンは、行方が知れない。死んだという情報もなかったので、どこかに潜伏していると考えられた。

ジャムカは、領分に戻ってはいないが、動きは活発だった。砂漠に現われたかと思うと、コンギラト族の中で動き回ったりしている。軍の、最も強固な部分を掌握し続けてはいて、アインガのもとへもやがて現われるというのは、容易に予想できた。三者連合からは、タイチウト氏が欠けてしまったが、ナイマン王国を引き入れることも含めて、ジャムカは軍の立て直しを試みているのだろう。

アインガは、毎日、戦のことをふり返った。何度も、同じ場面を思い浮かべ、正しかったこと、間違っていたことを解析した。

そうやっていくと、戦は身近でありながら、どこか遠いものになった。来る日も来る日も、アルワン・ネクと押し合い、水の中に引きこまれて出られないような思いは、遠くなる。なぜ、押し合いを続けるしかなかったのかを、戦況だけを見て考えられる。

小屋の生活は、不快ではなかった。暮らすのは家帳、ということを疑ったことはなかったが、床というものをアインガは嫌いではなかった。

この小屋は、豊海の畔で農耕をなしている領民が、集まって四日で建ててくれた。材料はあったらしく、組み立てるだけでよかったのだ、と長は言った。

しかし、集落を歩いてみると、ほとんどの家はこの小屋より粗末だった。

アインガは、氷が張った豊海を、よくひとりで歩いた。冬のはじめは、氷が薄く危険だと言われたが、一段寒くなると、氷はすぐに厚くなった。馬で駈けることもできる。しかしアインガは、歩くのが好きだった。

時々、氷の上に人々が集まっていることがある。氷に穴を穿(うが)っていて、そこに糸を何本か垂らしているのだ。

魚が釣れていた。川での釣りは見たこともやったこともあるが、湖での釣りは、はじめて見るものだった。糸は、芯に馬の尻尾(しっぽ)の毛を縒(よ)りこんであり、一番下に石の錘(おもり)がぶらさがっていて、途中に鉤(はり)が数本ついている。その鉤のほとんどに魚がかかっていて、一度上げると五、六尾の魚が釣れることになる。

引きあげるところを一度やらせて貰ったが、かなり重たかった。魚はなかなか大きなもので、釣れるとすぐに腹が裂かれ、内臓は穴に捨てられた。それがまた、魚を集めるのだという。

百尾以上釣れる魚は、塩をして干され、冬の間の民の食糧になる。

燻(いぶ)した肉は、この地の領民にとっては、かなり貴重なものなのだという。

「殿、お待ちください」

氷の上を歩いていると、従者のひとりがアインガの馬を曳いてきた。ほかの四騎の従者は、木立のところで待っていた。三騎か四騎以上で、氷上を駈けないように、とこの地の長に注意されていた。

「なにがあった？」

「客人です」

曳き縄は長くとってあり、アインガはまず縄を摑(つか)んで、それから馬を引き寄せた。従者は離れている。

氷上では、馬をできるかぎり離しておく。アインガが部下たちと決めた、自分たちなりの氷上の駈け方だった。もともと、馬がいるべき場所ではないのだ。

アインガは鞍上(あんじょう)に身を置くと、ゆっくりと岸の方にむかった。客人が誰かということは、アインガが訊かないかぎり、従者たちは言わない。知りたいことだけを、アインガが訊く。戦に負けてから、従者たちに徹底した習慣だった。知りたいことだけを知って、なにが見えてくるのか、まだわからない。

アインガは、なにも訊かず、小屋まで駈けた。

十騎ほどの来客だった。焚火のそばに、それを囲むようにして立っている。

「ジャムカ殿」

「アインガ殿か。いきなり訪ねて来て、すまんな。その後どうなのか、気にしていたよ」

アインガは、じっとジャムカを見つめた。ジャムカが眼をそらそうとしないので、アインガはうつむいた。押し負けたというのではなく、睨み合いなどしたくなかっただけだ。

「俺の小屋に来ませんか、ジャムカ殿。話なら、二人だけでしましょう」

ジャムカが、小さく頷いた。

アインガは、小屋に入った。ジャムカも入ってくる。

外の竈には火が入れられ、小屋の中の炉でも薪(まき)が燃えていて、暖かかった。

「これは快適な住(すま)いなのだな。この寒さの中で、どんな暮らしなのかと思っていたのだが。雪洞を作っている者たちもいたな」

「あれは、実はかなり暖かいのですよ。ジャムカ殿は、雪が好きと言っておられたことがある」

「そうさ。俺は雪が好きで、雪洞もよく作った。ただ草原では、これほど雪は積もらないので、雪の深い場所を捜すという具合だったよ。ここじゃ、どこでも雪洞が作れるな」

ジャムカが、老いはじめている、とアインガは思った。それはちょっと驚くようなことだった。

闊達で、老いなどとは無縁で生きている。それが、アインガにとってのジャムカだった。

「砂漠や、コンギラト領を駈け回っておられる、という話は耳に入ってきました」

「コンギラトは、ひとつにまとまれない。オングト族は、態度をはっきりさせない。タタル族の残党は集まったが、大きな戦力にはならない」

「戦力ですか。ジャムカ殿は、ケレイト、モンゴル連合と、戦をしようと思っておられるのですね」

　ジャムカが、アインガを見つめてくる。アインガは、眼をそらさなかった。

「モンゴル族は、ひとつにまとまっているわけではない。俺がいる」

「ジャンダラン氏の領分では、みんなテムジンに忠誠を誓ったようですが。それで、ジャンダラン領もテムジンの領地で、モンゴル族は、領地だけを見ればひとつになりました」

「この地面だけだ、アインガ殿。ジャンダランの、まことに勇猛な男たちは、いまでも俺の旗のもとにいる」

「黒い旗」

「そうだ。俺の旗は、決して色褪せることはない。黒き、誇りの旗さ」

　あの戦の前なら、ジャムカの言葉に心を躍らせただろう。心の中で躍るものが、この地で凍てついた。石なのか土なのか、残骸だけがアインガの心に散らばっている。

「テムジンは、なぜ敵だったのですか、ジャムカ殿」

「敵味方は、変幻の中にあるぞ、アインガ殿。テムジンのひと時の勝利に、われらまで心を奪われてはならぬよ」

アインガは、手を打ち声をあげて従者を呼び、酒の仕度を命じた。

「アインガ殿、俺の心はいまだ戦闘中で、酒など遠くに押しやっているのだ」

「そう言われず。ジャムカ殿の欠点はただひとつ、酒で自分を失ってしまうことを、恐れておられることだった」

「言うなよ、アインガ」

「言いますよ。一族の者たちを、見世物にすることはできませんからね」

「描かれた絵が、決して暮れない夕暮のようなものだ、と俺は思っていない。前の戦の絵は、暮れてしまったのだ。そして、新しい陽が昇る」

「言われていることが、ずいぶんわかりにくくなったのですね、ジャムカ殿」

「新しい戦の絵図を、俺は描きたい」

「その絵に、俺を加えるのは、ちょっと待っていただけませんか」

「ほう、待てか。即座に断るのではないかと思っていたが、考える余地はある、と思っていいのだな」

「性急すぎますよ、ジャムカ殿。メルキトでは、戦の傷をまだ癒しておりません」

「傷を癒している間に、テムジンに併合される。それでいい、と思っているか」

「いま、ジャムカ殿と、戦について語ることは、避けていたいのです」

「極寒のこの地にいると聞いて、すべてを考え直したがっているのだろう、と俺は思っていたよ。

無理に戦に加われとは言わないが、旗幟を定めないままというのは、多分、許されなくなっている。あのコンギラト族でさえ、氏族ごとに拠って立つところを決めつつあるのだからな」

「雪解けまでには、はっきり返事をいたしますよ」

「いまのところ、闘おうと言っているのは、俺だけだ。タタルの残党などはいるが、大した数ではない」

「それでも、闘うのですか？」

「テムジンとは」

「テムジンは、飛躍的に力をのばした、と聞いていますが」

「俺が従っていないにしても、領地から言えばテムジンはモンゴルを統一した。モンゴル族は、メルキト族とも拮抗する力を持っている。それでも、俺はテムジンと闘うよ」

「わかりました」

「ケレイト王国のトオリル・カンとテムジンの同盟も生きている。いまのところ、俺は孤立無援さ」

「流れは、変えられますよ。俺は、ジャムカ殿が流れを変えるところを、見てみたいという気もします」

「しかし、自分ではそこに関わらない、とも思っている」

「雪解けまでには」

「わかった」

ジャムカは、炉のそばの椅子に腰を降ろし、焔に眼をやった。

ジャムカとは、ともに闘った。命運をともにした相手なのだ。それをどう考えるかは、決まっていた。ともに負けた。いまは、その負けを認めるかどうか、という段階だった。ジャムカは認めようとせず、アインガにも認めたくないという思いはある。

男としては確かにそうだが、メルキト族の族長としては、どうなのか。男の意地などは押し殺したところで、決めなければならないことだ。

アインガは、馬乳酒を持ってこさせた。馬乳酒を煮つめる時の湯気を集めた酒は、口やのどが灼けるほど強い。それを出しても、ジャムカは口をつけないだろう、とアインガは思った。

碗二つに、馬乳酒を注いだ。

寒い土地の寒い季節、馬乳酒はなかなかできあがらず、そして酸っぱいものになる。その酸っぱさを、ジャムカは気にしたようではなかった。

村の長が来た、と従者が知らせてきた。

アインガは外で長としばらく話し、小屋の中に戻った。

「ジャムカ殿、明日は移動を控えた方がいいようです」

「ほう、なぜ？」

「天候が崩れ、ひどく寒くなりそうなのです。いま、村の長がそう知らせてきました」

「そうなのか」

「極端に寒くなると、躰もうまく動かせませんよ。俺は一度、経験しました。吹雪にでもなろうものなら、視界がなくなり、雪に埋もれて、春まで見つからないそうです」

「この地で生きている人の意見に、従うべきだろうな」

「明後日の朝、出発されるといい、と思います」

「それなら、アインガ殿とは、充分に話し合う時がある、ということだな」

「話し合う。話す、ということにしませんか。話し合いだと、俺の気持はいくらか負担ですよ」

「われらは戦に負けて、言葉の綾にまで気を配るようになってしまったのかな」

「うむ、俺も言ってから、そんな気分になりましたよ」

　ジャムカは馬乳酒を飲み干した。

「酸っぱい馬乳酒も悪くはないが、これで作った強烈な酒があるだろう。それを所望したい」

「ほう、わかりました。干した魚があります。それを炙ったものを食いながら」

「豊海の魚かな」

「厚い氷を穿って、釣りあげるのです。なかなかの魚だと、俺は思っています」

「草原は、豊かなものだな。いや、ここはもう、草原ではないか」

「木立の間にいい草が生えるので、思った以上に遊牧もなしています。羊群は、せいぜい五十頭単位ですが、それがこの森の中に数えきれないほど拡がっています」

「統治が難しい、というわけではなさそうだ」

「ここの民は、豊海の畔に定住していて、村人の一部が遊牧に出て、帰ってくるのですよ」

「なるほど。定住なら、あらゆることを把握するのが難しくないな」

「メルキトの地は、草原と森と山が入り組んでいるのですが、それでもこの地は異国のような気がしたものです。農耕もなしておりますし」

「冬の雪も、深い」

「まったくです。こんな雪に埋もれて育っていたら、戦に対する考え方も変ったかもしれません」

従者が、酒と炙った干魚を持ってきた。

「ジャムカ殿の、寝場所を」

「それは、部下に雪洞を作らせる。慣れたものなのだ」

「この地の者に、見させます。それでいいですか。雪洞は悪くないらしく、この地でも雪洞で冬を越し、雪が解けたら家帳、という者もいるのです。ただ、雪洞の作り方は、特殊だろうと思います」

「面白いな。確かに、こんな寒いところでは、ただの雪洞ではないのだろうな」

ジャムカが、小さな碗に酒を注ぎ、飲みはじめた。アインガも、革袋に手をのばした。

「いつも、十騎を連れて移動されているのですか、ジャムカ殿」

「もっと南には、百人隊を二つ三つ組み合わせた隊が、いくつか動いているよ」

「はっきり訊いておきますが、先の戦の敗因は？」

「俺の力不足。それからタルグダイ殿の無理。この二つだろう」

「誰が総大将をやるより、ジャムカ殿はふさわしく、力不足でもなかった。タルグダイ殿の無理とは？」

「鮮やかな闘いをやろうとし過ぎたな。泥臭く、無様に見えることを嫌った。そうしていれば、違う展開になった、とも考えられるが」

「タルグダイ殿も、立派に闘われた。あれほどとは、正直、考えていませんでした」

「俺が言っているのは、闘い方さ」

「それなら、俺も」

「いや、よく耐えたな。俺はアルワン・ネクと五分で組み合ったのは、見上げたものだと思う」

「ひたすら苦しいだけの、押し合いでしたよ」

「それでも、すごかったさ」

「駈け回りたかったな、俺は」

「俺も、そうさせてやりたかった」

「戦というのも、なんなのだろう、めぐり合わせというようなものがあるのですね」

「まあ、あるのだろう。敵と味方もな」

ジャムカが、魚を裂いて口に入れた。

「うまいな、これは」

「干す時に、煙にも当ててあるのです。その方が、味が深くなる、という気がして」

「トクトア殿が、よく大鹿の肉に煙を当てていた。メルキト族の、習慣だったな。冬を迎えるための」

「大鹿の肉は、このあたりに運ばれてくるのですよ」

「今年は、作れなかったな」

「そういう年もあるのでしょう。しかし、こうやって魚も獲れるのです」

「農耕もなしている。メルキト族は、豊かなのだろう、と俺は思う」

「それを、族長の俺が駄目にしたかもしれない」

「なにを言う。戦がどうであろうと、民のありようは変らない。豊かなのは民、でいいのではないだろうか」

「そうですね」

アインガも、酒を口に入れた。この酒を飲んで酔う者は多いが、アインガは馬乳酒と同じものだ、としか感じなかった。酔いとは、無縁なのだ。

「俺は、明日も一日、アインガ殿と喋っていられるのだな」

「俺もいま、それを考えていたところです」

三者の連合を組んだ。いろいろな話をしたが、それはすべて戦のためだった。

寒さに閉じこめられたら、戦ではないことを語りたくなるだろう。人というのは、多分、そういうものだ。

戦でアインガが失ったのは、かなりの数の兵だけだった。領地は、前のままだ。それを考えれば、戦はただ、統治という名の支配を考えている、領主だけのものではないのか。民は、家族のひとりを、兄弟を失い、悲しみの上に、さらに悲しみを積みあげただけのことではないのか。

高が悲しみと考えている自分に気づいて、アインガは、束の間、激しく自分を恥じた。民の、ひとつひとつの命を、そんなふうに考えていいのか。

「ジャムカ殿、明日、寒さに閉じこめられながら、肚を割って、話をしてみたいと思うのですが」

「寒さは、時々来るのか？」

「来ますよ。俺も、一度、体験しましたし。ただ、とんでもない寒さが、数年に一度、来るようです。その時は、空気が割れているそうです。外に出かけた人間が、まるで歩いているような恰好で、春に見つかるのだ、と村の長老が言っていました」

「空気が、ひび割れるのか」

「俺も一度、それを体験してみたいのですが、そういう話をしていたら、村の長老にたしなめられました」

「まだ若いのかな、アインガ殿も俺も」

「いいことかどうか、わかりませんがね」

アインガが言うと、ジャムカは白い歯を見せて笑った。

四

暑く、乾涸(ひから)びてしまいそうな夏と、昼間はそれほど変らなかった。しかし陽が落ちると、極端に寒くなる。熊二頭分の毛皮を、兵たちはそれぞれ携行している。それと、金玉を包みこんでおく鞣し革も持っている。冬の砂漠で守らなければならないものは、隊商に聞いた。

ほかに、集められる薪はすべて集め、三頭の駱駝の背に載せておく。

砂嵐が来たら、砂丘の下の風が当たりにくい場所を選び、兵も馬もじっとしてやり過ごす。

テムジンは、アウラガの本営を出て、ひと月ほど雪の中を駈け回り、モンゴル族ではない者たちと接してきた。

春になったら行われる、婚姻の組み合わせを数十は決め、不足している物資を、わずかでも補給してやる約束をする。

モンゴル族の領地には、大きな産物がないので貧しかったが、それは交易をなすことでかなり解消されていた。

砂漠の冬では、急ぐのは禁物だった。目印にする岩が、砂に埋もれていることもあるのだ。

テムジンが連れているのは、ムカリの雷光隊と、チンバイの一行八名だけだ。

チンバイは、砂漠の地図を、もっと詳しいものにする。水場も、できるかぎり多く見つける。

砂漠に雨は降らないが、南の高山の雪解けの水が流れこみ、それは地に深く潜って伏流と呼ばれるものになり、時々、泉として地表に出てくる。

冬の間は、特に泉が必要だった。

「殿、この先に水場があります。日没前に到着できます」

チンバイが、馬を寄せてきて言った。

テムジンが知らない水場も、ずいぶんと見つけられているようだ。

「ダイルの城砦（じょうさい）まで、あと二日というところか」

「はい。最も早く着ける道を選んでおります。いくらか厳しいのですが」

交易のための道も、砂漠には作られているが、そこは荷車も通せるようだ。ただ、危険な場所はすべて迂回（うかい）するので、日数は二倍以上かかる。

ムカリは、前方に二騎の斥候（せっこう）を常に出していた。後方、左右にも時々出している。見かけによらず、用心深いところがある。

まだ陽がある間に、水場に着いた。

馬に水を飲ませ、砂の囲いを作り、鞍を降ろした。焚火を燃やし、兵たちの寝床がそれぞれにできあがったころ、陽が落ちた。

いきなり、寒くなる。テムジンは、躰に熊の毛皮を巻いた。馬の上では不自由だが、ただ寝るためなら、それは暖かい。

「殿、鼠（ねずみ）を獲ったのです。焼いて食いましょうか？」

ムカリが、鼠の尻尾をぶらさげて立っていた。

「そうか。いつの間に」

「岩があると、そこに巣穴があります。俺はそれを見つけるのが得意で、反対側から叩き出して、捕まえるのです。しかし、誰も食いたいという者がいなくて」

どんなふうにして獲るのか、ムカリの言葉だけではよくわからなかった。兵たちはムカリの方を見ず、鉄の鍋に湯が沸くのを待っている。干し肉は、まだかなりあるようだ。

「俺とおまえで、焼いて半分ずつ食うことにするか」

「前に殿から頂戴した香料が、まだ残っていましてね」

テムジンも、袋でそれを持っていたが、ただ頷いた。

ムカリの手際は見事なもので、はらわたも肝の臓だけ残して引き出した。細い薪をとり、それに肉を突き刺した。皮を剝(む)いてしまうと、もう鼠ではなく肉だとしか思えなかった。

香料をふりかけた肉は、すぐに表面が焼けていい匂いがしてきた。

「いまさら食わせろと言っても、誰にも食わせてやらん。食おうと言ったのは殿だけだから、これは俺と殿のめしさ」

タルバガンとも違うが、砂漠にはかなり大きな鼠がいる。干し肉を四つに切ったものより、よほど量はあった。

途中で、ムカリはまた香料をふりかけた。脂と一緒になって焼けると、これまでとは違う匂いをあげはじめる。

テムジンは仰むけに寝て、冷たく光を放つ、半月を見ていた。

「殿、あがりました」

「河か」

「えっ」

「ヘルレン河のことを、考えていた。ずっと東まで、あの河は流れている」

「河を、道にしようということですか」

「いまよりも、ずっと長い道だ」

バブガイが、船大子（オンゴッ）などと呼ばれて、ヘルレン河の水上輸送も統轄している。しかし、船が小さく、載せられる荷の量がかぎられていた。

豊海（バイカル）に、大きな船はいなかったという。

バブガイは、兵站（へいたん）全体の差配をしているので、海へ行ってそこの船を学んでくる余裕もないだろう。

船大工とも呼べる人間を、何人か集めること。こういうことは、まず人だった。

船が輸送に遣えるということになれば、陸上の輸送よりずっと効率がいい。

鼠の肉は、タルバガンほど臭みもなく、さっぱりした味だった。

そばにいるムカリが、口から小さな骨を吐き出している。

「雪が解けたら、また戦ですね、殿」

「大きな戦は、もう終った。ジャムカやアインガがいようと、しっかりとまとまることはできん」

「タルグダイが、二人を結びつけていた、と考えてもいいのですね」

「戦が終ってすべてを眺めれば、そうなのだろうと思える」

「しかしあの二人は、連合すると俺は思っています」

アインガに戦を続ける気があればだ、とテムジンは思った。戦場でぶつかったかぎり、メルキト軍は精強だが、戦がすべてという感じでもなかった。アインガは、戦ならそれなりにやってやろう、という男だろう。

しかし、戦ですべてのことが解決する、と考えている男ではない、という気もする。

覇権を争う戦などに、アインガが燃えることはないだろう。

「戦は、どこかで終ってしまうということはないな。雪が解ければすぐにでも、各地で局地戦ははじまるさ」

「そういう局地戦というやつ、俺は多分、役に立つと思うのですがね」

ムカリは、意表を衝くかたちで、大会戦の役にたった。細かいところでも、効果的な動きをした。五十騎の部隊とは思えない働きであることは、確かなのだ。

先の戦で出した犠牲も、わずかなものだったという。

「殿、俺はこんながさつな男ですから、頭にあることをみんな言ってしまいますが」

「面白いな」

ムカリはがさつどころか、緻密な男だとテムジンは思っていた。がさつは装っているだけである。

「殿は、どこまで戦を続けられるのですか?」

「どこまでとは?」

「俺はテムジン軍をじっと見てきました。兵站の規模、武器製造の能力、馬の備え方、どれをとっても、これから戦をするというような力を感じるのですよ」

「俺は気が小さいので、武器も馬も余るぐらいに備えておきたい。兵を飢えさせたくないので、兵站もしっかりさせておきたい」

「違うなあ。絶対に違うなあ」

「俺が嘘を言っている、と思うのか」

「嘘というより、ほんとうのことの半分しか言われてませんよ。そして俺が訊きたいのは、残りの半分の方です」

「残りの半分は、自分でもわからないのだ。以前はモンゴル族の民と領地のむこうに、ぼんやりとしたものが見えていた。いまはモンゴル族の地に立って、すぐそばにメルキト族やケレイト王国の地が見える。その先に、ぼんやりしたものが、やはり見えているのだ」

「ぼんやりが見えなくなった時、殿の戦は終りなのですか」

「そういうことになる」

「では、終らないのですね」

「終らない？」

「ぼんやり見えているものが、いずれはっきりしてくる、と俺は思うのですよ」

「わからんな」

「そうですね。少なくとも鼠を食いながら話すようなことじゃありませんやね」

「俺は好きだぞ、ムカリ」

「好きな鼠を食らいながら、草原の明日を考えるのも悪くないですね」

「俺がそれほどの玉か。せいぜい、明日のめしを考えるのが似合っているよ」

「めしを考えるのは、すべてを考えるということですよ」

兵たちはすでに、もどした干し肉を食いはじめている。

手に持った鼠の肉に、テムジンはしばらく息を吹きかけた。

アウラガでは、ブトゥが来て、調練が続いているだろう。ブトゥは雪解けまで留まって、調練に打ちこむと言った。その間、コアジン・ベキとヤルダムは、ボルテの営地にいる。

テムジンは、孫との日々の中に、埋没してしまいそうだった。それを避けるために、領内を駈け、コンギラト族の地も駈け、そして砂漠へ出てきた。そうなのだと、自分に言い聞かせた。

しかし、違うという思いも、もう一方にはある。ひたすら駈ける自分。それを抑えることが、どうしてもできないのだ。

鼠に齧りつく。骨を口から吐き出す。小さな骨は噛み砕き、あっという間に食い終えた。

「殿、鼠半分というのは、兵たちと較べて少ないめしです。干し肉も運ばせましょうか？」

「おまえが食いたいだけだろう、ムカリ」

「そうなんです。空腹に耐えられそうもないのです」

「それでも、耐えろ。耐えきれない時は、心に抱いた悲しみを食らい尽せ」

テムジンは横たわり、躰に巻いた熊の毛皮に、砂をかけた。砂漠の冬は、砂でさえ寒さを凌ぐ套衣になる。

砂漠の旅は夜に移動すべし、というのは夏の間の話だった。

陽が昇ると、進発した。

二日で、ダイルの城砦が見えるところに達した。

ダイルが、十騎ほどを率いて、迎えに来た。久しぶりにダイルに会うという思いがこみあげたが、テムジンは仕草には出さなかった。

「ここまで来ると、わずかだが雪もあるのだな、ダイル」

「草原の雪に、似ているのですよ」

「雪を見た時、俺もそう思った」

「ほんとうは、だいぶ違う雪です。ここらの雪は、湿っぽいのです」

ダイルの言う意味を、テムジンは漠然とだが理解した。草原の雪は、払えばそれだけのものだが、こちらの雪は、払っても絡みついてきて、套衣を濡(ぬ)らす。

城砦には、城壁が作られていて、その上に兵たちが並んでいた。高い櫓(やぐら)がひとつ、丸太で組みあげてあり、その上にも五名ほどの兵の姿が見えた。

「なかなか大きなものになっているな、ダイル。おまえの使命は、ここではほとんど終る。百人隊が来る。それは全部で十隊で、すべて戦闘部隊だ」

「殿の思い通りに、事は進んでいるということですか。俺は、アウラガに帰していただけるのですね」

「アチと、そう約束をしてきた。それよりも、モンリクがおまえとの時を欲している、と俺は思う」

「時は、もうほとんど残されていないのですね」

「俺は、あらゆることで、モンリクに支えられたよ」

ソルカン・シラとモンリクは、いい組み合わせだったが、二人とも老い、ソルカン・シラは先に逝った。

ここはこれまで、情報や宣撫（せんぶ）の拠点だったが、これからは軍の南の拠点になる。

城砦の中に家帳はなく、石の土台に柱を立てた小屋が、いくつか並んでいる。階を降りたところに部屋があり、そこは地下の兵糧庫になっていた。

「外へ通じる穴もいくつか掘ってあり、攻城戦のことを多く学びましたよ」

「攻城戦か」

これからはそれが多くなる。騎馬隊で城は攻められないので、歩兵をはじめ、別の役目を負った軍が必要になる。

城砦に、二日留まった。

チンバイは地を這い回り、城砦近辺の細かい地図を作っていた。

三日後、雷光隊と従者五騎を連れて、金国界壕（かいごう）へむかった。

そこを越え、真っ直ぐに南下すると、大同府である。界壕の手前で、連れてきた者たちの大部分は待機させた。

ムカリと従者と、三騎で界壕を通過し、南下した。テムジンは金国軍百人隊長の資格を持っているので、役人に咎（とが）められることもない。

大同府まで、一気に駈けた。

テムジンは、書肆の裏側にある、小さな建物に入った。

蕭源基が寝台で寝ていて、そばに泥胞子が立っている。

「老残の身、躰を起こすこともかないませぬ。見苦しき姿をお許しください、テムジン様」

「蕭源基殿、赤牛が帰って参りました」

「まこと、今生でお目にかかることができるとは。思い残すことは、もうございませぬ」

「そう言われるな、蕭源基殿。俺はこのところ、蕭源基殿と二人で読みおおせた、『史記本紀』をしばしば思い出すのですよ」

「出立の時、それを贈ろうとしたら、いらぬ、とテムジン様は申されたのです。あの言葉は、雷のように私を撃ちました。北の歴史は、自分が作るのだ、と言われた」

蕭源基の眼が潤みはじめていた。

テムジンは寝台のそばの椅子に腰を降ろし、額の傷が目立つようになった、蕭源基の顔を見つめた。そして、草原の情勢をぽつぽつと語った。

泥胞子が、ちょっと口を挟むような仕草をした。

「会うべき時期に、会うべき人と会われる。まこと、テムジン様は、天の時を心得ておられます。いや、テムジン様そのものが、天の時かもしれませんな」

「俺は、時の流れを見失うまいとしているだけですよ、蕭源基殿。時を見失ったという間違いだけは、これまでなかったと思っています」

「まさしく、テムジン様の時が来ておりますぞ」

テムジンは笑って立ちあがり、蕭源基の皺(しわ)だらけの手を握った。

それから部屋を出、裏庭を通って妓楼(ぎろう)の建物の脇の出入口から、入った。泥胞子は外で留まり、ムカリと並んでテムジンを見送っている。

「こちらです」

淡い明りの中に現われたのは、妓楼の男ではなく、狗眼(くがん)のヤクだった。妓楼の男にしか見えないのは、いつものことだ。

石が敷かれた床を歩き、厚い木の扉を押した。そのむこうに、もうひとつ扉があり、小さな部屋に入った。

卓に腰を降ろしていた男が立ちあがり、目礼した。

テムジンも目礼を返し、男の眼を見つめた。

「蕭家(しょうか)の、蕭雋材(しゅんざい)と申します」

「モンゴル族をまとめている、テムジンです」

「いつかお目にかかることになるのだ、と思っておりました」

「沙州楡柳館(さしゅうゆりゅうかん)におられる、宣凱(せんがい)殿から、お名前を聞いております」

「轟交賈(ごうこうこ)は、人に恵まれてここまで来ました。というより、轟交賈は人なのです」

「言われている意味は、わかりますよ、蕭雋材殿」

「テムジン殿は、領地の外にも、駅を作ろうとされていますな。いまだかたちは整わなくても、人は配置しておられる」

「それが駅になり、駅を繋ぐ道ができるまでに、あとどれぐらいの時がかかるだろう、とよく思います」

「これまで準備のために費された時は、長いものだったのでしょう。それがかたちをなすのは、遠い日ではありません」

「そうしようと努力するつもりですが、轟交貫が差配する道と、今後、重なり合うことがあるかもしれません」

「重なるところは、轟交貫の道を遣われればよい。テムジン殿が通される道も、轟交貫で遣わせていただく」

「正直に言わせてください、蕭雋材殿。俺は交易だけでなく、戦も考えて道を通そうとしております」

「それは、駅の位置を見れば、わかります。私は、テムジン殿が、なんのために戦をなさるのかも、見て考えてみますよ」

蕭雋材は四十歳前後に見えたが、ほんとうのところはわからなかった。落ち着いた眼が、深い色を湛えている。

「テムジン殿が、私に会いたいと思われた理由は？」

「ひとつだけ言えば、蕭家と蕭雋材殿に、関心を持ってしまったからです」

「なるほど。私は、モンゴル族々長のテムジン殿に、興味を持ちました」

「なにかを、話し合わなければならない、という気はしません。しかし会っておかなければならなかった、とは思います」

「私もですよ、テムジン殿」

女が、茶を運んできた。

テムジンはそれを口に入れ、知っている味だ、と思った。もともと妓楼で出されている茶で、何度か飲んだこともあったのだ。

「一本の糸」

蕭雋材が言ったので、テムジンは茶を卓に置いた。

「轟交賈をたとえてみれば、と訊かれたことがあるのです」

「道が、糸ですか」

「一本の。どれほど長く入り組んでいても」

「天はひとつ。俺の気持を言ってみればです。天の下の大地も、ひとつでありたい」

「天地はひとつなのですね」

蕭雋材が、ちょっと笑った。

「陳腐な問答になりましたかね、俺のせいで」

「いや、テムジン殿も私も、陳腐な存在なのですよ。これまでの世間にとっては」

「いいことですか?」

「わかりません」

テムジンも、ちょっと笑った。

「蕭家というものは、どこにもありません。私が蕭家であり、私がいるところがそうだ、ということになります」

「俺は、こう申しあげておきましょう。テムジンは、どこにでもいる。天地があるところに、テムジンがいる、と」

「失礼な申しようになるかもしれませんが、いま、私はあなたと似ているに違いない、と感じました」

「蕭雋材殿、これからまたお目にかかることがあるかどうか、わからないと思います。しかし俺は、今日のことを忘れません」

蕭雋材が笑い、テムジンも笑って声をあげた。

五

雪が解けはじめていた。

十ほどの家帳がある。トルゴイという老人が長老だったが、ほとんど口を利こうとしなかった。フフーを見ても、無視しているが、害意を表わすこともなかった。

秋の終りまで、山中にいた。幕舎での暮らしだったが、下女が三名と、護衛の兵が五十騎いた。二十頭ほどの羊がいたが、フフーにはあまり関心がなかった。兵の二名が、その群に草を食(は)ませ、しかし羊は少しずつ減って、数頭になった。

雪が来る前に、ここへ移ってきたのだ。

五十騎の兵は姿を消し、下女もひとりだけになった。水を得るとか、薪を集めるとか、男手の仕事をする者がいなくなったが、集落の男が、フフーが必要とするものを、すべて運んできた。

幕舎よりも、やはり家帳の方が居心地がいい。トルゴイ以外は、フフーに対して従順だと思えたが、親しく接してくる者たちはいなかった。

ただ、トルゴイはマルガーシをじっと見ていることがある。馬を駈けさせている時や、剣に見立てた棒で、岩を打ったりしている時だ。

マルガーシは十五歳になっていた。馬を駈けさせるのも岩を打つのも、自分から言い出してやっていることだ。

止めてもやるので、フフーは諦め気味だった。それに、ジャムカが喜ぶことは間違いなかった。ジャムカは、先の戦で負けたのだという。

負けることはめずらしくない、とフフーは知っていた。生きていればいい。そしてジャムカは生き延びて、何千もの部下と草原のどこかにいるのだという。

勝ったのが、トオリル・カンとテムジンだった。ジャムカがトオリル・カンのような老人に負けたということが、許せないと思った。しかし生きているのだから、ほんとうに負けたわけではない。

「マルガーシ、剣の稽古はいい加減にして、中に入りなさい」

マルガーシには、字を教えていた。フフー自身が、それほど読み書きができるわけではないが、最初から最後まで、なんとかわかる書を一冊持っていて、それで教えていた。

集落は全員が文字とは無縁で、マルガーシが声をあげて書見をしていると、異様なものを見たような眼をする。

「母上、雪はもう二、三日で消えてしまいます。父上は、部下とともに草原のどこかにおられるようですし、俺は捜して会ってこようと思うのです」

「なにを言っている、おまえは。私は父上から、おまえを預かっているのですよ。それが、いま移動を続けておられる父上を訪ねたら、叱(しか)られるのは私です。最初の戦は、父上の劣勢で終ってしまったようです。父上は、いま挽回の方法を探っておられるのです」

「俺が行って、力になるということは、できないのでしょうか」

「子供が行って役に立つほど、戦は甘いものではありません」

フフーが強く言うと、マルガーシはうつむいて家帳に入り、やがて書見の声が聞えてきた。

マルガーシは、大事だった。自分の命そのものだった。いつからか、ジャムカは自分とマルガーシを守るためにいる、と思うようになった。

ジャムカへの愛情は、しっかりと心の中にある。だからジャムカも、命を懸けて二人を守らなければならない。それが家族というものだ、とフフーは思っている。

書見は、二刻ほどで終った。フフーが聞いているかぎり、間違いはなかった。

下女が、夕餉の仕度をはじめた。

五日ほどで食べ尽した鍋には、新しい肉と塩が入れられた。そのまま、外の竈にかける。塩が肉の水気を引き出し、くつくつと煮えはじめる。どこから手に入れたのか、かなりの野草も鍋に入れた。野草が芽を出し、のびる時季になっているのだ、とフフーは思った。

草原の季節は、停滞しているように見えて、ある時に突然変る。それは、ひと晩寝て、起きてみると、違う季節になっている、というほどの唐突さなのだ。

もっとも、予兆のようなものは所々にあって、人々はかなり前から、変化へ対応する準備をする。

石酪（せきらく）を口に入れて、マルガーシが家帳を出てきた。小さな家帳が隣にあり、そこでは馬乳酒を造ったりする。日ごろ遣わないものも、置いてある。

マルガーシが、そこから弓を出してきて弦を張り、引きはじめた。

「そんなことをやって、なにになるのです？」

「当然、力がつくのですよ、母上」

「力は、兵にあればいいのです」

「俺には、なにがあればいいのですか？」

「人をまとめる力。考える力と言ってもいい。おまえには、もともとそれがあるのです。秀でた大将になるためのものが」

「父上のような、大将ですね」

「父上も、自分よりすぐれた大将に、おまえを育てあげるために、闘っておられるのです」

マルガーシは、ちょっと顔を横にむけた。

男同士が庇い合うというのを、フフーはなんとなく知っていた。そういうものに、これまでの人生で何度か出会ったという気がする。それはいつも、フフーがいいと思う方には作用しなかった。

最近、マルガーシはよく言葉を返してくる。戦で避難をしてから特に敏感になり、フフーの言葉の細かいところにも、よくひっかかりを見せるようになった。

「一昨日かな、俺が駈けていると、トルゴイ殿が馬を並べてきました。今年いっぱい、父上は大変だろう、と言っておられました。その間、耐えろ、と俺に言われたのですよね」

「トルゴイ殿が、どこの誰かは知らぬが、ジャムカの息子のマルガーシに、なにか言える立場の人間ではないのです。もしかすると、私たちを追い出したい、と考えているかもしれないのですよ」

「なぜです。家令を長くやった人ですよ。俺たちは、家令といえば息子のドラーンしか知りませんが」

トルゴイがドラーンの父親だと、はじめて聞いた気がする。

幕舎の暮らしから、ここへ移る時、あそこにいる親父はなんでも心得ていますから、とドラーンは言った。それは、父親という意味だったのか、とフフーは思った。

家臣のことについて、フフーはあまり気にしたことがなかった。たとえ家令のドラーンであろうと、その父親が誰かは、知ろうとしてこなかった。

前家令ならば、そう言えばいいのだ。フフーも、言葉遣いや態度を、多少は考えただろう。いまのトルゴイの態度は、他人よりもよそよそしいという感じだった。

「戦は、一瞬で決まったりもするのです。今年いっぱいかかると周囲が思っていても、一戦で結着がつくこともあります」

「まあ、戦ですからね。父上の御苦労も、大変なものでしょう」

「それでトルゴイ殿は、ほかになにか」

「この集落では、三百頭の羊群を飼っているのだそうです。南の方はもう草が生えているので、移営するようです。それに、母上や俺は連れていけない、という話でした」

自分に言わず、マルガーシに言ったのか、とフフーは思った。厄介払いをしようという気なのかもしれない。トルゴイにとって、ジャムカは大事だが、マルガーシや自分はどうでもいい存在なのか。

いや、自分だけが余計者かもしれない。

「二、三日のうちに、軍から隊がひとつ来て、次に住む場所に、われわれを連れて行くそうです。それに同行できずにすまない、という話でした」

「そうですか」

トルゴイがどういう人間か、まったく知らない。ひと冬の間に、打ち解けることができなかったどころか、言葉さえ満足に交わさなかった。知らない人間について、頭からなにかを決めつけるべきではないだろう。

「二、三日うちですね」

「トルゴイ殿は、そうだと」

フフーが黙っていると、マルガーシはまた弓を引きはじめた。

軍の一隊がやってきたのは、二日後だった。

二頭に曳かせた、馬車を連れていた。兵は三十騎ほどだ。

指揮官は、トルゴイの家帳に入り、しばらく出てこなかった。三十名は馬のそばに立ち、御者は乗ったままだ。

指揮官が出てくると、兵が馬車に荷を積みはじめた。

「クチャルと申します。サーラル将軍配下の、百人隊長であります」

「百名はいないのですね」

それにクチャルは、躰があまり大きくなく、いくらか小肥りで、強くなさそうに見える。

「主人は？」

「殿は、数百騎を率いて、かなり北におられます」

「百人隊は、きちんとしているのですか。それとも、このような数になって、無残な姿を晒しているのですか」

こんなことを言うべきではないと思いながら、口に出していた。フフーは、いくらか自分を恥じたが、止められなかった。

「以前は、移動に百人隊が少なくともひとつはついていました。従者や下女たちも」

「申し訳ありません、奥方様。俺の百人隊は、きちんと揃っております。ただ南へ移動する護衛は、この人数で充分だろうと考えられたのです」

「誰が？」

「前副官のゲデス殿です」

「ゲデスは、いまは副官ではないのですか？」

「はい。かなりの傷を負われ、戦はとても無理という状態で、後方の指揮を執っておられます。後方と言っても、いまは動き回っているのですが」

「おまえの隊は、後方の三十人隊か、クチャル」

「俺の隊は、実戦では前方に出ます。それに俺は百人隊を二つ指揮していて、百七十騎は砂漠で野営をしながら、調練に打ちこんでいます」

「二百名のうちの、三十騎ですね。それで、どこへ行くのです？」

「南へ。オングト族の家が、ひとつ見つかっております。戦が落ち着くまで、そこにいていただくそうです」

「わかりました。では、出発しましょう」

いつの間にか、トルゴイがそばに来ていた。集落の人間たちも集まってくる。

「奥方様、倅が腑甲斐ないばかりに、御不自由をおかけします」

トルゴイが、深々と頭を下げた。

差し出された包みを、フフーは受け取った。

「南へ行かれましたら、銭で物が購（あがな）えます。砂金もひと袋、入っていて、それは一年暮らしても余るだけの銭になります」

「そうですか、わかりました」

「本来なら、この草原の王者の妻たる方に、これほどの御不自由をかけ、お詫（わ）びのしようもありません」

「トルゴイ、世話になった」

馬車の中には、二人が座れる席が作ってあった。

「俺は、自分の馬で行く、クチャル隊長」

マルガーシが、そう言っている。

「若様、行程は十日ほどです」

「どうということはない。野営にも、耐えてみたいのだ。だから、なんでもひとりでやらせてくれ」

「わかりました。そういたします」

マルガーシは、旅の衣装を身につけていて、荷も鞍の後ろに縛りつけている。具足はないが、剣は佩いていた。

出発した。深く下げた頭を上げようとしないトルゴイに、フフーはちょっとだけ眼をやった。

この老人と、もう少し仲良くすればよかった、と後悔した。

フフーはすぐに、座席で眠った。マルガーシから、軍が来ると聞かされてから、実のところ眠れぬ夜が続いたのだ。

そうやって、二日目も三日目も、馬車の中にいた。夜は、寝床を作って横たわる。

マルガーシは、兵たちと焚火を囲み、見るからに楽しそうだった。

ジャムカがいまどうしているのか、束の間、考えた。会って、胸の中で休ませてやりたいと思ったが、ほんとうに眼の前にいれば、詰る言葉ばかりが出てきそうだった。

五日目、砂漠と岩ばかりのところで、進軍が停まった。

「おい、道を空けろ。おかしな真似をすると、命を落とすことになるぞ」

クチャルの声だった。

馬車は天幕をつけ、まわりも不織布で覆ってあるので、後方しか見えない。

不織布の間から、フフーは首を出した。

全身が、打たれたようになった。何千という軍勢が、前方を塞いでいる。息を吐き、吸った。落ち着かなければならない。眼を閉じ、眼を開いてから、もう一度、敵の数を数えた。何千というのは、誤りだ。それでも数百はいるだろう。どちらにしろ、こちらの兵力とは較べものにならない大軍だった。

「もう一度だけ、警告する。道を空けろ。でなければ、おまえら全員が死ぬ」

むこうからもなにか返してきたようだったが、よく聞えなかった。

「一番隊、突っこめ。突き抜けて戻ってくる時、二番隊。三番隊は、敵の首魁の首を奪る。はじめ」

クチャルの口調は、ただ進軍を命じたように、低いものだった。

いきなり、十騎が敵に突っこんで行った。

フフーは前の不織布を掻き分け、御者のそばまで出た。

クチャルのそばに、マルガーシがいる。具足もつけていないのに、剣の柄に手をかけている。

クチャルが駈けはじめたら、一緒に駈けていきそうだ。

「戻りなさい、マルガーシ。馬車の中に来なさい。ふざけているのではありません」

叫んだ。

マルガーシが、ふりむき、ちょっと笑ったように見えた。

駈け出す。クチャルの一隊の中に、マルガーシがいる。フフーは何度も叫び声をあげ、馬車から跳び降りようとした。御者が、着物の帯と腕を摑んでいた。いまいましいほど強い力で、フフーはほとんど身動きできなかった。ただ、マルガーシの名を叫んだ。

血を噴き、馬から落ちる兵が、何人もいた。それが、全員、マルガーシに見えた。

しかし、マルガーシは剣を振りあげ駈けていた。そばを、クチャルが駈けている。フフーに見てとれるのは、それぐらいのものだった。

景色が赤く染まったように、血が飛んでいる。フフーは、視界が暗くなるのを感じた。

しゃがみこんでいた。視界が戻ると、フフーはまた立ちあがった。

マルガーシの名を呼ぶ。

クチャルと並んで、戻ってきていた。

マルガーシの眼が、見開かれている。顔が赤い。血なのか。そばへ来た。開いた口で、マルガーシは荒い息をしていた。

「奥方様、馬車は降りられませんように。そのあたりまで、屍体が転がっております」

「クチャル、なんということです。あろうことか、マルガーシを戦場に出すなどと。私は、許しませんよ」

「若様は、いい経験をされました。いまのは、戦ではありません。賊徒を打ち払っただけです」

「大軍の敵に」

「せいぜい百騎です。そして、明らかに数を恃んでおりました」

「マルガーシになにかあったら」

「最初のぶつかり合いで、五十騎に減っておりました。そうなると、相手はもう指揮もなにもありません。打ち払うのはたやすいことでしたが、できるかぎり多く殺し、いまも二十騎に追わせて、殺させています」

フフーは、御者のそばに腰を落とした。

血まみれの兵が、二十騎ほど戻ってきた。

「われらは、一兵も失っておりません。そして若様は、相手の剣を見ても動揺することなく、自分を失われもしませんでした。立派なものです。そして」

「母上、俺は人を斬りました」

マルガーシがなにを言ったか、フフーにはすぐに理解できなかった。

「この手で、この剣で、人を斬りました。クチャル隊長がそばにいたのでできたことで、感謝するしかありません。次には、ひとりきりで斬ってみせます」

「なにを言うのだ、おまえは」

「俺は人を斬り、自分が男であると思いました。父上と母上の息子ですが、ひとりの男でもあります。父上には、お目にかかった時に申しあげます」

マルガーシは、まだ剣を握ったままだった。手も剣も、赤く塗ったようだった。

「タタルの残党でありました。奥方様、進発します」

フフーは、頭の中に、なにも浮かばなかった。

クチャルと並んで駈ける、マルガーシの背中をただ見ていた。

青竜の日々

一

馬の世話を、従者に任せた。

それが五日続いた時、ジャカ・ガンボは自分が死にかけているのだ、と思った。躰ではなく、心が死にかけている。

なぜそうなったのかは、わからない。戦が終り、帰還すると、トオリル・カンはなにかが切れたように、寝台に倒れこんだ。

それでも、何度もくり返される、勝利を祝う宴には、元気そうな顔で出てくるのだ。早目に部屋へ帰そうとしても、酔い潰れるまで飲み続け、輿のようなものに載せられ、衛兵に運ばれる。

トオリル・カンがおかしくなっていると思ったが、自分もまた死にかかっている。

このまま死んでいいのか、という思いもどこからか滲み出している。

一日四刻、馬を駈けさせる。

禁軍の五百騎は、交替でそれについてくる。残った一千騎は、百人隊長たちが話し合って、調練をやる。昨年の戦では、禁軍にもかなりの犠牲が出たので、補充した新兵の調練が必要になっているのだ。

ジャカ・ガンボは、時々はその調練にも立ち会う。百人隊長たちを並ばせ、叱責することもある。新しい百人隊長などは、身を硬くして叱責を聞いている。

すべてが、いつもの通りだった。

従者に馬の世話を任せるところだけが、以前と違っていた。

些細な違いで、従者たちも、おや、という表情をしたが、それ以上深く考えることもなかったようだ。

いまでは、馬を降りて手綱を渡すと、当たり前のように曳いていく。

すべてに、散漫だった。極端な話だが、夕餉の後、なにをやって家帳で過ごしたのか、昨日のことでさえ、思い出せないのだ。

アルワン・ネクはどうしているのか、と時々考えた。

必要な補充を冬の間に終えると、自ら新兵の調練を指揮しているという。

禁軍は常駐なので、いくらでもやり直しはきく。本軍の兵は召集されて集まってくる者たちがほとんどなので、できる時に徹底して調練をやっておかなければならない。

本軍の常駐は一千騎ほどだが、戦時の召集では三万以上が集まる。

トオリル・カンは、草原の覇者だった。それを考えると、召集で集まる兵は、四万を超え、五万に近づくのかもしれない。

召集のやり方は相変らずで、なにか工夫をしようという気はないらしい。

勝ったのだ。勝てば、なにもしなくても兵は集まってくる。そういう時に、必ず召集に応じなければならない仕組みを、作ることはできないだろうか。

テムジンも、勝った。そしてタイチウト氏やジャンダラン氏の領分を併合し、モンゴル族を統一した。テムジンが得たものは、トオリル・カンが手にした覇者という名より、実はずっと大きい。

召集の仕組みも、まったく新しいものにしたようだから、三万の兵はあっという間に集まるはずだ。

テムジンは、勝ちを逃がした者のように、冬の間、方々を駈け回っていた。正確には、どこへ行ったのかすべてはわからないが、コンギラト族の地を訪（おとな）い、南の、金国界壕のそばまで行ったことはわかっている。

砂嵐で砂に埋もれ、それでも嵐が去ると上体は出ている。そんなふうに見えなくもないが、実は砂の下にとんでもないものが育っていて、ある時、それが姿を現わす。ジャカ・ガンボは、しばしばそういう思いに駆り立てられた。

「具足。馬の用意」

ジャカ・ガンボは声をあげていた。

従者がひとり、家帳に飛びこんできた。

「禁軍は、出動いたしますか？」

「せぬ。供は、おまえたちだけでいい」

別のひとりが、具足を抱えてきた。

外へ出ると、すでに四頭の馬が並んでいた。

「アルワン・ネクの軍営だ」

一騎が、先導するように駈けた。

芽吹いた草の中を、二刻進むと、並んだ幕舎が見えた。幕舎は十ほどで、将校がそこにいるはずだった。

幕舎のそばには衛兵が二名いて、誰何（すいか）してきた。

「禁軍総帥（そうすい）である。アルワン・ネク将軍は？」

従者が、大声を出した。

幕舎から、二名飛び出してきて、直立した。

「ジャカ・ガンボ将軍。アルワン・ネク将軍に、すぐ知らせます」

「慌てなくてもいいが、呼び戻せるなら、そうして貰おう」

将校のひとりが、上にむかって火矢を射た。ジャカ・ガンボは、馬を降りた。

「丘のむこうの調練ですので、いまので伝わります」

しばらくすると、丘に三騎が現われた。鉦が打たれたが、その前に三騎はこちらへむかって駈けていた。

「なにかありましたか、将軍」

「いや。ちょっと会ってみたくなった。それだけさ」

トオリル・カンの弟ということで、アルワン・ネクの口調は丁寧になっているようだ。軍総帥の方が、禁軍総帥よりも上だ、ということになっていた。

「アルワン・ネク殿。まあ、酒は置いていないだろうから、水を貰うかな」

「では、俺の幕舎で」

アルワン・ネクは、中央の幕舎に入った。中には、卓と椅子があり、寝台がひとつ作ってあった。

「あるのですよ、ジャカ・ガンボ殿」

アルワン・ネクは表情も変えずに言い、革袋を卓に置いた。椀も、二つ出してくる。

「あまり飲まなかったはずだが」

「それが、冬になったころから、飲みはじめましてね。それからは、幕舎でひとりになると、飲んでいますよ」

アルワン・ネクが、椀二つに注ぎ分けた。透明な酒の、強い匂い。

「これを、毎晩飲んでいるのか」

「酔うまで、飲んでますよ」

「調練の方は、どうなのだ？」

「冬の間に、補充の新兵を集め、そいつらを走らせるところからはじめています。みんな持久力がありませんでね」

一瞬の力より、持久力が兵には必要だった。新兵は、数カ月の調練で、多少は持久力を上げ、遊牧に戻っても、それを維持しようとする。人間の躰とはそんなふうにできているらしく、遊牧の地で、馬の代りに駈けたりするのだ。

「くり返しだよな、いつも」

「禁軍は、違うではありませんか。持久力は充分に持っていて、かつそれぞれが力も持っている。常備軍がほんとうの軍ですね、やはり」

「常備軍か」

ジャカ・ガンボは、椀を持ちあげ、口に運んだ。ひと息で飲めるような酒ではなく、少し口に含んで飲み下すだけだ。腹の中が灼けたようになる。

「テムジンは、常備軍を二千にした」

「あの男が、この前の戦では、大きな実(じつ)を取りましたね。いや、あの人は、いつもそうか。タタル戦でも、金国軍百人隊長という、実を取りました。陛下が与えられていたとしたら、侮辱としか思われなかったでしょうね」

「あの男は、戦もきちんとやる。知っているか、この間、セングム殿が怒っていたのを」

「ほう」

「南の砂漠に、一千ほどの賊徒がいた。その討伐命令が、テムジンに下った。テムジンは出動せず、部将のスブタイ将軍をやって、討伐させた」

「まあ、徹底的にやりましたよね。それが、なにか問題ですか」

「テムジンが、自ら出動しない。それがセングム殿は気に入らないのだが、テムジン軍が討伐を見事にやったのは確かなので、公然とは言えない。側近とともに陛下のそばにいた時に、言ったというぞ」

「そうですか」

「セングムという甥が、俺には我慢ならなくなってきそうだ。失敗しかしていないのに、気づくと陛下のそばだ。なぜか、セングムに対して、陛下は甘い」

「陛下は、気持が衰えておられませんか。凱旋した時から、そんなふうに俺には見えているのですが」

「確かにな。それで、肉親を求められるのかもしれん」

「ジャカ・ガンボ殿も、肉親ではありませんか」

「そんなことは言うな。何人の弟が、殺されていると思うのだ。セングムだけは、特別なものがあるとしか思えん。赤子の時から、そばで育ったわけだしな」

「それでも、厳しくはされていましたよ」

「思い返してみろ。セングムは、何度首を打たれてもいい失敗を続けているのだぞ」

アルワン・ネクが、眼を伏せた。それから、椀の酒をちびちびと飲んだ。

「こんなことを言える相手は、この国にはおまえしかいない」

「ジャカ・ガンボ将軍が、それを言うのですか」

「俺はもう、なんとなく投げてしまいたいような気分なのさ」

「ほう、なにを投げるのです」

「俺の人生をだ」

アルワン・ネクが、低く押し殺したような声で笑った。

「先に言われてしまった、と俺は思っているのですよ。俺が肚を割って喋れるのは、ジャカ・ガンボ殿だけです」

「お互い、疲れてきたのかな」

「かもしれません。戦から戻ったころから、俺はどうもおかしくて」

「そうは見えなかった」

「お互いさまですよ、ジャカ・ガンボ殿。俺も、時々投げてしまいたくなります。軍の総帥などというものを。軍人である自分を」

「それは、人生を投げるということだな」

「魂のようなものが、弱々しくなっているんですよ」

「俺も、似たようなものか」

「いつか、セングム殿が王位に就かれます。その時、俺はケレイト軍にいない、という気がしています」

「それは、明日かもしれず、十年先かもしれない」

「覚悟のようなものなのです。いつであろうと、変ることはないと思います」

　ジャカ・ガンボは、椀の中の酒を飲んだ。アルワン・ネクの表情は動かない。

「この間の戦で、なにか大きなものをなくしたのは、おまえだな、アルワン・ネク殿」

「押し合いだけをしていたのに」

「多分、アインガもなくしたと思うぞ。大軍で、押し合って動かなかった。あれについては、陛下はなにも申されぬ。ずいぶんと、肚にこたえるようなことだったらしい」

　戦の間、トオリル・カンはしばしば鋭さを見せた。それは持続せず、眠ったような摑みどころのなさの中に、落ちていく。そのくり返しだった。

　戦場に出るのは、無理な歳なのかもしれない、とジャカ・ガンボは思った。すでに、七十歳に達しているはずだ。

　年齢を考えれば、トオリル・カンは立派だとも言えた。しかし老いるにしたがって、孤立も深くなった。力になりそうな周囲の者は、ほとんど殺し尽した。骨のある長などもおらず、トオリル・カンは権力を思うままに遣っていた。

　孤立が孤独になり、それが耐え難くて周囲を見れば、セングムと自分がいただけだ、とジャカ・ガンボは思う。肉親として、自分は信じ切ることができなかったのだろう、という気もする。それでセングムに傾いたというなら、その責の一部分はジャカ・ガンボにもある。

　セングムが、暗愚ならばまだよかった。狡猾で、姑息で、疑り深い。陰謀を好むのは、小心なせいなのか。アルワン・ネクも自分も、その陰謀にひっかからないともかぎらない。それを警戒するだけでも、不毛で疲れることだった。

セングムが求めているものは、なんなのか、とジャカ・ガンボはよく考えた。

漠然とした、権力を欲しているだけなのだ、という気もする。自分でも手に負えない、野望に振り回されているのかもしれず、自分を崇める者ばかりを集めた、小さな世界を欲しがっているようにも見える。

いずれにせよ、ジャカ・ガンボは、セングムを陛下と呼ぼうとは思っていなかった。

「俺は、押される夢を、しばしば見るのですよ。押している夢は、一度も見たことがありません」

「アインガも、同じだろうと思う」

静止しているようにさえ見えたあの押し合いは、間違いなく指揮官二名の命を削り続けた。

「あの緊張を破ってくれたのは、テムジンでしたよ」

「テムジンが、どういう戦機の読み方をしたかはわからんが、あれで戦場はコイテンに移動し、気づくとテムジンは中心にいて自分の戦をやっていた」

「ですね」

「敵を引き回すのと同時に、俺たちも振り回されたのかな」

「俺は、テムジンの闘い方は好きでしたよ。ジャムカの闘いにも外連がなかった。あの二人が組んでいたら、とうに草原は統一されていたと思います」

「そして、最後に二人の大戦だ」

「そうなった場合は、俺の出番などなかったのでしょうね」

「俺たちは、多分、いなかったさ」

アルワン・ネクが、苦笑いを浮かべた。やっと表情が動いた、とジャカ・ガンボは思った。昔は、闊達な男だった。表情をあまり見せないようになったのは、メルキト戦でトクトアに森に引きこまれ、数千の部下を失ってからだった。

それは、アルワン・ネクの敗戦といまでは捉えられているが、総大将だったセングムの命令に従ってそうなったのだ。

「テムジンは、命じられるままに兵を出します。自分で出動することはありませんが、陛下の命令は、受けなければならない、と考えているのですかね」

椀に酒を注ぎながら、アルワン・ネクが言う。

「俺は、テムジンの力は、ケレイト王国と並ぶ、と見ているのですが」

「それでも、下にいるような態度をとる。そこがテムジンのこわいところさ。もしかすると、力は上回っているかもしれないが、並んだという態度さえとらない」

「狡猾なのかな」

「利巧なのさ。そういう利巧さは、ジャムカにもない」

「俺は、馬鹿みたいなものですね」

「俺たちは、だよ、アルワン・ネク殿」

「時々、テムジンと戦場でむき合っていることを、想像します」

「いまも、テムジンは戦をしている。俺たちが思いもしないような戦さ。あの男の戦は、戦場以外のところにあるのだ、と俺は時々思うよ」

「いきなり、馬を替えてジャムカを打ち崩したところなど、俺には及びもつかないと思いました。あの情況の中で、馬を替えられるのは、どこかに力を温存していた、ということでしょう。いまになっても、俺には信じられませんよ」

「俺は、テムジンが好きだ。敵になってしまうめぐり合わせだったジャムカも、好きだな。結局、俺は友になりきれなかったが」

「友などという考え、陛下にはおわかりいただけませんよね」

「もう少し、飲もう、アルワン・ネク殿」

「ジャカ・ガンボ殿。ひとつだけ答えてくれませんか。俺はいつか、この国から離れることができますかね」

「できるさ。陛下が逝かれたら」

「そういうことですか。その答なら、聞く意味はありません」

「陛下に、離れると言えるのか」

「そうですね」

アルワン・ネクは、椀の酒を飲み干した。

「飲みませんか、ジャカ・ガンボ殿」

「いいぞ、やろう。麾下の禁軍を連れてきたわけでもない。兵に見られはせんからな」

「酔って喋ったことは、お互いに忘れましょう」

「まあ、あたり前のことだな」

アルワン・ネクは幕舎から首を出し、大声で従者を呼んだ。酒の革袋が二つ運ばれてきた。別の者が、煮た羊の脳味噌を持ってくる。これは、塩で固めてから煮るという手間をかけるので、軍営ではあまり見かけない。

アルワン・ネクが、小刀で脳味噌をいくつかに切り分けた。ジャカ・ガンボは、指で掬い口に入れた。肉とはまるで違う濃厚さが、舌の上に拡がった。酒ひと口で、それはきれいに洗われ、味がしつこく残ることはない。

「これは酒だな、アルワン・ネク殿」

「水ですよ、水」

アルワン・ネクが、懐(ふところ)から胡桃(くるみ)の実をひとつ出し、卓に置いた。剣が一閃(いっせん)する。胡桃は二つになっていた。割ったのではなく斬ったのだというのは、見ただけでわかった。卓には傷ひとつつけない、鮮やかな手際だった。

「これは、セングムの頭です」

「おいおい」

「なにかあれば、俺が二つにします」

セングムが死ぬことを、ジャカ・ガンボはどこかで望んでいるのかもしれない。反応が、ひとつ遅れた。

「あんな男を、陛下と呼びたくありません。俺は、ジャカ・ガンボ殿を、陛下と呼びたい。いまの陛下の弟なのです。太子になって、なんの不都合がありますか。そんな話、どこにでも転がっていますよ。国ではなく、氏族や、もっと身近な家族でも」

「おい、アルワン・ネク」

「まだ酔っていません。だから、ほんとうのことを語っています」

トオリル・カンも殺す、と言い出しかねなかった。それを言えば、アルワン・ネクは許されず、最初に聞いた自分が、ここで殺さなければならない。

「飲もう、アルワン・ネク。それに、この脳味噌は、やたらにうまいぞ」

アルワン・ネクが、うつむいた。しばらく、その姿勢のままだった。

「ケレイト軍総帥、アルワン・ネク。酔って死ぬぞ」

幕舎の近辺に人がいないことが、ジャカ・ガンボにはわかった。さっき、人を払ったのかもしれない。

アルワン・ネクの椀に、ジャカ・ガンボは革袋の酒を注いだ。

二

草原を駈けるのは、心地よかった。

まだ羊が食む前の、草原である。これから羊群を迎え入れるのが普通だが、この地区には羊が入ってこないようにしてある。

さっきから何度もやっていることだが、テムジンは草の丈を眼で測った。馬の前脚の膝が隠れるほどである。

この時季、草はあっという間に伸びる。馬の腹に達するまでに、あと十日というところだろうか。

そこまで伸びると、草は刈り取られる。点々と、巨大な草の山ができ、少しずつかためて四角にされていく。その山が、また秋まで置かれる。

草原は夏になると新しい芽を育み、羊群が一度食めるほどの草を伸ばす。

四角にまとめられた干し草は、コデエ・アラルとヌオの牧（まき）と、アウラガの本営に運ばれる。冬の間も、軍馬はそれを食むのである。

羊にまで、それを食ませることはできない。羊は、雪を掻き分けながら、わずかに残った草を食み、冬を越すのである。急激な寒さが来れば、耐えきれずに死んでしまう羊も、少なくない。

テムジンは、ムカリの五十騎と従者四騎を連れて、旧タイチウト領を駈け回っていた。また、詳しくは知らないところがある。大地の持つ質、伏流水がどこにあるか。大きな拠点を作る場所があるか。

中でも、大地の質を知ることは大事だった。鉄鉱石はあるか。石炭は出るか。金や銀の鉱脈が、どこかに隠れていないか。

老いた耶律圭軻（やりつけいか）が、牛に曳かせた車に乗り、百名ほどの部下を遣って、地表の下については探していた。目ぼしいものは、見つかっていない。

旧ジャンダラン領は、旧タイチウト領よりずっと狭いが、小川のほとりに、小さいが砂金が採れる場所があった。

軍は、膨れあがっている。

モンゴル族の民のすべてから、兵を選別することになった。一時は仕方のないことで、常備軍の二千騎をカサルが選び終えると、テムジンは軍のことはジェルメとクビライ・ノヤンに任せた。ひとりひとりの兵の素質を見きわめる力は、二人の方がずっと上だ。

モンゴル軍が、どういうかたちになっていくかは、まだはっきりとは見えない。二千騎の常備軍がテムジンの麾下ということになるが、自分の手足のように動く軍は、五百騎いれば充分だった。

「殿、あの丘のむこうに、ダイル殿です」

斥候の報告を聞き、ムカリが馬を寄せてきて言った。

ダイルは、スブタイと交替して、南の城砦から戻ってきた。しばらくアウラガ府のそばの家帳にアチといたが、北の岩山の館にようやく行き、二日目にモンリクが死んだ。

テムジンは、雪解けのころに岩山の館を訪い、思いついたことをモンリクに語った。モンリクは眠ったままで、一度も眼を開かなかったが、案外、話は聞いていたのかもしれない、とテムジンは思っている。テムジンの、モンリクとの別れは、あの時に終った。

ダイルは、モンリクが待っていたのだ、と言った。ちょっと眼を開いて、ダイルを見たという。

しかし、言葉は発しなかった。

丘を越えた。

前方に、幕舎が十ほど見えた。

立って迎えている兵は、よく見ると狗眼(くがん)のヤクだった。

幕舎から、ダイルが出てくる。

「めしを食わせろ、ダイル」

「おう、殿が食ってくださるというなら、俺が作るべきでした。兵たちに任せためしですが、それでよろしければともに」

「いいさ。というより、おまえ、めしを作るのか？」

「南の城砦にいたのですよ。オングト族の地と言ってもいい場所で、金国の界壕もそばだったのです。金国の食いものはいくらでも入ってきましたし、女房はオングト族の女ですし、俺は肉ばかり食う人生とは、違うところで生きるようになったのです。アウラガ府へ戻ってきても、それは変りません」

「なるほどな。アウラガには、金国から来た者が少なくない。麦も育てはじめたし、野菜なども作っている」

「戻ってきた時は、いつの間に、と思いましたよ」

「女たちは、野菜を持ち寄って鍋を食っている、という話だぞ、ダイル」

「カチウン殿から聞かれましたな。あれはうまそうなのですが、女房と娘と三人で食う時は、いつも正しく肉なのですよ」

「モンゴルの男として、認められている、ということではないか」

「だとしても、めしにはいろいろあると知ってしまった俺は、肉だけではいやですね。殿も、大同府におられたので、さまざまなめしを食されたでしょう」

「肉ばかりさ」

「ボオルチュが、饅頭(マントウ)に煮汁をしみこませたもののうまさを、言っていましたよ。殿も、ことのほか喜ばれたと」

「おい、ボオルチュは、嘘を並べて生きてきたようなやつだ」

「そうなのですか。ボオルチュはそんな男だと殿が言われたと、テムルン殿にも言わなければなりませんな」

「よせよ、ダイル。男同士の話に女が割りこんでくると、ほんとうに面倒になるからな。そんなことをしたら、もう一度、おまえを南にやるぞ」

「南はもう、スブタイが人を集めています。二千に達している、という話を聞きましたよ。兵の恰好で、そのあたりをうろついている男に」

「ヤクも一緒に、めしを食おう。当然、酒はあるよな、ダイル？」

「殿が、当然、お持ちですよね」

　含み笑いが聞えた。ふりむくと、ムカリが口を押さえた。

「どこからか酒を手に入れてこい、ムカリ。そしておまえも、ともにめしを食うのだ」

「わかりました。草原を這い回って、酒を手に入れてきます」

テムジンは、ムカリに近づいた。

「無駄な言葉が、多すぎるぞ、ムカリ」

次の瞬間、テムジンはムカリを蹴りつけた。蹴り倒したと思ったが、よろめいたのは、蹴ったテムジンの方だった。ムカリは普通に、ただ立っている。

「おい」

「酒を捜してきます、殿」

もう一度蹴ろうとしたが、ムカリは背をむけていた。

「殿、やはりお眠りになれないのですか？」

「俺は、いつも眠っている。眠りすぎて、草原の情勢が変ることも、まったくわからなかった。酒を飲むのは、眼醒めるためだ」

「よく言われますな、殿」

「戦の時は、いくらかお眠りになるのがたやすいようです」

不意に、背後から声が聞えた。こんな喋り方をするのは、ヤクだ。

「卓があったら、ひとつ外へ持ってこい」

テムジンは二人の方を見ず、草に腰を降ろした。ダイルの部下たちが、慌てて卓と椅子を運んできた。

南の城砦へ行ったスブタイは、旧タタル領から兵を募り、それをしっかりした軍にしようとしている。分散していて、時々暴れる者たちを、ようやく集めることができるようになったのだ。

他の部族の者を、モンゴル族と同じように軍に組みこむには、それなりの手間が必要だという
ことは、旧タタル族を抱きこもうとしてわかったことだった。

百人隊を組織し、基盤になる遊牧民と組み合わせる。百人のうちの三、四十名は、モンゴル族の兵である。

スブタイに付いて、アウラガ府から、戸籍や徴税に詳しい者も二十名ほど行っている。

当然ながら、アウラガ府そのものも、多忙をきわめていた。タイチウト氏とジャンダラン氏を組みこみ、遊牧地の入れ替えなども行っているのだ。

やがてモンゴル軍は、キャト氏でもタイチウト氏でもなくなる。

ムカリが、椀を四つと革袋を持ってきた。なけなしのひとつだが、テムジンは小さな袋をひとつ持っているし、駅を作る予定の場所へ行けば、手に入れることもできる。

「酒量は、増えていますか、殿」

「増やしていない。これはほんとうだ。眠る前に、なみなみと椀に注いだ一杯の酒。ふだんは、それだけだ」

「昔から、決めたことは絶対に守る方でしたよね」

「大したことは、決めなかったさ」

「そんな気もするし、とんでもないことを決められている、と感じることもあります」

「もういい。座れ。ヤクもだ」

椅子はあと三つあり、ムカリはなにか言われる前に腰を降ろした。ダイルが、ムカリの背中をちょっと蹴ったが、やはり岩のように動かない。

「通信は、どこまで届く？」

ダイルとヤクは、通信網についても、作り続けている。

「西は、沙州楡柳館、東は大興安嶺の数カ所、南はスブタイの城砦。駅に予定されている場所を伝って、通信は往復します」

大して拡がってはいなかった。駅の場所は、テムジンが、ボオルチュやチンバイと相談しながら決めた。

「楡柳館まで、届かないのか、ダイル？」

「沙州ではなく、もともとの楡柳館ですね。俺もボオルチュもチンバイも、行ったことはありません」

「俺は、行ってみたい」

「殿が行きたいところは、数えきれないほどあるのでしょう。ですから」

「なんだ、ダイル」

「近いところから」

ダイルが言うと、ムカリが笑った。テムジンは、また蹴りつけようとは思わなかった。岩のような男なのだ。そのうち弱いところを見つけてやる、と考えただけだ。

「ひとつ、御報告しておくことがあります、殿」

ヤクが、テムジンとの食事に、時には加わるようになったのは、雪が解けたころからだ。これまでに二度、ともにめしを食った。

「タルグダイの下に、オルジャという男がおります。すでに老齢で、タイチウト軍の牧の差配をしておりました」

ヤクは、具足姿だったのに、いつの間にか遊牧の民の恰好になっている。そして、ひどく歳をとっているように見えた。

「牧は、接収しました。そこで働いていた者たちは散ったのですが、ひとりオルジャだけが小屋に残っております」

「その牧は、遣えないのか？」

「ヌオ隊長の牧と較べたら、かなり落ちますが、使うことはできます」

「ヌオ隊長は、馬を繁殖させる場所を、捜しているようだった」

「そこで生まれた仔馬（こうま）を調教するところまで、充分です。牧で働く者たちも、これから増えていきますので、そこもヌオ隊長の差配下になさいますか」

「オルジャという老人と、なんとなく気が合いそうな気がする」

「私も、そう思っています、殿」

「そのオルジャっていう爺を、俺は知ってますよ。一時は、タルグダイの軍師などと称していました。あそこは、女房が軍師なので、オルジャはいらないわけです。馬の調達を命じられ、なかなかいいものを見せたようです。それで、牧を任されたのでしょう」

ダイルが言って、それからちょっと首を傾げた。

「ヤク、オルジャを生かしておくなど、いつものおまえと違うな」

「やめてください、ダイル殿」

「いや、もしかすると、あれか？」

ヤクが横をむいたので、テムジンは逆に関心を持った。

「おまえたちだけで通じる話など、俺の前でするな。してしまった以上、なんのことか詳しく語れ」

「そう言われても、俺が考えていることと、ヤクの頭の中が同じだとはかぎりません」

「だから、二人とも語れ」

兵が、炙った魚を運んできた。ムカリが、それを切り分けた。

テムジンは、そのひと切れを取り、口に入れた。塩が利いていて、酒によく合った。

「いま、持っていないのだろう、ヤク」

「持っていません。このところ旧タイチウト領を動き回ることが多く、ヌオ隊長の牧には行っていないのです」

「おい、二人とも」

「どうやら、俺とヤクは、同じことを頭に浮かべているようです」

「だから、なんだか言え」

「馬の金玉です」

ダイルが言った。

「なんだと」

「馬の金玉は、いやになるほど出るのですよ」

どういうことか、テムジンにはなんとなくわかった。軍馬は、雌馬の匂いに惑わされないように、金玉を取る。古来、そういうことになっていて、馬医者の主な仕事だった。

テムジンはそれを好きではなく、代々のサルヒには玉がついていた。

「私は、ヌオ隊長を訪ねた時は、いつも大きな甕（かめ）にひとつ、金玉を酒に漬けこんだものを貰うのです。同じようなものが、オルジャの牧にもあったのですが、どうも製法が違うようで、ちょっと気になったのです」

「ヤク、おまえの好物か？」

「決してうまくはないのですが、なんとなく力がつくものを食っている、と思えるのです。オルジャのところのものは、味が違うのです。縮んでいるのか、いくらか小さくなってもいます」

「そしておまえは、うまいと感じた」

「はい」

「ほんとかよ」

ダイルが、声をあげた。

「俺は南にいる間、それが手に入らなかった。どうせうまいものでもないし、と自分に言い聞かせていたよ。それが、うまいというのだな、ヤク」

「私がそう感じた、というだけですよ、ダイル殿」

「ヌオ隊長の牧と、コデエ・アラルのハド副長のところは、同じ味だ」

「塩に漬けたものを陽に干し、それから酒に漬けてある。オルジャのところの製法は、そんなものではありませんかね」

ムカリが口を挟み、それからまた笑った。

「食ったことがあるのか、ムカリ」

「殿、俺は金国にいたのですよ。あそこじゃ、なんでも食っちまいます。塩をした金玉を、焼いたりもしますよ」

「いい加減にしろ。三人ともだ。俺は、馬の金玉そのものを、食ったことがない。なにが製法だ。おまえら、俺に食わせようという気は、微塵もなかったのだな」

「それは金玉ですから、殿」

ムカリが言い、ダイルが頷いた。ヤクはうつむいている。

めしが運ばれてきた。煮た羊肉の中に、野菜が混じっている。

「俺はな、ダイル。好きか嫌いかは言えん。食ってみるまではな。確かなのは、食うまではなにもわからない、ということだ」

「殿、食ってみたいと思われているなら、命じられるだけでいいのですよ」

「そんな食い方を、俺はしたくないのだ。ヌオ隊長を、ふらりと訪ねる。なんでもないもののように、それが出される。そんなふうにして食って、俺はオルジャという老人が作ったものも、味わいたい」

「つまり殿は、俺たち三人を、馬の金玉のことで叱っておられるのですね」

「俺は、なんでも知っていたいのだ」

「それでは、金玉を食しに、オルジャのところへ行きますか」

ヤクが言った。コデエ・アラルの牧よりも、オルジャのところがずっと近い。

「明日だ、ヤク。姿を消さずに、おまえが案内しろ」

「そうします」

ムカリが、肉に手をのばした。野菜が入っていると、微妙に煮汁の味が違う。骨がついた肉を、テムジンは手にとった。

「また、トオリル・カンが、出動の要請をしてきたようですね」

「要請ではない。命令だ」

「まあ。でも、半分だけ聞くのでしょう」

出動命令は、テムジンに届く。自身で出動せよという内容だが、部下のひとりをやる。五百騎を率いさせるが、それでもいつも多すぎる。数十人のタタル族の残党の反抗なのだ。

タタル戦のあと、徹底的に追撃し、さらに冬の間、クビライ・ノヤンが駈け回った。もう、数百の組織になる力もない。

いま、旧タタル族の領地を支配しているのが誰か、はっきりしないところがある。来年早々には、スブタイが、叛乱(はんらん)ひとつ起きることがない地にしているはずだ。

それまで、ケレイト王国に、介入させたくはなかった。ケレイト王国の意思は、トオリル・カンの意思だが、そうではないかもしれないと感じることが、しばしばある。

ケレイト王国の内部が、どこかで乱れ、トオリル・カンの権威が落ちている、ということかもしれない。

ただテムジンは、トオリル・カンを信用してはいない。なにか目論むことがあれば、死んだふりなど平気でやる老人だった。

周囲が暗くなりはじめている。兵が、篝をひとつそばに置いた。

一年で、一番日が長い時季だった。飲んでいるのか食っているのかわからない状態で、卓の上のものは減っている。

「オルジャのことはさておき、タルグダイとラシャーンの行方は、これからも捜しますか。サムガラとホンという二人の将軍は、サムガラの方が隠れ、ホンはほとんど自分で動けない状態だという噂です」

ヤクが言う。

テムジンは、椀の中に残った酒を呷った。

「確かめろ。ほんとうに死なせろ。二人とも首を持ってこい」

「いつ、残党に担がれるか、わかったものではありませんからね」

「タイチウト氏の残党は、いないと俺は思っている。モンゴル族になったのだ。モンゴル族の中では、なにも差はない。つまりそういうことだが、例外もあるだろう」

「二名の将軍は、本気で捜せば、すぐに見つかると思います。夏が終る前に、首はお届けします」

「殿、タルグダイとラシャーンは、やはり処分されますか？」

ダイルが言う。どこか、生かしておけという響きがある。なぜなのか、テムジンも殺そうという気はなかった。

「モンゴルの地に、踏みこませるな。時々、動静を知らせてくれ、ヤク」

「北の山中にいて、雪が解けるころ、東へむかったと、後ろを追いかけるように、わかっています」

「東か」

「大興安嶺の山なみは越えているのでしょう。さらに東へ行けば、海です」

「海のむこうは？」

「わかりません。豊海(バイカル)より、遥かに広く、果てがない、と言う者もいます」

果てがないのは人の心だけだ、とテムジンは思っていた。大地に果てがあるように、海にも果てはあるはずだ。

「タルグダイとラシャーンの夢は、海にあるのかな」

「捜す気になれば、すぐに見つかります。タルグダイは右腕がありませんし、ラシャーンはあの躰です」

「だから、動静は伝わってくるであろう、と思っている」

「タイチウト氏の土地に戻ってきて、兵を集めたらどうされます」

「そうなったら、俺のモンゴル族の統治がうまくいっていない、ということだ。あの二人が戻って、百騎集められたらな」

「タルグダイは思いの男ですから、故地へ戻ろうとするかもしれません。しかしラシャーンは冷静に現実を見る女だと思います」

「まったくおかしな夫婦だよな、ダイル。おまえたち夫婦も、かなりおかしいが」

「アチの居場所は、どこにでもあるのです。養方所にいま生きる場所を求めているのは、自分の人生について、それなりに考えた結果だろうと思います」

「見上げた女房殿さ」

「奥方様や御母堂様を見てきて、そういう生き方を考えるようになったのです」

「私は、殿のまわりにおられる御婦人は、みなさまがよくできておられる、と常々思っておりました」

ヤクが言った。

テムジンは横をむいた。家庭というものを、ほとんど顧みなかった、という気がする。息子たちも、ボルテが、そして心の利きたる家臣たちが育てた。

男の人生とは、戦だけなのか。ふと考えてみる。定かな思いが浮かんでくることはなく、漠然と闇に放り出されたような気分になるだけだった。

三

北の部族は、いつも帰趨がはっきりしなかった。戦に出てくることも、ほとんどない。草原でも、兵力として数えられることはあまりなかった。

ジャムカは、北の部族の族長たちのもとを、精力的に回った。三度、四度と訪ねた族長もいる。これから草原の情勢がどうなるか、という予測は最初に語った。それからは、ともに闘って豊かになろう、としか言うことがなかった。

全体の情勢は、テムジン、トオリル・カン連合の方が優勢である。しかしその連合の背後にいる金国は、兵を出してまで扶けようという姿勢はない。

敗軍の三者連合は、タイチウト軍が潰滅し、モンゴル族としてテムジンに統一された。

しかし、逆転はできる。草原一の雄であった、ナイマン王国が、先の戦には加わらなかった。三者連合というかたちが気に入らなかったと思われているが、ほんとうの理由はわからない。

ナイマン王国は、闘わなかったことで、自分の立場を際どいものにしつつある。

それでもナイマン王国に余裕があるのは、背後に西遼という大国が控えているからだ。

西遼は、草原の支配に野心を持っているが、いまはナイマン王国を味方につけているだけである。ただ西遼とナイマン王国が連合をすれば、相当に強力である。

それにジャムカが加わる。ジャムカの狙いは、次の戦まで、できるかぎり兵力を増やしておくことだった。それで、ナイマン王国とも対等に近い立場になる。

先の戦が、親西遼派と親金国派の決戦だったということを、ジャムカは否定し続けていた。闘わずにナイマン王国がある以上、先の戦は前哨戦(ぜんしょうせん)にすぎなかった、と自分にも思いこませようとした。

豊海(バイカル)の北に、バルグト族がいる。北の端は、樹木というものがなくなり、夏は地衣に覆われるが、冬は荒涼としているらしい。

地衣を食う大鹿がいる。バルグト族の一部は、その大鹿を狩って生きている。つまり狩猟をなす民なのだ。

そこの長をひとり、ジャムカは従えた。

ホシノゴという若い長は、森で遭遇したジャムカの一行を、囲んで捕えようとしたのだ。

ジャムカは十騎で移動していて、ホシノゴは六十名いた。

ホーロイほか、手練れ(てだれ)が揃っていたので、二度ぶつかり合って勝敗は呆気(あっけ)なく決した。それでも、ホシノゴは負けを認めようとせず、ジャムカは一対一で相手をした。

三度打ち倒されて、ホシノゴは負けを認め、自分たちの集落に案内した。

移動はしないので、森の中に広場が切り開かれていて、家が三十軒ほどあった。張りめぐらされた縄には、獣の皮が干してあった。それを買いに来る商人が、いるのだという。

その地に名はないが、集落はホルガナと呼ばれていた。ホシノゴの父の名らしい。

駈ければ四刻ほどのところに、同じような規模の集落があと三つあり、四つの集落でひとつの氏族なのだろう、とジャムカは思っていた。

四つの集落は、狩だけでなく、ほかのことでも扶け合う関係らしい。

ジャムカは、五騎でホルガナに近づきつつあった。

ホーロイもサーラルも、二千の兵をまとめているので、軍を離れさせるのをやめた。供は従者だけだが、選び抜いた手練れでもあった。

先行していた一騎が、戻ってきた。

「ホシノゴ殿が、迎えに出ておられます」

報告に、ジャムカはただ頷いた。

ホルガナを訪うのは、これで四度目である。場所を気に入った、と言うしかなかった。

ホシノゴがいくら頑張ろうと、集められる兵はせいぜい百騎である。馬も、軍馬ではなく家畜だった。

樹木の間に、ホルガナが見えてきた。

「ジャムカ殿」

ホシノゴの妹、リャンホアの声が、樹間を突き抜けてきた。

ホシノゴとリャンホアが、並んで立っている。ジャムカは、自分が口元を綻(ほころ)ばせるのを意識した。なぜか、リャンホアを見るとそうなる。

「数日、厄介になるぞ」

「そんなこと言わず、ずっといてください」

リャンホアを、ホシノゴがたしなめる声も聞えた。

ジャムカは広場で馬を降り、従者に任せた。

「見せていい、兄上」

「そんなもの、ジャムカ殿にはめずらしくもない」

「でも、ちゃんとできたのだから」

リャンホアが、弓を差し出してきた。ジャムカは、弦をちょっと引いた。木の芯のようなものを編んで作っていた弦に、馬の尻尾の毛を縒りこんで遣うことを、ジャムカはこの間、教えたのだった。

リャンホアは、大柄な女だった。狩にも、同行することが多く、弓の腕は兄以上だという。

「大鹿を、一矢で倒しました。それからもずっと遣っているけど、この弦は切れません」

「何本も作って、腰につけておくのだ。強いと言っても、いつかは切れる」

「そうしています」

上衣の裾をちょっと持ちあげ、腰を見せた。男のような身なりだが、腰の張りは女のものだった。

「俺は、巻狩というものをやってみたのですが、なかなかうまくいきません」

「俺がいる間に、一度、やってみよう、ホシノゴ。あれができると、一度の狩で、多くの獲物がある」

巻狩というやり方があるというのも、この間、ホシノゴに教えた。大まかなことだけで、細かいことはいずれ教えようと思っていた。

「巻狩の準備だけはまたしたのですが、もう一度やろうという気が、どうしても起きなくて」

「追い方なのだ。二百人がいて、二日かければ、充分な規模の巻狩ができる」

「草原の狩というわけでは」

「狩は、草原はやりにくいのだ。森でやることが多いよ」

「二百人から三百人の人数を出してみます。うまくいけば、もっと集まります」

「必要ない。二百人で、二日かけられればいい。森の獣が、どういう動きをしているかは、把握しているのだろうな」

「それは、俺らは猟師と言っていいのですから。遊牧の民より、ずっと森と親しんでますよ」

「だよな。しかし、狩のやり方が、安易すぎる。運よく大鹿に遭えばいいが、逃げられることの方が多いと思う。正面から大鹿にぶつかることは、そうはないだろう」

「一緒に巻狩をやってください、ジャムカ殿。私は、兄のやり方が間違いだったとは思えないのですが、かなりの数の獣が包囲の外に逃げるのも、この眼で見たのです」

「追いこんで、こちらが安全と獣たちに思わせるのだよ、リャンホア。俺はそれで、虎さえ何頭か獲ったぞ」

「毛皮の商人は、黒貂を欲しがります。それから、熊の内臓を干したものを」

「両方とも獲るぞ、ホシノゴ。よし、三日後にはじめる。あとで、準備したものを、俺に見せろ」

リャンホアが、数度跳ねて、声をあげた。

「兄上、準備していて、よかったでしょう。いま、大鹿も、北の地衣を充分に食んで、森へ戻ってきています」

「リャンホア、よかったかどうかは、獲物を見てからだ」

それでもリャンホアはまた跳ねて、弾けるように笑った。

家へ入った。ひとつの家を、ジャムカは提供されていた。冬でも、床の下に煙と熱を通すので、暖かい。普通は薪でやるのだが、近辺に石炭が出る場所があり、それを燃やしていた。

ジャムカは、骸炭（コークス）の作り方を、前に教えていた。骸炭だと、煙も燃えてしまうという感じで、石炭よりずっと暖かくなる。

ジャムカは、具足を解いた。さすがに兄妹は遠慮して外へ出て、従者が革の服を持ってきた。

「六臓党の者が、ここへ来ることになっている。北の森の中では出会うのも困難だが、ここはホシノゴが近づくのを許せば、たやすく会える」

「六臓党と言えば、通してくれと、ホシノゴ殿に頼んでおきます」

「大事な話があるからな」

ジャムカは、自分の従者に言い訳をするような気分になっていると思い、不意に機嫌が悪く黙りこむ恰好をとった。

戦は、続いているのだ。

調べたかぎりでは、トオリル・カンは相変らずだが、テムジンは軍を充実させ、組織もまた変えようとしている。

なにをどうすればいいかは、見えてこない。ジャムカの頭の中にも、なにもない。ただ、軍を維持しなければならない。ある程度の兵力を持っていてこそ、ナイマン王国のタヤン・カンとも対等な話ができる。

その軍を、いつまでも維持はできない、とサーラルから言ってきていた。ホーロイは、黙して耐えているようだ。

ジャムカは、革の服を着て外へ出た。

従者が、燃えあがったばかりの焚火を、囲んでいた。ジャムカは、馬がきちんと手入れされているかどうか、点検した。それからしばらく、馬に声をかけた。

「ホシノゴ殿は、罠にかかった獲物の回収に行かれました。大きくても、狐がかかっている程度だそうです。リャンホア殿は、殿に食べていただくために、鍋の仕度をされています」

「鍋と言っても、羊はないのだろうな」

「魚の鍋なのだそうです。口の中の骨を殿が出せるだろうか、気にしていました」

「指を遣わずに、俺は骨を出せる。焚火の中に飛ばすこともできるさ」

「十里ほどのところにある河で、魚がかなり獲れるようなのです。冬の間は、特に貴重な食料だそうです」

「冬にここに滞留している時、焼いた魚を食ったような気がする」

「塩をして焼いただけのものでした」

冬場は、雪中を移動して、氏族の長を訪ね歩いた。全体としてバルグト族ということになっているが、氏族の独立性が強い。

ホシノゴの氏族は、小さなものにすぎなかった。五百、六百の兵を擁している氏族を訪ね歩くだけでも、ひと月はかかるのである。

ホルガナでは、ジャムカは休んだだけだった。狩の話をし、戦の話をし、弓や槍の話もした。領分の中で、砂金が採れる場所があるらしく、それで購った鉄塊で、武器を作っていた。

「ジャムカ殿、鍋の味見をしていただけますか。北の地では、地衣を干して粉にしたものも、香料にするのです」

「ほう、地衣か」

「決まった地衣だけですが、父祖から伝えられたものです」

「ふむ。俺も香料を持っているぞ」

「知っていますよ。前に一度くださったではありませんか。あれから私は、香りの高い草を捜すようになりました」

「大抵は、焼いた肉や魚にふりかける。鍋の汁に溶かしこむのは、はじめてだな」

草原では、鍋は肉を煮るか干し肉を戻すことにしか遣わない。岩塩をふりかけた肉で、肉そのものが汁を出すのだ。だから肉汁も、貴重なものだった。

味は悪くなかった。肉汁とはかなり違うが、口にやさしいような気がした。

「北では、草原ほど肉が豊富ではありません。だから夏の木の実も遣いますし、魚の料理も工夫します」

「リャンホアは、女にしては狩がうまいそうだな」

「狩は人並みです。私が得意なのは、ほんとうは張った氷に穴を穿って、下にいる魚を釣ることです」

「それは、豊海で見たことがある」

豊海の魚は、そこに棲(す)んでいるものだが、河の魚は、海から遡上(そじょう)するものもいるらしい。魚については、ただ魚と思うだけだ。幼いころは、眼を閉じないのが気味悪く、あまり釣ったりはしなかった。

「これに、野草などを入れ、魚肉は最後です。魚の骨が、味をまた深くします」

「鍋を作るのは、女の仕事か？」

「いえ、ほんとは男の仕事なのです。私は好きでやっているのですが、みんな褒(ほ)めてくれます」

広場では、子供が数名遊んでいた。

草原では、羊を捌(さば)くのは男で、鍋で煮るのは女である。魚の鍋は特別なのかもしれない、とジャムカは思った。

夕刻になると、鍋が出来あがった。大鍋に三つである。そのひとつを、ジャムカは従者や兄妹と囲んだ。椀に盛り、匙で食うようになっている。

「雑穀なども入っているのだな、これは」

ひと口食って、ジャムカは言った。肉とは違う、やわらかな味が、口に拡がった。

「鍋は男の仕事だそうだな、ホシノゴ」

「もっと荒っぽいものです。魚だって、鱗とはらわたを取っているだけで。魚は眼を閉じないという理由で、なぜか男が任されるようになったのです」

眼を閉じないというのは、やはり気持がいいものではないのだろう。それを理由に、決して口にしない者もいる。

「この鍋は、リャンホアの鍋ですね。ほかの者には作れないのですから」

「ゆっくりと躰が温まる。そんな感じがするぞ。冬、氷と雪に閉ざされた時、これを食ってみたいな」

「冬に来られれば、リャンホアは毎日作ると思います。大鹿の肉などを遣っても、また違ううまさです。魚と肉を替えるというのでなく、肉には肉のやり方があるのです」

「リャンホアは、いい母になりそうだ」

「ただ、気紛れなのですよ。ほかの女たちと、同じことしかしないことも多いです」

立っていたリャンホアが戻ってきたので、ホシノゴは口を噤んだ。

「これは、米を入れてみてもうまいかもしれないぞ、リャンホア」

「私は、米を口にしたことはないのです。麦を、一度食べたことはあるのですが」

「草原には、時々、米を売る商人が来る。今度、ひと袋持ってきてやろう」

「待ってます。ジャムカ殿が言われたので、私は米で鍋を作ってみたいです」

方々で、笑い声が起きたりしている。従者たちも、黙々と匙を口に運ぶ。

「北の地で、地衣を食った大鹿は、なぜうまいのだろう、ホシノゴ」

「北の地は、樹木さえ育ちません。冬は凍土で穴さえも掘れず、生きものなどいないと思えるほどです。その地が、夏には少し緩むのです。凍っているのは地中のいくらか深いところで、地表は地衣が覆いはじめるのです。大地の持つすべての力を、地衣として現わすように」

「なにか、わかるような気もするぞ。草原で草が芽吹くたびに、俺は大地の不思議な力を感じるよ」

「地衣の中には、薬になるものもあって、この地で古来遣われています。生で食ったりすると、のたうち回り、死ぬこともあると言われていますが、干すと解熱の薬になったりするのです」

「バルグト族の地は、もっと貧しいのかと思っていた」

「ホーロイ殿の出身の地は、もっとずっと北です。バルグト族の流れだと言われていますが、人も暮らしもまるで違います」

「海獣を獲ることもある、と言っていた」

「なにがあったのか俺は訊きませんが、バルグト族を捨てたのだそうですね」

「貧しく、厳しい冬には心まで貧しくなる、という地だったようだ」

「海獣を追って、移動することもあるようです」

「そこまで、俺は足をのばせない。行かないと言っても、ホーロイはなにも言わず、表情さえ変えなかった」

「強い男が出る地だ、と聞いたことがあります。見たのは、ホーロイ殿がはじめてですよ」

最初に森でホシノゴに囲まれた時、ホーロイは仕方なく関わり、十名ほどを打ち倒しているという感じだった。ホーロイがバルグト族出身であることに、ジャムカはその時はじめて気づいた。それについて話したことは、ほとんどなかったのだ。

一度だけ、ホーロイの妹の話を聞いた。

鍋にはまだ残っていたが、快く腹が満ちた感じがあった。

ホシノゴが酒を出したのを機に、リャンホアが、子供たちに声をかけた。椀を持って集まった子供たちが、あっという間に鍋の残りを平らげた。

酒は、木の実や雑穀を醸して造ったもので、茶色に濁っていた。飲み馴れると、まずくない、と感じる。

月が出てきて、周辺が薄明るくなった。すでに深夜だった。このあたりは、かなり夜が短い。冬になると、それが相当長くなる。いささか極端なその現象に、はじめは驚いたが、いまは悪くない、と思う。

長い夜を、雪に包まれて静かに過ごしてみたい、とジャムカは考えたりした。

気づくと、焚火のそばは、リャンホアと二人だけになっていた。

「ジャムカ殿」

「それ以上、言うな、リャンホア。俺はいま、ひどく劣勢な情況に立たされている、軍人だ。それでもよければ、家へ来い」

ジャムカは、家を一軒あてがわれている。

リャンホアが、かすかに頷いた。ジャムカが家へ入ると、リャンホアはすぐに現われて、服を脱いだ。

六臓党の一臓が姿を見せたのは、巻狩の前日だった。

「御要望のものは、調べました」

「間違いないか」

「調べ尽しました。これが間違っていたら、自裁いたします」

「よし、俺はいつ構えに入ればいい」

「ケレイト族の地で、大がかりな市が開かれます。セングムの差配です。うまくいくかどうかは、微妙なところでしょう。草原には、隊商の伝統はありますが、市はまだ馴染みがありません」

「隊商の扱う物品より、値が高ければ売れないだろうし」

「物品の質にもよります」

「結局は、あまり成功はしない、とおまえは見ているのだな、一臓？」

「たとえ失敗しても、最初だから、とセングムは理由をつけるでしょう」

「セングムは、常にそんな言い訳の中で生きてきたやつさ」

「市の日取りまで、冬の営地への移動は許されないようです。それだけ、移営は慌しいものになるでしょう」

「さらに、調べてくれ」

「人を、入りこませています。なにしろ、市で人を必要としておりますから」

「市がはじまったころ、俺はいろいろな構えを整える。終るのを、構えの中で見つめている」

市が終って、移営がはじまった時に、ジャムカも動く。それまでは、派手な動きを慎んでいることだ。

「一臓、これが最初の勝負だ」

ジャムカは空を見、明日の巻狩のことを考えた。

四

トオリルは、二刻ほど馬を駈けさせた。

馬に乗らなくなったら、王(カン)としては終ると考えているので、ほぼ毎日、四刻は乗るようにしていた。

領内なので、従者のみ十騎連れている。

禁軍は、その精強さに、さらに磨きをかければいい、と言ってある。ほんとうは、ジャカ・ガンボが口うるさいからだ。

ジャカ・ガンボの長所は、人のやることをあげつらわないことである。トオリルにだけ、厳しい言葉をむけてきたりする。

自分にむけられた厳しい言葉が、辿(たど)り辿れば、ほんとうは誰にむけられたものかわかる。そこのところは、長所であり短所だった。

いずれにしろ、口でなにか言うことが似合った男ではない。

セングムを、皇太子に冊立した。

自分が死んだあとのケレイト王国は、セングムが継ぐしかない。

セングムの代になってからの国の興亡については、いろいろ言いはしたが、ほんとうは関心がない。死ねば、すべてが終るのである。解放される、という言葉も浮かんでくる。

馬に乗っている時に漫然としていることはないが、普段、宮帳の部屋にいる時は、ぼんやりしていることが多い。下女に躰を揉ませている時は、半分眠っている。

セングムが、市についてなにか言ってきた時も、任せるとしか言わなかった。市がなにかわかっていても、細かいことはまるで頭に入ってこないのだ。

生きている間に、まだやらなければならないことがあった。

戦には勝ったが、草原を統一したわけではない。メルキト族は、大きく力を落とさないまま、ひたすら自分たちの領民や土地を守ることに徹して、草原の大きな勢力のひとつであり続けている。

敗軍の将であるジャムカは、野鼠のように駈け回っている。

テムジンは、臣従している。コンギラト族やオイラト族では、いまだ帰順しない者も少なくない。

そして大きな勢力として、ナイマン王国があるのだ。

あと一度の戦で、ナイマン王国かメルキト族を潰せれば、草原に抵抗勢力はいなくなる。

それで、自分は死ねる。これまで、何度も戦で死にかかったが、自分の人生をふり返って、死ぬことができる。

先頭を行く従者が、馬を停めた。

「陛下、休息していただきます。二刻で必ず休息せよと、セングム様に申しつけられていますので」

トオリルは、不機嫌な顔を見せた。

それでも、休息はありがたかった。

胡床（こしょう）が用意され、日傘を差しかけられた。水を飲む。眼を閉じる。

脳裡（のうり）を、光景がよぎっていく。それは森のようでもあり、草原のようでもある。

人生の光景が見えている。ぼんやりと、そう思う。そして、その光景の中に、人がひとりもいない。淋しいとは思わなかった。人生の光景の中に、人はいらない。

草原があり、森や山がある。死ねば、ただ土に還る。草原や森や山の、一部になるのだ。いや、草原になり、森になり、山になる。それらのものは、多分、死者のものだ。

いま生きている人の数と較べようがないほど、死者の数は無限に近く多い。だから、草原も森も山も、死者そのものではないか。

また別のものが、脳裡を漂う。これは、水か。流れているのか。いや、沈んでいるのか。少しずつ、暗くなる。

「陛下、出発でございます」

休息は、一刻と決まっていた。

トオリルは、従者に支えられて、馬に乗った。これから二刻かけて、宮帳へ戻る。

眼の前に拡がる草原を、トオリルはしっかり見つめた。馬に乗っていれば、草原の男である。脳裡に、別の光景を流れさせたりはしない。

一刻ほど駈けたところで、荷車を曳いた五百名ほどに会った。

「市の準備をする者たちです」

指揮者と話をした従者が、そう報告してきた。

セングムの、市への入れこみようは、尋常ではなかった。

市が成功し定着すれば、金国や西遼とも並ぶ、と言い続けているのだ。

セングムの人生が市を中心に動くのなら、それはそれでよかった。自分の人生の中心にあったのは、生き残るということだった。そして、生き残った。

ほかの方向からも、荷車と人々がやってきていた。市に関わる人間が、何千人とセングムに報告されたのか、トオリルは思い出せなかった。

もう馬を停めず、トオリルは宮帳まで駈けた。

奥の居室に入る。居心地がよく作ってある。すべてが自分の好みで、それについては妥協はしなかった。それでも、ほんとうに居心地がいいと感じたことはない、という気が時々した。

寝台には、虎の皮が敷いてある。蒲団（ふとん）は羽毛の入ったもの、綿の入ったものがあり、日替りで遣っていた。

「陛下、入ってもよろしいでしょうか」

チャンドだった。側近だと家臣たちには言っているが、それはただそばにいるというだけで、無能な男だった。家臣たちもそれを知っているが、態度に出したりはしない。こういう男は、便利なのだ。

「セングム様が、お目通りを、と言っておられます」

「ここに、来ているのか。ならば、小部屋に通しておけ」

トオリルは立ちあがり、衣装を正してから、小部屋に行った。

「陛下、市が開かれるまで、あと十日です。巡視などなさいますか？」

「おまえがやっていることだろう、セングム。わしがケレイト王国の将来がかかっているものと、推奨していることを、領内全土に知らせよう。モンゴル族の者たちにも、知らせることにする」

「テムジンにですか」

「モンゴル族は、隷属とまでは言わずとも、臣下と同じであり、草原の唯一の同盟者だ」

「コンギラト族のいくつかの氏族も」

「あれは同盟ではない。あれこそが、隷属である。とにかく、人を集めたいのであろう。チャンドが、各方面に使者を出す」

「銭で、売買することになります。宋銭を持っていなくては、話になりません」

「砂金や銀は？」

「それを持っている者は、多少はいるでしょう」

「銀ひと粒が、どれほどの銭に相当するか、あらかじめ知らしめておけ」

「すでに、やっております」

「では、老人がなにか言うことでもないな。わしの名は、うまく遣え」

「国庫の砂金を、出したいのです」

「どれほど？」

「三つある庫のうちのひとつを」

ほんとうは、庫は五つある。二つは、セングムにも秘密にしてあり、管理している部隊は、鉄塊を守っていると思っている。

ひとつの庫で、砂金が五十袋だった。

「砂金を市に投入し、物の動きを活発にするのです。最後は、増えて返ってきます」

「そうならばよいがな」

「よろしいのですね」

「ひとつだけ、許可を与えよう」

トオリルは口もとで嗤った。しかし、顔はまったく動かなかったような気がする。

セングムは満面の笑みを湛え、市を閉じたあと、砂金は百袋を超えているのだ、と言って出ていった。

日が経った。

トオリルは、日々の暮らしを変えなかった。宮帳の中まで活気づいてきて、市が開かれたのだ、とわかった。

トオリルは、市へ行くこともなかった。

秋である。草原も秋の色だったが、人の数が多すぎた。どこへ行っても、荷車が見え、人が動いている。

市がどうなのか、人をやって調べさせていた。人の数などではなく、物の動きである。

物自体が、少ない。南から隊商が大挙して来てはいるが、大きな交易路がなく、要するに運べる荷の量がかぎられているのだ。

それだけを聞いて、トオリルは眼を閉じた。

セングムは、急ぎすぎている。なにも準備が整わないまま、交易の利に眼を奪われた。自分には、戦よりも商いの才があると思いこんだ。

それでも、これを続ければ、やがて国を富ませるものになるかもしれない。

セングムは、何度か居室に姿を見せたが、利がどれほどあがったのか、まだはっきりしていないのだ、とだけ言った。

草原は、静かになった。

チャンドが、宮帳の移営の準備をはじめた。

草原は、枯れた色に満ちている。冬の営地は決まったところで、宮帳の周囲の家帳は、十ほどそのままにしてある。冬に必要なものは、そこに置いてあるのだ。

トオリルは馬に乗り、禁軍千五百騎に守られて、南へむかった。

宮帳に関係する者たちが、二千ほど牛車で移動してくる。のんびりと進むので、半日でもトオリルは耐えられた。

領民も移動をはじめていて、千頭、二千頭の羊群が南へむかっているのを、いくつも見た。ケレイト王国だけで、どれほどの羊がいるのか、トオリルは考えたこともない。

草原は、広い。どれだけの羊がいようと、地を覆うようなことはない。

セングムはこの草原に、羊よりも大事なものを見つけたというのだろうか。

チャンドがそばへ来て、不足しているものがないかどうか、検分して去った。四刻に一度、そばへ来るのだ。そして、ほんとうに不足しているものを、見つけることはない。

禁軍に緊張が走ったのは、進発して六日経った時だった。

トオリルに伝わってきたのは、明確に戦の緊張だった。ただ、どこかで戦闘が起きている気配はない。

ジャカ・ガンボが、疾駆してきた。その駈け方も、尋常ではない、とトオリルは思った。ジャカ・ガンボは、実戦の中にいるような駈け方をしている。

「陛下、後方より早馬です。昨日出発したセングム殿が、奇襲を受けたと」

「相手は」

「それが早馬は賊徒だと言うのです」

「数は？」

「五百騎」

「それほどの数の賊徒が、ケレイト王国領にいるわけがあるまい。いままでは、旧タタル領にもいない」

「俺も、埋伏された軍だ、と思うのですが。早馬の兵は、相手は具足をつけていなかった、と言うのです」

「奇襲の軍だ。打ち払ったのだろうな？」

トオリルがとっさに思い浮かべたのは、埋伏と奇襲をしばしば浴びせてきた、トクトアだった。しかし、トクトアは山にいる、という確かな情報があるのだ。

「打ち払った知らせだったのだな？」

「いえ、奇襲とだけ」

「次に、打ち払ったという知らせが来るだろう。それを、ここで待つ」

トオリルは、馬を降りた。四ツ這いになった従者の背中に足を載せると、滞りなく降りられる。胡床に腰を降ろした。日傘が差しかけられてきたが、鬱陶しいので、トオリルは手の先で払った。

いやな予感が襲ってくる。このいやな予感というやつが、これまであまりはずれることがなかった。

「ジャカ・ガンボ。アルワン・ネクの軍は？」

「二千騎が、アルワン・ネクの指揮で先行し、すでに冬の営地に着いているころです」

「なぜ、先鋒にアルワン・ネクを？」

「セングム殿の命令でした」

「本隊は、どれぐらいの兵力だ」

「三千騎で、セングム殿が指揮をしておられます」

トオリルは、それ以上考えるのをやめ、ただ次の早馬を待った。

　一刻近くかかった。

　三頭の牛に曳かせた荷車が二台、消えているという。五百騎で、ひとつの荷車を守っている。それが国庫の砂金で、二台とも無事なようだ。

　それでも、いやな予感は強かった。

　待った。一刻以上が経って、二騎の早馬が来た。

「セングム様が、奪われた荷車を追われ、負傷されました」

「傷は重いのか？」

「二カ所斬られ、傷口はそばにいた従者が縫ったようです。生命に別条はないとか」

　セングムが、なぜ荷車を追い、負傷までしたのか。荷車は、百台ほどあったはずだ。それを、三千騎でどうやって守っていたのか。

　襲われたのは、無防備だった荷車二台で、追った兵が三百以上討ち果されている。そして、セングムの負傷。

　五百騎に守らせた荷車を、セングムは囮（おとり）のつもりで動かしていたのではないのか。ほんとうに守らなければならないものを、無防備にしていた。

「攻撃は、速かったのか？」

「気づいた時は二台の荷車が消えていて、セングム様の一千騎が追ったのに、反転した五百騎に打ち返されました。三百騎以上の兵が討たれるのは、あっという間だった気がします」

激烈な攻撃だった。そして多分、国庫の砂金が狙われた。攻撃のやり方を見ると、ジャムカかテムジンである。セングムが、子供扱いにされている。

国庫の砂金が、奪われた。砂金などで財を作ろうとしたからだ。しかしそれは、セングムだけでなく、トオリルの考えでもあった。

草原で生きる者には、羊群があればそれでいいのだ。砂金がなくなったというのは、いっそ清々(すがすが)しくないか。

そう思っても、躰の芯の方が、なにかに搾りあげられている。

さらに来た早馬は、襲って来た敵が、草原の彼方に消えた、というだけのことを知らせてきた。後を追うことさえしておらず、その敵がどこへ行くかもまったくわからない。

ジャムカは、駈け回る野鼠になった、と思っていた。しかし、自分の庭を駈け回ることなど、トオリルは想像したこともなかった。いくら軍をまとめていたといっても、敗軍なのだ。勝った自分に、さらにたちむかってこようというのか。

ジャムカが拠っていたジャンダラン領は、いまはテムジンが併合している。つまり、ジャムカは、根本から軍を支えるものを持っていない。

しかし、砂金が百袋あれば、一万の軍を二年は維持できないか。

トオリルは、胡床で躰を揺らした。芯が搾りあげられる感じが、続いている。いやこれは、締めあげられているのか。

息を大きく吸った。

しばらくして、セングム自身からの早馬が到着した。

襲ってきたのはテムジンかジャムカの軍で、奇襲だったので被害は甚大。そういう内容を伝えてきた。

やはり、砂金を積んだ荷車が襲われた。三百名の兵が死んだぐらいでは、被害は軽微というのが、セングムの言い方だ。

「砂金などいい」

「はっ?」

口に出して言い、それがそばにいたジャカ・ガンボに聞えた。

「陛下、奪われた荷車には、砂金が載せられていたのですね」

「そうだ。しかし、大した量ではなかった」

「それにしても、砂金の荷車が、探り出されていた、ということになります」

「そこは確かに問題であるが、すぐに解明できるものではあるまい」

「軍資金に困窮したジャムカが、襲ってきたのですね」

「しばらく、ジャムカの軍は安定するであろうな。拠って立つ地を持たぬ弱さは、消しようがないが」

躰の芯が、搾りあげられている。

息が、苦しい。吸う時も吐く時も、苦しい。

いきなり、なにかが襲ってきた。胸を、矢で射貫かれたような、痛みに近いものがあった。思わず、トオリルは胡床から尻をはずし、草の上にしゃがみこんだ。息が、さらに苦しくなった。倒れることはできるが、倒れてしまうと、二度と起きあがれない、という気もした。

呻(うめ)きが出た。胸を押さえた手が、ふるえている。

「陛下」

ジャカ・ガンボの声。肩に、手を置かれた。邪魔だと思ったが、不思議な温かさがそこから全身に拡がり、息を吸うことができた。胸の痛みは、痕跡が残っている、という程度になった。

「セングムは？」

胡床に座り直し、トオリルは言った。

「怪我(けが)で、数日は動けないと思います。遅れて、営地に到着するはずです」

「ジャカ・ガンボ。いま、わしの胸が強く痛んだ。息もできないほどであった。なんだったのだろう」

「わかりませんが、お休みになった方がいいと思います。この地で、数日、野営をしようと思うのですが」

「いかん。すぐに進発せよ。ここでわしになにかあったと、誰にも悟られてはならん」

自分が休みたいのかどうかも、よくわからなかった。胸の痛みは消え、砂金をなくしたという腹立ちだけがある。

「わかりました。進発します。陛下、輿車（こしぐるま）が二台、ついてきております。それにお乗りいただけますか。陛下と体形が似た者に、陛下の具足をつけさせ、馬印（うまじるし）と旗もそこにおきます。陛下は、輿車で横になっておられればいいと思います」

横になりたい、とふと思い、トオリルは頷いていた。

五

女たちがやってきた。

養方所から桂成（けいせい）が出てくるのを見て、ボオルチュの胃は、口から飛び出しそうになった。病ではないのだ、とボオルチュは自分に言い聞かせた。

ホルが近づいてきた。ということは、カチウンがいるはずだが、その姿を捜そうとも思わなかった。

アウラガ府のそばの、ボオルチュの家帳の脇には、白樺（しらかば）の木が二本ある。アウラガ府へ来る道の方には、楊の木が植えてあり、それはヘルレン河のコデエ・アラルへの渡場の近くまで、続いている。

ボオルチュは、楊の木の数を数えはじめた。なにをしているのだ、と途中で思った。

指先を見つめた。ホルが、足もとで臭（にお）いを嗅ぎはじめた。

ボオルチュはしゃがみこみ、ホルの首を抱いた。助けてくれよ。声に出して言っているようだ。

また、聞えた。テムルンの、叫び声だ。ボオルチュは、ホルの躰に顔を埋め、何度も呻き声を出した。

不意に、赤子の泣き声が聞えた。ボオルチュは、草の上に仰むけに倒れた。ホルがのしかかってきて、顔を舐めた。

「ホル」

呼ばれて、ホルが離れていった。手が差し出される。白い手だ、とボオルチュは思った。それを摑むと、引き起こされた。

「もう、生まれたのですよ。ボオルチュ殿が身もだえしなくても、無事に生まれたのですよ」

カチウンが、笑いながら言った。

「身もだえだと、私が」

「そんなふうに、見えました」

「私はちょっと、躰を動かしてみたかっただけだ」

カチウンは、まだ笑っている。

家帳のまわりにいた女たちが、声をあげた。桂成が家帳から出てきた。

「男子ですぞ、ボオルチュ殿。母も子も、元気なものだ」

桂成が言う。ボオルチュは、眼から涙が噴き出してくるのを感じた。

「おめでとうございます、ボオルチュ殿」

カチウンが言った。

女たちが、口々にボオルチュに声をかけ、立ち去っていく。

テムルンに会うために家帳に入っていいかどうか、ボオルチュは迷っていた。カチウンが、背中にかけた手に力を入れ、家帳の方へボオルチュを押した。

家帳の中に、テムルンが横たわっている。

そばにいる赤子の顔を、ボオルチュは覗きこんだ。

「私たちの息子か、テムルン」

「そうですよ。あなたはもう父親なのだから、あまり泣いてはいけませんよ」

「いまだけだ、テムルン。どうしても、涙が止まらないのだ」

「それだけ父親に涙を流して貰えるのは、この子の幸福です。私も、嬉しい」

「ありがとう、テムルン。私はいま、これだけしか言葉が出てこない」

「そばにいてね、しばらく。今日だけは、あまり忙しくしないで」

頷き、ボオルチュはテムルンの手を握った。

思いつくところには、すべて知らせを出した、とカチウンが家帳の外から言ってきただけで、仕事の話を持ってくる者など、ひとりもいなかった。

夕餉の前に、女が入ってきた。テムルンの上体を起こし、赤子を抱かせた。テムルンが乳房を出し、赤子が吸いはじめる。言い様のない感動がこみあげてきて、ボオルチュはまた涙を流した。

夕餉、テムルンは肉の煮汁だけを飲んだ。ボオルチュの分の肉も運ばれてきたが、明日までテムルンは汁だけらしい。

夜、テムルンは眠りはじめた。

ボオルチュは、家帳の外に出た。

「数刻おきに、赤子が泣きます。テムルン様は、お乳をあげなければなりません。お乳はよく出ているので、心配はいりません」

外で竈の火を燃やしていた女が、そう言った。ここにいても、ボオルチュがやることはなにもなさそうだった。しかし、立ち去ろうという気にはなれない。

「その火は、私が朝まで燃やしていよう」

女は頭を下げ、隣の家帳に入っていった。

ボオルチュは、自分が落ち着きはじめたのを感じた。テムジンには、何人も子供がいる。生まれるたびに、泣いてはいられなかっただろう。

自分が泣いたことを、テムジンは嗤うだろうか、とボオルチュは思った。

嗤われてもいい。ただ、ひと言だけ祝福してほしい。

ボオルチュは朝まで眠らず、竈に薪を足し続けていた。すでに、寒い季節になっている。明け方は冷えこんだが、赤子は乳を求めて元気に泣いていた。それを家帳の外から聞くたびに、ボオルチュの全身に血が巡った。

翌朝、少しだけだが、テムルンが肉を口に入れるのを見て、ボオルチュはアウラガ府の建物に入った。部屋へ行く前に、何度もおめでとうございます、と声をかけられた。

部屋へ入ると、部下にいくつかのことを命じ、卓に積みあげられた書類を読みはじめた。書類の作り方も徹底的に指導してきたので、読みやすく、まとめやすいものがあがってくる。

　モンゴル族領内の、遊牧の民のありようは、ほぼ掌握している。百人隊をひとつ養える単位で、まとめ直した。キャト氏もタイチウト氏もジャンダラン氏もなく、モンゴル族である。遠からず、タタル族のかなりの部分も、モンゴル族に組みこまれる。

　父祖の地という思いが、遊牧の民にはそれほど強くないので、集落をまとめ直すのに大きな障碍（しょうがい）はなかった。

　百人隊は、遊牧の仕事が忙しい時は、全面的に作業に入る。それ以外の時は、百人隊長の指揮で、調練を怠らない。集落は、百人隊を食わせることが、税の半分になるのだ。忙しい時は、遊牧の大きな力になるので、嫌がる集落はなかった。

　百人隊は、二年で違う集落に行く。それで氏族がどうのということは、ほとんどなくなる。処理しなければならない問題が起きれば、百人隊長と集落の長が話し合う。そこで解決できなければ、百人隊を十まとめた千人隊に話があがり、それでも駄目な時はアウラガ府に送られてくる。いまだ、一件も送られてきたことがなかった。法に関しては、カチウンがかなりのところまで、まとめている。

　アウラガ府が見なければならないのは、遊牧の民のことだけでなく、鉄音（ズルフ）があり、戦時には兵站を担う輸送隊があり、各種工房がある。そういうものの規模は、年々大きくなってきて、いまでは一万人以上が働いている。

　ヌオの牧と、コデエ・アラルの牧があり、軍馬の情況がどうなっているかの、把握も必要となってくる。

通信は、ダイルとヤクがやり、交易は黄貴、道路の計画はチンバイである。

それぞれに、指揮し、差配する者がいる。

ようやく整ってきたものだが、ずいぶん前から、テムジンは兵力を多少犠牲にしても、これらのものを充実させようとしてきた。

首を傾げる者もいたが、ほんとうの国の力というものを、ボオルチュは考え続け、テムジンの思いを、少しずつ実現させてきた。

緊急の通信網から、かなり大規模な攻撃があった、と伝えられたのは、息子が生まれて四日経った時だった。

早馬が駈け回ったりはしない。人がボオルチュのそばに立ち、通信の内容を伝えるだけである。

侵攻してきたのはジャムカ軍らしく、もともとのジャンダラン領を奪い返そうとしたようだ。

四千騎の奇襲だったが、すでに打ち返しているという。

翌日には、詳しいことがほとんどわかった。

ジャムカ軍は、武装が整っていた。馬も、質がいいものが揃っていたという。負けても、五千近い兵がジャムカの旗のもとに留まっていて、士気も旺盛だったようだ。

トオリル・カンが、移営中に襲撃を受け、砂金を積んだ荷車が奪われたのだと噂が流れた。ジャムカ軍は、その砂金によって整えられたようだ。

そういう経緯を、狗眼の働きで摑んでいて、次に来るのは旧領の奪回だと、テムジンは予想していたらしい。

ボオルチュは、いつもの調練だとしか思わなかったが、秋も深まったころ三千騎が召集され、ジェルメの配下に入り、旧ジャンダラン領で野営していた。それは、ほぼ実戦の態勢だったのだという。

ジェルメは、ジャムカ軍を、正面から迎えた。相当の激戦になったようだが、カサル軍一千、テムゲ軍五百の横撃を受け、さらにクビライ・ノヤンの五百騎が背後に回った時、潰走したようだ。旧ジャンダラン領の中に、呼応する民はいなかったのか、というのがボオルチュの大きな懸念だったが、まったくなかったという報告が、現地にいる部下から届いた。

民政が、うまくいっていたということだ。民は、実直そうでいて、ほんとうは自分の得を必ず取る。民に損を蒙らせるなら、事前にそのための了解が必要なのだ。

ボオルチュは、アウラガ府にいる重立った者たちを集め、その話をした。軍で言うと、将校でも上級の者たちだ。

テムジンが動かなかっただろうということは、はじめからわかっていた。

動いたという報告がないことで判断できるが、本営にいる常備軍の二千騎は、まずアウラガを守るためにいるのだ。どこかへ行く時は、常にボオルチュにも報告があがる。

「できた法の、肝要な部分は、もう施行してもいいのでしょうか、ボオルチュ殿。殿に、そう言っていただけませんか」

顔を合わせると、カチウンがそう言った。ジャムカの侵攻で、民が揺らぐことはない、とカチウンは判断したようだ。

遊牧の民は、誰かに従うとしても、自由というものは捨てきれない。だから、多少の束縛を伴う法の施行に、ボオルチュは慎重だった。

乱れることなく、法の施行はできる、とカチウンは旧ジャンダラン領の民を見て、思ったのだろう。

「私も、そう思うよ。最後は、殿がお決めになることだが」

「今度、話していただけませんか」

「それは自分で言いなさい、カチウン。でなくても、私にはやるべきことが多すぎる」

「私は、殿の前に出ると、うまく言葉が出てこないのです。多分、緊張しすぎていると思うのですが」

「緊張など、どうでもいい。法はおまえの仕事ではないか。ホエルン様のもとで育った時から、おまえは剣を執る必要はない、と言われていた。殿も、法をきわめることを、許された。自分の仕事が、私などに代弁できることだとは、思わないようにな」

「軍の指揮官は、戦場では自分で決める、と言われていますが」

「おまえは、自分が指揮官だと思ったことはないのか」

「あります。そして頼りない指揮官で、部下はみんな不安だろうとも思いました」

「われわれは、武器を執って戦をするわけではない。頭の中に入っているものを遣って、はっきりとは見えないような闘いをするのだからな」

「はい」

「命を懸けて闘うのも大変だろうが、われわれにも大変なものはある。闘っているのだ、という自負は持っていい」

アウラガ府で働く人間は、かなりの数にのぼっていた。戦で負傷した者が、字を覚えて、意外に役に立っていたりする。

工房が多くなり、そこで働く者たちの家や家帳もあり、中央には暮らしに必要なものを売っている、商賈（しょうこ）もあった。

そこでは、自分の名を書いた札で、買物をする。期日が来ると、それを羊や毛皮などで精算する。それは金国の銭に近く、テムジンもボオルチュも、それを発展させたいと考えている。銭がなぜ、安心して流通するのかには、いくつかの仕組みがあり、確実なものを少しずつモンゴルの現状と照らし合わせている。

いくらか、部屋の外が騒々しくなった。

テムジンが入ってきたので、ボオルチュは立ちあがった。

戦のことで、なにかやるべきことができたのか。ジャムカ戦では、大きな犠牲が出たとは聞いていない。

「おい」

テムジンが言う。

「ボオルチュ、この親父が」

腕を摑まれ、抱き寄せられた。なにか暖かいものが、ボオルチュの胸に拡がった。

「おまえが親父になって、俺は嬉しい」

「殿、私は」

「ここで泣くなよ。泣けば、泣き虫とアウラガでは呼ばせるぞ」

「泣きませんよ。私は、父なのです。父であらなければならないのですから」

「おう、そう気負うな」

テムジンが、笑い声をあげた。

「俺は、母上の営地へ行ってから、おまえの家帳に行く。ボルテも来るそうだ。おまえの息子に会ったら、女たちは残して、すぐに帰ってくるよ」

「私は、行きません。毎晩、帰ることにしているのですから」

「おまえには、戦がある。もう、戦ははじまっているぞ」

「どこで、どういう戦が起きるのでしょうか?」

「ここで、相手もわからぬ戦が、起きることになる」

「ジャムカが相手ではなくですか?」

「あいつは、誰かと組まないかぎり、大きな戦はできない。俺の戦は、これからずいぶんと様変りをする。戦の質そのものが、変ってくるような気がするのだ」

テムジンが言うことを、ボオルチュは自分の考えに重ね合わせることができた。

ジャムカの侵攻など、大したことではない。これからテムジンは、一戦一戦で、草原のありようを変える戦を、していくはずだ。

冷静にさまざまな分析をしてみても、テムジンは草原最大の力を持っている。兵力だけでなく、部族としての綜合(そうごう)の力で、他を凌駕(りょうが)しているのだ。

ケレイト王国のトオリル・カンに対して、臣礼に近い態度をとっている。態度がそうだからといって、部族の力が劣っているわけではない。

いま、草原の諸部族は、ケレイト王国が頂点に立っている、というように見ているだろう。草原の兵を集めれば、トオリル・カンの方が、大軍を集める。

いや、テムジンは兵を集めようなどとはしない。だからどうしても、部族では三番手ぐらいに見られる。頂点にケレイト王国、次にナイマン王国、そしてモンゴル族。

「冬になりますね、殿」

「おまえの戦は、もうはじまっていて、冬の間も続くぞ」

「もう、複雑なものは、なにもなくなりましたね、殿。複雑なものを解きほぐすために、時を待つということも、しないでいいのです。私はアウラガで、ただ力を積みあげます。それを、私の戦だと言っておられるのでしょう、殿」

「タイチウトに追われながら、おまえと二人で砂漠を南下したのを、きのうのことのように憶(おぼ)えているが、あれから長い歳月が過ぎているな」

「まったくです」

ふり返ると、心が締めあげられる。泣くまい、とボオルチュは涙をこらえた。

「私など、背丈が二倍になったほどです」

「それは大袈裟だろう」

「抱えなければならないものは、十倍どころではありませんから」

「俺はキャト氏の長で、モンゴル族の族長で、と大して大きくなっていない」

「わかりません、私には。殿は、なにかあるたびに脱皮され、大きくなられた」

「蛇か、俺は」

「竜ですよ。もはや全部を見ることもできないほどの、巨大な竜です」

「天と地の間に立てば、いるかいないかもわからぬ、小さな存在だ」

「とにかく、私は私の戦に専心します」

「親父になったばかりだというのに、苦労をかけてすまん」

テムジンのこういう言葉で、ボオルチュはこれまで大抵は涙を流した。しかし、涙をこらえきった。

「おまえの息子に、会ってくる」

テムジンが、部屋を出ていった。

ボオルチュは、ひとりきりになっても、泣くまいと思った。

卓に両掌をつき、口もとを綻ばせ、そして声を出して笑った。

孤雲流れる

一

雪が、積もっている。

裏庭の雪は、膝ほどの深さになっていた。

これほどの雪が積もるのはめずらしいことだが、すべてを覆い尽し閉ざしてしまうわけでもない。

朝になった。光は、ふだんよりずっと眩(まぶ)しかった。

泥胞子(でいほうし)は部屋の外に出て階(きざはし)を降り、雪を踏んで厩(うまや)の方へ行った。

厩の奥に、部屋がある。昔、赤牛と青牛と蕭源基(しょうげんき)が名づけた少年が二人、そこで暮らしていた。

いまは、玄牛という十歳の少年がいた。妓楼で働く女を捜すための旅で、填立が拾った孤児である。侯春と名乗り、孤児のくせに生意気だから、玄牛という名にすると泥胞子が言うと、泣いた。

涙が涸れたころ、なぜ泣くのか問うと、祖父の名と曾祖父の名を言った。梁山泊というところで、英雄だったと言い、また泣いた。

侯健が曾祖父で、侯真が祖父だという。父は侯礼といって、玄牛が七歳の時に、血を喀いて死んだようだ。母に育てられたが、八歳の時に捨てられ、孤児となって盗みで生きた。

填立の荷を盗もうとしたのが、きっかけだった。

報告すると、蕭源基は嬉しそうに笑った。

泥胞子は蕭源基に拾われた孤児で、妓楼の仕事を仕こまれ、いま妓楼の差配をしている填立は、泥胞子が拾ってきた孤児である。

「玄牛、起きろ」

泥胞子が声をかけると、玄牛は飛び出してきた。毎朝、体術の稽古をやる。それが終ると、填立が棒術の稽古をつける。

玄牛の全身は、ここへ来た時から、痣だらけだった。めげるだろうと思ったが、いつもしっかりした眼差しで、泥胞子の前に立った。痛めつけられても不屈なところは、填立も認めていた。

蕭源基は、裏庭の武術の稽古を、部屋から出て眺めることを好んでいた。しかし秋口に倒れ、躰が動かなくなった。

いまは寝台で、稽古の気配を感じるのを愉しみにしている。躰は不自由になったが、頭は明晰で、妓楼や書肆の周辺で起きたことを泥胞子が報告すると、すべてそれを憶えていた。

しかし蕭源基がほんとうに関心を持っているのは、北の草原の情勢だった。

それについては、金国軍百人隊長でもあるテムジンが築いたとされる城砦を、ダイルが指揮しているころは、よく報告も受けていた。

スブタイが指揮するようになってからは、ふた月に一度ほど、顔を見せるという程度になった。ただ、寡黙で表情もあまり変えないスブタイを、蕭源基はダイルとは別の意味で好んでいるようだった。

「よし、来い、玄牛」

玄牛が、雪に足を取られないように注意して接近し、いきなり跳躍した。日ごろの半分しか跳べず、泥胞子は襟首を摑んで空にむかって投げあげた。雪の中に落ちた玄牛が、すぐに立ちあがる。出してきた掌底は受けてやり、組み合って投げ飛ばす。玄牛は、すぐに息を乱し、汗にまみれた。

泥胞子が妓楼の若い衆になった時は、武術を教えてくれる者などいなかった。泥胞子は、練達の士だと言われている、大同府の軍営の将校に、体術を叩きこんで貰った。口だけは、一流の技を持っていたことは、泥胞子にとって幸運だった。

聞いた技を、稽古に稽古を重ねて、自分のものにしていった。

多少の素質は、あったのかもしれない。数年経つと、大同府に巣食っているやくざ者でも、泥胞子を認めた。

妓楼で働くには、ある程度の腕が必要だということを、はじめに蕭源基に言われた。

女を連れて逃げようとする男もいれば、酔って暴れる者や女に危害を加えようという者もいる。相手は客だから、血を流さずに取り押さえるのが、一番いい方法だった。

いま働いている十名ほどの若い衆も、三日に一度は、体術の稽古で汗を流す。塡立は、それとは別に棒術もやっていて、泥胞子は時にはその相手もした。

「玄牛、ただ習った通りに手を出せばいい、というものではない。気を集めろ。その気を、拳に乗せろ」

気と言っても、いまのところ玄牛にはわからないだろう。やがて、躰でわかりはじめる。

二刻続けて、稽古は終る。

泥胞子は井戸で水を汲み、容器を抱えて蕭源基のところへ行った。

老婆が二人待っていて、濡らした布で蕭源基の躰を擦りはじめる。それは拭くのではなく擦るとしか言えず、蕭源基が好んでいるのだった。

老婆は、十五年前までは遊妓だった。はじめはほかの遊妓の世話をしていたが、やがて蕭源基の居室の方を見るようになり、倒れてからは、身のまわりの世話を、すべて二人でやっている。

「旦那様、やはり湯はお遣いになりませんか」

「この二人には悪いと思う。さぞ、手が冷たかろう。しかし、湯は遣いたくない」

その理由を、蕭源基は言わなかったが、唇には頑な線があった。

「一年の間に、殿はどれほどの力を蓄えられたのだろうか」

草原を二分する大戦があったのは、一昨年である。

テムジンは、モンゴル族を統一し、同時に南の城砦を拠点にして、オングト族や、旧タタル族の地にも、影響力を強めている。

いつの間にか、蕭源基はテムジンを殿と呼ぶようになっていた。

着物を、着せられた。二人の老婆は、手際がよかった。

蕭源基は、寝台で上体を起こしたような恰好になった。これから、朝食なのだ。

「おまえも、一緒に食っていけ」

「はい、ありがとうございます」

ほんとうは、あまり気が進まない。

泥胞子が知っている蕭源基は、いつも健啖だった。それがいま、極端に少食になっている。かろうじて左手が動くので、匙で口に運ぶが、数回でやめてしまう。饅頭も、半分も食わない。そういうものを見るたびに、胸が詰まったようになってしまう。

孤児だった泥胞子にとって、蕭源基は父で、塡立は弟だった。テムジンやボオルチュも、場合によっては兄弟になったかもしれない。

蕭源基の気持は、テムジンに臣従している、と言っていいであろう。自分はと思うと、やはり兄弟というような感情が強い。

「殿は、遠からず南へ進攻される。この腰の抜けた国を、叩き潰される」

蕭源基が、国に対して非難めいたことを言うのは、めずらしかった。腰の抜けたところと、うまくつき合って、かなり大きなものを築きあげた。

「それでも、私はそれを見ることはかなうまいな」

粥が運ばれてきた。肉の煮汁で作った粥だった。こうでもしなければ、蕭源基は肉を食おうともしないのだ。

「李順の牧の馬が、二万頭を超えたようですよ。白道坂の周辺の牧を、二つばかり買い加えるようです」

泥胞子は話題を変えた。

「おう、しばらく顔を見せぬな」

李順は、金国軍への対応で、ダイルに手を貸した時から、モンゴル族テムジンに、強い関心を持った。ダイルの城砦を訪い、しばしそこに滞留することも少なくなかった。ダイルがスブタイと交替すると、これもまた好きになってしまい、騎馬隊の馬を、自分の牧から自由に選ばせる、ということまでやるようになった。

スブタイは城砦を拡張し、いま二千騎の兵を擁している。

「ふん、李順とスブタイは、気が合うであろうよ」

「李順が、スブタイの城砦に入り浸っていることを、御存知でしたか」

「悪いことではない。李順も私の息子のようなものだが、二男で、長男のおまえがいつも割りを食っている」

「私は、旦那様のそばに、いつまでもいたいのです」

「もうしばらくだ。ほんのしばらくの間、長男は割りを食ってくれ」

「旦那様、なにを申されますか」

「人は等しく死ぬ、と私は言っている。いつ死ぬか選べぬところが厄介だと思っていたが、いまは遠くない日だとまで言えるようになった。寝たきりになってから、命が少しずつ削られているというのを、はっきりと感じるのだよ」

「やめてください。私がどれほどつらいか、おわかりではありませんね、旦那様」

「いや、察して、申し訳ないような気持にもなっている」

養子といえば、ただ働くためにいるのだ、と考える者も少なくなかった。

ほんとうの父子のように、仕事ではないところで関わり合えたのは、蕭源基という人が、どうしようもない寂しさを抱いて生きてきたからかもしれない。

「しかし、おまえには悪いが、自分の人生が捨てたものではなかった、と私は思いはじめているのだ。すべてが、殿に会えたことによるな」

「まだ、それほど大きくなっていなかったテムジン様を、訪ねる旅もできたのですからね」

「そして、聞いたよ。天一地一」

「天がひとつならば、大地もひとつなのだ、と言われましたね」

「どういう意味で言われたのかは、わからぬ。しかし、私は聞いた。意味もわからず、心がふるえる言葉を」

蕭源基が、粥をひと匙、口に入れた。

「私は、贈られた『史記本紀』を返しながら、テムジン様が言われたという言葉にも、心がふるえましたよ」

「北の歴史は、自分が作る。あの時から、殿は並みではなかったのだな」

蕭源基が、笑いながら、また匙を口に運んだ。テムジンの話をすると機嫌がよくなり、その分、匙の数は増えるのかもしれない。

それでも、蕭源基はひどく痩(や)せた。でっぷりしていた躰が、別人のように小さくなったのだ。眼だけが、以前の蕭源基のようで、変っていない。

「なあ、泥胞子。書肆をどうしようか？」

不意に、蕭源基が問いかけてきた。

「蔵にも、書が詰まっていますが、これは勿体(もったい)ない話でしょう」

「そうだ。読む者がいない書は、書ではないのだからな」

「書肆の建物を大きくして、蔵の中の書も全部並べましょうか」

「ほんとうか、泥胞子。しかしな、並べると言っても、ただ積みあげておけばいいというわけではない。それができる者が、おるまい」

「旦那様なら、おできになります」

「動けもせぬのに」

蕭源基が、口もとだけで笑った。

「これを」

泥胞子は立ちあがり、壁の棚に置いてあった冊子を持ってきた。ついでに、炉に薪(まき)を足す。薪に火が移る音がする。

「旦那様、これには蔵の中の書物が、書きとめてあります。棚に置いてある順番通りにです。それからこちらが、店を拡張するための図面です。蔵の中の書物が、ぴったりと入るように測ってあります」

「なんのために、こんなことを？」

「勿論(もちろん)、書が人の眼に触れて、購うこともできるようにするためです。書を、死なせてはなりませんから」

「かなり長い間、私は書が命だと思ってきた。書を読むだけでは駄目なのだと、殿から教えられた。それでも、書に対する愛情が消えたわけではない」

「承知しております。書を生かしたい、と思っておられることも」

「私はここで、望む通りに書を並べ、人の眼に触れさせてやることができるのか」

「相当な数です。忘れているものも、あるのではありませんか」

「憶えている。そう思いたい。忘れているものも、思い出すようにしよう」

動く左手で、冊子を撫(な)でた。

自分が読みあげることになるだろう、と泥胞子は思った。書が、それほど好きというわけではなかった。少なくとも、書こそが命だと思ったことは、一度もない。

「図面を、御覧になりますか。実は、私の自信作なのです」

「おう。板かなにかに貼りつけて、いつも見ていられるようにしてくれるか」

「脚のついた板を、用意してあります」

「なにもかもが周到に、そして私を死なせないように、準備してあるようだな」

「死なせないなどと。旦那様は、死なれるわけがありません」

「書をきちんと棚に並べてみるまではな」

「並べても、また並べ替える。満足がいくまでに、何年かかるのでしょうね」

泥胞子は、蕭源基が寝たきりになった時から、一日二刻、違わずに書が積みあげられている蔵に入り、書名を記録した。

記録しながら、胸にこみあげてくるものがあった。すべてが、蕭源基の人生の一部を占めているのだ。そこに、蕭源基が間違いなくいて、泥胞子に語りかけてきた。

「私の人生が終るまでに、どれほどの書を読めるのかは、わかりません。一巻一巻、私は読み続けるしかない、と思っております」

「ありがとう、泥胞子。書を並べることができるのも嬉しいが、おまえが読もうと思っていることは、もっと嬉しい」

「塡立も、読みます。いや、書肆にあるものを、少しずつですが読んでいます」

「そうか。私はいい息子たちを持った。殿だけだな。これと思って贈った書を、返してきたのは。書を超えるなにかを、あの時、私は感じたのだがな」

「いまも、感じますよ。旦那様が、なにも言われなくなったら、私が勝手に書を棚に並べます。

そうしたところで、ほとんどの人々はわかりはしません」

「わずかだが、棚を眺めただけで、わかる人たちがいる。泥胞子、心配するな。私は棚が完成するまで、死ぬことはない」

蕭源基は、もうひと口粥を口に入れると、匙を置いた。

「なにかあったら、玄牛を遣ってください。いま、塡立が読み書きを教えているところですから」

「塡立は、よく育った」

「ありがとうございます。拾ってきた私が、褒められたと思うことにします。玄牛の場合は、拾ってきた塡立が問われます」

「私が、わがままな人生を押し通せたのは、人に恵まれたからだな。しみじみと、そう思う。そして晩年には、夢に心をふるわせる日々がある」

「書肆も、よろしくお願いします。将来は、私は書肆の奥に座って、書見をする日々があるのかもしれませんし」

泥胞子は、拝礼して部屋を出た。炉の薪が、ようやく音をたてて燃えはじめていた。

妓楼の方へ行き、厨房を覗いた。拭き掃除を終えた玄牛が、朝食を与えられているところだった。

「この間、作った板と脚を、旦那様のところへ持って行ってくれ」

「あの、図面を貼りつけるためのもの」

「めしを、食い終えてからでいい。厠（かわや）の掃除の前に行けよ」

「旦那様がおっしゃる通りに、備え付けてきます。それから、細い棒も用意してあります」

細い棒で、図面を指すことぐらい、蕭源基はまだできる。動かせるところは動かした方がいい、というのが二人いる医師の意見だった。

部屋といっても、いまは寝るのには遣わず、妓楼の業務をやるためだけに遣っている。寝るのは、蕭源基の隣の部屋である。

蕭源基のころから、遊妓たちは、ふた月に一度、医師に診て貰うことになっていた。

泥胞子は、医師の報告書を読みはじめた。

遊妓が、その仕事で罹ってしまう病があり、それには特に注意していた。治療に三月もかかることがあって、薬代などは妓楼から出るものの、その間、商売ができないので、隠そうとする遊妓も少なくなかった。

躰そのものの病については、流行るもの、その本人だけのもので、扱いが違う。人の数だけ病がある、と昔から泥胞子は思っていた。それを怠らず医師に診させているので、この妓楼の評判は、きわめていい。

塡立が入ってきた。

饅頭二つと野菜と肉の煮こみを、盆に載せてきた。

「ちょっと早いですが」

朝食を満足に食っていないことを、塡立は知っていて、気を利かす。

「二人、あの病か」

「いまはもう、奥の部屋で寝起きさせています。十日は必要でしょうね」

「これが流行ると、問題だ。十日、客を取らせないだけで、大丈夫か？」

「医師は、そう言っているのですが、泣き落としにかける女もいるので」

二人の医師の意見が一致した時、客を取る許可を出す。

「この二人、同じ客を相手にしているな」

「今度現われたら、断ろうと思っているのですが、姿を見せません」

「わざわざ、移す気で来るやつがいる。女に移すと、それで治るなどという、迷信もあってな」

「とにかく、入れないことです」

饅頭と肉を、食いはじめた。

女たちは、ようやく起き出してきたようだ。

深夜まで仕事をするのが普通で、客が泊ることもある。

厨房が最も忙しいのが、この時刻だった。夕刻は、女たちが忙しく、食事をする時刻も決まっていない。

「今日、二十人ばかり、回ろうと思う」

二、三度妓楼に上がった客で、また来て貰いたいと思う相手には、ちょっとした物を持って挨拶に行く。

昔は、いい客のところをそうやって回ったが、いまは役所を統轄している役人や、軍の高官が混じるようになった。数人が集まって談合できる部屋があり、役人や軍人には優先的にそこを提供する。

談合を盗み聞きすることは、しばしばあった。それで、役人や軍人の弱味を摑むことになる。

「雪が解けたら、北ではまた戦ですかね」

煮汁を饅頭にしみこませながら、塡立が言った。塡立は、赤牛、青牛のころのテムジンしか知らない。ボオルチュは、時々大同府にやってきた。

「もう、草原の覇権が決まるのだろう。テムジン様は、じっくりと力を蓄えられ、決して急がれることはなかったが」

「赤牛のテムジン様と、私は会いたいなあ」

「縁があれば、会えるさ」

厨房の方から、女たちの笑い声が聞えてくる。泥胞子は、玄牛を呼び、荷を持たせた。二十個ほどの大荷物だが、帰ってくるころにはなくなっている。

「旦那様は、とても嬉しそうでした。あまり手を動かさなくても、棒で図面の上を指せるのです」

道の雪は、両側に掻き寄せてあるが、ところどころ解けて、靴を濡らした。

これほどの降雪はめずらしく、人々はみんな戸惑っていた。

二

眼の前に、拡がっているものがある。

地平まで続く、草原ではなかった。草原よりも、広いだろう。

タルグダイと二人で海を見たいという思いは、かなえられていた。

タルグダイはタイチウトの長ですらない、ただの男だった。そのただの男の妻であることが、ラシャーンには幸福だと感じられた。

ただ、タルグダイに暮らしの不自由はさせられない。

屋敷を、ひとつ買った。下女が三名と、厨房の男が二名。それに執事の老人を一名。

砂金が、いくらかあった。軍を整えるなどということはできないが、家を買うことはできた。

交易隊は、戦と関りのないところで動いていて、その一部は、いまだ生きている。

北へ甘蔗糖を運び、砂金に換える。それだけではなく、魚介の乾物を運び、毛皮と交換して持ち帰る。それで、荷車が空で動くことはなくなった。

ラシャーンはいま、北とは信じられないほど遠いところにいる。ここへ来るまでに、半年かかった。

点々と、商いの拠点を作りながら、南下してきたのだ。気候も、暑い日が多い土地だ。北とは、二十の拠点で繋がっている。

金国ですらなく、その南の南宋だった。潮州というところで、近くに海門寨と呼ばれる大きな集落があり、そこから北へ行くと、潮陽である。潮陽はそこそこの城郭で、さらに北にもっと人が多く規模も大きい、海陽があった。

屋敷は、海門寨から十里ほど東にあった。もともと海陽の分限者が、海を眺めるために建てた別邸らしい。周辺に家はなかったが、孤絶している場所でもなかった。

タルグダイは、一日の半分は海を眺めていた。ラシャーンがそばに行くと、静かに笑い、茶をくれと言ったりする。

タルグダイは、茶を好むようになった。馬乳酒の代りの茶、という感じだ。酪はなく、時々、牛の肝の臓を食ったりする。

「ラシャーン、海門寨の市場へ行くか?」

タルグダイが、海にむけた椅子から、声をかけてきた。大きな樹があり、その下はいつも日陰だった。

ラシャーンは下女に茶を命じ、タルグダイのそばの椅子に座った。椅子は二つだけで、ともに海をむいていて、間に小さな卓がある。

「船ですか?」

「そうだ。港の方へ、急いで帰っていったぞ」

船のほとんどは漁船で、四、五名が乗り組み、網を遣って魚を獲る。

「行ってみましょうか。今日は、誰か来るという予定はありませんから」

「俺も、行くかな」

「ならば、馬で行きますか」

厩には、馬が二頭いた。海陽で手に入れた馬で、大人しく、ごく普通の駈け方をする。馬体は草原の馬よりいくらか大きいが、長く駈ける持久力がない。

戦をするわけではなかった。気紛れに野駈けをしたり、車を曳かせたりもする。

「鄭孫、馬に鞍を載せておくれ」

背後で、返事がある。鄭孫は使用人ではなく、ラシャーンの商いの弟子だった。なにを見たのか、どうしても弟子になりたいと言ってきたので、二年と期間を切って受け入れた。

鄭孫は、ひたすら荷車の遣い方を見ているようだ。

「礼賢様、鞍を載せて、引き出してあります」

北の商人で、礼賢。そして夫の馬忠。鄭孫は、それがほんとうの名だとは、思っていないだろう。ただここまで南に来ると、北の人間はめずらしく、逆にもっと南から働きに来ている、肌の黒い男たちもいた。みんな、わかりやすい中華の名を持っている。

海門寨まで、ゆっくり駈ける。北の草原と違って、たえず道に人の姿があり、速く駈ければ事故が起きかねない。

鄭孫が、自分の脚で駈けてきた。

海門寨の市場は城壁の中にあるが、船着場は手前で、魚が揚げられているところだった。四艘いるどの船も魚を満載になるまで獲ったようだ。

十人ばかりの商人が、買付けの交渉をして、桶に入れた魚を荷車に移しはじめる。鮮魚を売る商人が半分で、ほとんどは潮陽に運ばれるのだ。

小樽一杯の魚は、その場で買える。まだ生きている魚もいた。

商人がひとり、寄ってきた。乾物を作って売っている。それは日保ちがするので、ラシャーンもまとめて俵で何俵も買い、別に買いつけた甘蔗糖と一緒に、十台の荷車で運ぶ。

それを一度やって、うまく北の果ての地にまでふた月で届くことを確かめた。

草原にいて、それはなんとなく存在が感じられる程度だったが、金国や南宋には、物を運ぶ道があって、荷車の台数に応じた銭を払えば、かなり長い距離を、安全に運ぶことができる。そこでまた銭を払い、次の長い道に入り、三度それをくり返したところで、北の果ての土地に着く。道は、いろいろなところに張りめぐらされていて、荷車なしで通行するのは無料である。

「俵物が、百ほどあるのだがな、礼賢殿」

「百四十俵になったら、買います。まあ、値によりますが。牛に曳かせる荷車にしたので、多少は多く積めるのです」

網にかかったもの以外の魚もあって、タルグダイはそれを見つくろっていた。

荷車一台に十五俵積める。俵物一俵分は、甘蔗糖を積むのである。甘蔗糖だけは北の果てまで運ぶが、俵物は、途中で絹や陶器と入れ替えたりする。帰りは、毛皮がほとんどで、黒貂や白熊の毛皮は、破格の値で売れる。

ラシャーンの交易が、一応はうまくいっているのは、北の果てにまで運ぶ労を惜しまないからだ。帰りは毛皮と砂金になっているが、途中で毛皮が売れれば、荷車の空いた場所にほかのものを載せてくる。

鄭孫が感心しているのは、ひと時たりと荷車に無駄な隙間を作らないということだった。

荷車を無駄にしないというのは、熟練の技でどうにでもなる。商いは、そこに利を生むものを積めるかどうかだった。

鄭孫に、市場での買物を頼み、ラシャーンは小樽を両側にぶら下げた馬で、屋敷へ戻った。

タルグダイは、人が少なくなると、馬を駈けさせたりしている。

屋敷へ戻ると、厨房の男たちに、魚を捌かせた。

タルグダイが買い求めたものは、薄く切って生で食うのである。はじめ薄気味悪いと思ったが、口に入れると濃厚な味が拡がり、肉とは違ううまさがあった。

魚が生きていれば、二日は保つようだ。

あとの魚は、焼いてから甘辛く煮るもの、生のまま塩をして、陽に干すもの、野菜の煮物に混ぜるものに遣う。

北の草原とは違って、冬でも寒くない。それは、魚や肉をそのまま置いておけないということだった。

料理の方法も、さまざまだった。

生で食らうほかに、浜焼きというものがあり、タルグダイはそれも気に入っていた。

魚の腹を裂いて内臓を出し、そこに香草と塩と米を入れる。そして房芋の葉などに包んで浜に埋め、その上で焚火をするのだ。熱く焼けた砂で、魚は焼いたものとも煮たものとも違うものになる。

タルグダイが、どこでその料理を知ったのかはわからない。訊いても、笑うだけだった。

ラシャーンは、魚の腹の中に入っている米が、ほんとうにうまいと思った。さまざまな味がしみこんでいるのだ。

タルグダイが魚を好きだというのは、ここへ来るまでわからなかった。草原でも魚が獲れるが、口にしているのを見たことがない。それについては、淡水と海水で育った魚は違うと言ったことがある。

タルグダイは明るくなったが、それがいいことなのかどうかは、判断できなかった。

笑顔にも、どこか危うさがある。

海を眺めているタルグダイを見ていると、ふっと消えてしまうのではないか、という恐怖に襲われることがあった。

たとえば、海に吸いこまれるように、消えていく。そんな背中をしている、とラシャーンは、ふと感じたりしてしまうのだ。

戦は、一昨年のことになる。

タルグダイは死なず、命を拾った。

東への旅をはじめた時、タルグダイは寡黙で、暗い眼をしていた。野宿では、抱いて寝た。食事も、咀嚼したものを口に流しこんだ。

ひと月で大興安嶺を越え、それからは南へむかった。交易隊の者たちが、要所要所で手助けしてくるので、タルグダイにつらい思いをさせることはなかった。

燕京(えんけい)もそばを通りすぎただけで、海州(かいしゅう)へ入った時、タルグダイははじめて海を眼にした。

丸一日、タルグダイは砂浜に座りこみ、海とむき合っていた。それから、不意に明るくなったのだ。憑(つ)きものが落ちた、というふうに見えたかもしれないが、ラシャーンはタルグダイになにかが憑いたと思った。

それからふた月ほどかけて、潮州に到った。

ラシャーンはその道中で、交易の拠点となるべき場所を作っていったが、タルグダイは数日同じ場所に滞留すると、必ずうまいものを捜し、ラシャーンにも食わせてくれた。

ラシャーンは、潮州海門寨の近くの屋敷を買ったが、もともと自分がいるのは潮州あたりが適当だろう、と見当はつけていた。

この屋敷は、交易隊の者が見つけていた、いくつかの建物のうちのひとつだった。

「魚を生で食するのは、よほどの時だけと決めていただけませんか、殿」

「おまえは嫌いか、ラシャーン」

「おいしいと思いました。でも、海門寨からここへ届く間に、躰に悪いほど魚は腐っているかもしれません」

「腐った魚は、臭(にお)いを嗅いだだけでわかるのだぞ、ラシャーン。ここは、新しい魚を手に入れられる、いい場所だ」

「それはわかっていますが、殿はいつも極端なのです」

「生は、これと思ったもの以外は、食わないようにしよう」

「私は、安心できません」

いまは、咀嚼したものを口に流しこまれるのは、とんでもないことで、タルグダイはじっくりと、食物のうまさを愉しんでいるのだった。口に入れ、しばらくしてから咀嚼をはじめ、呑(の)みくだす。その間、眼を閉じている。

タルグダイは元気になり、しかしその分だけどこかが死にかかっている、とラシャーンは感じていた。だから、海とむかい合わせたのが、いいことだったのかどうか、わからないのだ。

料理人の男が、皿に薄い切り身を載せて外の卓に持ってきた。醬を入れた小皿もある。

タルグダイはそれを、左手で箸を遣って上手に食べた。ラシャーンが食べる時は、指さきでつまむ。

「海門寨の港に入ってきた、大きな船の船頭に、このまま沖へ行けばどこへ着く、と訊いたことがある。島に着くことが多いが、海はさらにその先に続いていて、どこまで続いているのか、わからないそうだ」

交易の道が、潮陽、海陽としっかり作られているので、海門寨の蔵に交易品が降ろされることが多い。まだ来てはいないが、甘蔗糖を積んで、ここよりもっと南から出た船が、寄ることもあるらしい。

海門寨の城外に並んだ蔵のひとつを、ラシャーンは買いとっていた。いまのところ、俵物をそこに入れておくぐらいである。

「殿は、船で海へ出たい、と考えておられるのですか」

「ここに座って、夢想したことがある」

「嵐などが来たら、とんでもないことになります」

「沖からこちらへむかっていた船が、波に呑みこまれるのを、俺は見た。嵐から逃げきれずに、そうなったようだった。乗っていた者たちは、海に沈んだのかな」

嵐とまではいかなくても、強い風が吹くだけで、ここはかなりひどい状態になる。木の小枝が折れて、飛んでくる。置いてある物も、動いたり倒れたりする。

斜面にちょっと突き出したところが、楼台になっていて、母屋はその後ろである。日陰を作る答満林度（タマリンド）の樹は、母屋と楼台の間で、しっかりと踏ん張っていた。

楼台に座っていて、なんとか浜が見える。少し右には岩場があって、小さな舟が魚や貝を獲っていることがある。その舟を浜に呼び寄せて、タルグダイは鮑（あわび）を直接買い求めたりした。

ここでの暮らしは、申し分ないものだった。タルグダイも、それを口に出して言う。しかし、タルグダイの半分だけが、それに満足しているのだ、とラシャーンは感じる。残りの半分は、ラシャーンが理解できないところを、さまよっているのかもしれない。

数日後、北へやっていた交易隊の一部が、戻ってきた。それが、最後の甘蔗糖を北へ運び、砂金と毛皮を持って帰ってきたのだ。

「草原で荷を運ぶより、楽だという気がしました。勾配の少ない場所を選んで、道が作られています」

ラシャーンも、北から来たのだから、その道を通ってきた。どこから見ても、荷を運ぶための道と思える。

帰ってきた荷車は三台で、海門寨の蔵の前に置いてある荷車より小さい。これからは、牛に荷車を曳かせることにして、潮陽の城郭のはずれの牧で、二十頭の牛を調教している。

やがて、拠点のどこかに牛を十頭置いておけるようになれば、交易隊の尻をあまり叩かなくても、ゆったりと商いができる。

雨の日が続いた。

激しい雨ではなく、降っていないかもしれないと思って外へ出ると、全身がじわりと濡れてくるような雨だ。

ここへ来たのは、昨年の秋の終りだった。冬の間は、あまり雨は降らず、寒くもなかった。春さきになり、風が吹く日があり、それからこんな雨の日になった。

雨の日は、風が吹かないので、タルグダイは長い柄をつけた大きな傘を後ろに立て、同じ場所で海を眺めている。

そばに行くと、ラシャーンの分の椅子も、濡れていない。だからしばしば、雨の中で、タルグダイと並んで海を眺めた。

幸福なはずだった。静かに二人で過ごせる時を、求め続けてきた。そうなると、すべてが毀れる、という不安に襲われる。

ラシャーンにとってのすべてとは、タルグダイにほかならない。タルグダイがいなくなれば、すべてはなくなるのだ。

タルグダイにしても、戦のことを考える必要はなくなった。氏族のしがらみからも、解放された。自分の愉しみだけを、追い求めてもいいのだ。

それで元気になったのは半分だけで、あとの半分は死にかけている。

どうしようもないことだった。時が、洗い流してくれるのを待てばいいのか。もっと大きな愉しみを、タルグダイのために用意すればいいのか。

ある日、陽が落ちて暗くなるのに合わせたように、客がひとり訪ねてきた。

その名を執事から聞いて、ラシャーンは自分の執務室に通すように言った。

交易のための仕事をする部屋で、書類が溢れている。草原にいるころは、口から出す言葉が、どんなものより重く、だから書類などなかったのだ。

明りを、三つ。それで部屋はずいぶんと明るくなる。

入ってきたウネが、ラシャーンにむかって拝礼した。このタルグダイ家の家令だった男については、ラシャーンはずっと見ていたが、ほとんど言葉もかけなかった。

黙々と仕事をし、不正とは無縁だった。

「よく訪ねてくれました。すぐ殿に会いますか、ウネ？」

タルグダイは魚を食い、それから酒を飲みながら、厨房の男たちと賽子(さいころ)に興じたりする。そして寝てしまうのだ。

「まず奥方様に。これをお返ししなければなりませんから」

ここを訪ねるのは、その気になれば難しくはない。交易隊は動いているのだ。

「これは、砂金ではありませんか」

「タルグダイ家の財産の、すべてでございます」

砂金の小袋が二つ。普通の人間にとっては、相当の大金だった。しかし、こんなものがあることさえ、ラシャーンは知らなかった。

「確かに、返して貰いましたよ」

ラシャーンは、酒と肴を運ばせた。

問わず語りに、戦のあとタイチウト氏がどうなったか、ウネは伝えはじめた。サムガラとホンという、軍の中心にいた将軍の二人は、それぞれ深く傷を負い、世を捨てた状態なのだという。百数十人いた長たちは、テムジンに忠誠を誓った者がほとんどで、十数人が抗い首を打たれた。タルグダイが子供のころからかわいがっていたソルガフは、一戦の機会を与えられ、十数名で闘って死んだ。

牧にいたオルジャは、いまもそのままいるらしい。死んだ副官のガラムガイの息子は、逃げて行方が知れない。

細かいことや、もっと多くの人間のことも語ったので、六刻ほどかかった。

「明日、引き合わせましょう。鄭孫という者がいる。おまえはこれからも家令をやるが、それは海門寨の近くに建てる、商館の差配が仕事です。鄭孫と二人で、商館をかたちあるものにしなさい。これは、そのために遣って意味が出るものです」

砂金の小袋を二つ、ウネに渡した。

「私を、遣っていただけるとは、思っておりません。仕事をすべて終えることができたと、いまはほっとしています」

「仕事が終ったわけではない。なぜなら、殿は生きておられるからです。そして、おまえは家令のままです」

「私に、交易の仕事ができるとは思えないのです。家令としても、力は尽しましたが、ふり返ると後悔することばかりです」

「明日、おまえは殿に会います。それまでに、返答を決めておきなさい」

「いまここで」

「それは聞きたくない。タイチウトの話をずいぶんとして、おまえの心の中には絶望があるだけでしょう。ひと晩、考えなさい。いいですか。タルグダイは、殿は健在なのです。おまえがこの地にいることは、殿にとっては救いだろうと思います」

ウネが、うつむいた。

もうしばらく、この男と飲もうと思い、ラシャーンは下女に酒を命じた。

三

二千騎の常備軍は、相当の精鋭に仕あがっていて、率いていると快感を覚えるほどだった。軍全体を見ても、百人隊をきちんと揃えて、三万騎に達する。キャト氏もタイチウト氏もジャンダラン氏もなく、等しくモンゴル族なのだ。

テムジンは、それでもなにかしら、閉塞感に似たものに襲われ続けていた。

将軍の数も、将校たちの質も、思った以上にできあがっている。ひとたび召集をかければ、三万騎の軍はあっという間に出現する。

南からこの草原に戻ってきた時、テムジン軍は数騎だった。とても軍と呼べるようなものではなかったが、軍だと自分で思い定めた。

その軍を徐々に、大きくできたのだ。

軍が充実しているだけでなく、内政も生産も、充実していた。それを見て、自分が満足しているかどうか、よくわからなかった。

草原は、春である。

テムジンは、鉄音（ズルフ）にいた。

麾下は、百騎。それを入れ替えながら、常備軍の中から出す。いまも、少し離れたところで、麾下は野営している。

鉄音の規模は、これ以上大きくはならない。採れる鉄鉱石の量がかぎられていて、鉄塊が足りず、交易に頼っているところも大きい。

鉄音に滞留する時は、テムジンは長屋の部屋を遣った。そこの食堂では、饅頭が食えた。金国から来た者たちが、麦が食いたくて畠を作ったのだ。

陳元（ちんげん）が、アウラガ府の鍛冶全体を見て、新しい者を育てる仕事をしているので、ここを差配しているのは、義竜（ぎりゅう）だった。

王厳（おうげん）と鄧礼（とうれい）という老人が金国から来ていて、坑道の掘り方などを教えていた。王厳が三年前に死に、去年、鄧礼が息が吸えなくなって死んだ。

山から鉄鉱石が掘り出されてくるのを、遠くから眺めているのが、テムジンは好きだった。山が、鉄に変る。それはわかるが、山はその形を失ってはいない。

大きな二つの炉からは、たえず煙があがっている。二つを見較べると、かたちも大きさも違う。作り出す鉄塊の質が違うのだ。武器にする鉄塊は、ほかのものよりかなり手間がかかるようだ。

夕食を終えて部屋へ戻ると、義竜が酒を抱えてやってきた。

「ここの料理も、変ったものだな、義竜」

「なにを食ったんですか。大きな鍋に、どんと火を入れて、素速く作る肉料理が、しばしば出ます。開封府（かいほうふ）から、男の料理人がひとり来ましてね。それまでは、婆さんが何人かで、肉と野菜を煮ているだけでした」

義竜は、焼物の器に、酒を注いだ。

「その料理人は、つまり開封府でも料理人だったのか」

「店を構えていたようですよ。役人に因縁をつけられ、その役人と仲よくしているやつに乗っ取られたそうです」

「腕はいいのだな」

「若い男を三人、そいつにつけています。三人のうちのひとりぐらい、そいつの技を引き継ぐのではないかと思って」

「モンゴル族の地のどこでもそうだが、これからは遊牧の民以外の人間の出入りも多くなる。そんな料理人も必要だぞ」

「殿が、そんなこと言われなくてもいいですよ。下の方で、ちゃんと考えてますから」

「俺はどうも、細かいことを気にしてばかりいるようだ。ボオルチュがむきになって作らせた厠が、役に立っているかどうかとか」

「役に立つって、畠の肥料になるかどうかということですよね。どうやれば肥料になるか、殿は御存知ないでしょう」

「溜ったら、それを畠に撒く」

「違いますね。厠の近くに、大きな穴があります。石積みで作られています。その穴に、人糞から牛や馬の糞まで、全部放りこむんですよ。ここじゃ、石炭がいくらでもあるんで、家畜の糞を干して、燃料にする必要もないんですよ。糞は、邪魔なものですね」

「穴に放りこめば、どうだというんだ」

「不思議なことに、臭いもあまりしなくなります。棒で、三日に一度ぐらい、掻き回すんですがね」

「俺も、大同府でそんなものを見たような気がするな」

妓楼の厠は、あろうことか銭を取って汲み取りをさせていた。それは城外に運ばれ、畠のそばの穴に入れられる。テムジンもボオルチュも、その手伝いはさせられた。

「麦ではなく、野菜の畠にやっているようです。野菜は、河の水で洗って、煮て食うんですがね。生がうまいと言って食ってるやつもいるんですが、俺はいやだな」

「俺もだよ、義竜。それにしてもきのう厠へ行ったが、強烈な臭いだったよ」

「あれに馴れてくる。それは言えます」

義竜が笑った。テムジンは、酒を呷り、焼物の器を眺めた。

「いいな、これはなかなかいい」

「俺が作って焼いたのですよ」

「義竜が、こんな技を持っていると思うと、嬉しくなってくる」

「殿も、焼いてみますか」

「やめておく。俺は、焼物師のようになるに違いないぞ」

「そうですね。ボオルチュが、そのうち焼かせてくれと言ってきているのですが」

「あいつは大丈夫さ。ひとつ焼いたら、それですべてがわかったつもりになれる」

義竜が、うつむいて含み笑いをした。

「ボオルチュが焼こうとするなら、言ってくれ。自分で同じだと思える器を、二つ作れ。それで、酒を飲もうと」

「焼くのを、やめてしまうのかな」

「いや、結局、あいつは焼くよ。そして、気に入ってはいない、などと言うが、割ったりする者がいたら、逆上する」

義竜は、まだ含み笑いを続けていた。

「ボオルチュが焼いたものが割れたら、代りを出す。殿が焼かれたと言って」

「いつまでも、根に持たれそうな気がする」

「まったくです。俺も、いまそう思いました。それでも、怒りながら泣きますね、あの人」

「もう、あまり泣かんよ」

　金国から来た者の中のかなりの部分は、ボオルチュが見つけ出し、声をかけて連れてきた。

　義竜は、大同府でテムジンと決闘し、その時に渡した短刀を持って、自分で訪ねてきたのだ。短刀を渡したことが、決して無駄ではなかった、といまもテムジンは思える。

「この間、耶律圭軻殿が来ましてね。モンゴル族の領地に、もう鉄の鉱脈はない、と言っていました。あの爺さんが諦めたんだから、ほんとうにないんでしょうね」

「この近辺で、三つほど鉱脈を見つけたが、すぐに掘り尽してしまうものだった」

「ここの鉱山じゃ、まだ鉄は出ていますが、ずいぶんと掘りにくくなっているそうです。坑道が複雑に入り組んで、崩れるのを防ぐためにかけている手間が、相当なものだそうです」

「王厳と鄧礼という二人の漢人が、坑道の掘り方を教えてくれたようなものだった。あれは、忘れられんな」

「なかなか、味のある爺さんたちでしたよ」

　テムジンが飲み干した器に、義竜が酒を注いだ。

「義竜、ここから相当遠いところで、もし大きな鉱脈が見つかったとしたら、それを採掘する隊と、炉から鉄塊を作り出す隊を、編制できるか？」

「でかい鉱脈が見つかったら、ですか」

「鉄鉱石をここまで運ぶのは、相当な労力になる。鉄塊にしたものを、ここへ運ぶ」

「じゃ、ここは鍛冶ってことになるんですか。悪くないかもしれませんね。石炭は豊富なんですから」

「そして、アウラガの近くでもある」

「大事なことですよね、それは」

「アウラガとは、水上、陸上ともに、太い輸送路を作る」

「勿論、隊はできますよ」

「大規模な隊にしたい」

「ここの鉱山はもう無用になるのでしょうから、採掘にあたっている人間は、そちらへ移せるのですが、そんな鉱脈、ありますかね」

「もし、見つかった場合の話だ」

「俺には信じられませんが、隊が編制できるようにはしておきます。そこで作るのは、鉄塊だけなのですね」

「鉄塊の輸送だけなら、バブガイの兵站部隊を遣わなくても、楽にできるだろう」

鉄塊の輸送に専従する者が、毎日のように鉄音に鉄塊を運びこむ。交易で鉄塊を得るより、ずっとたやすいはずだ。

「殿は、おかしな夢を見られますね。だから、殿なのかな」

「戦があるかもしれず、それを考えるのはこわいから、戦の先にあるもののことを考える」

義竜が、おかしそうに声をあげて笑った。

いまの草原の情勢は、部族がそれぞれまとまっていて、大きな戦が起きる要因が、あまりない。

鉄音から見ていると、平穏にさえ思えるのかもしれない。

間違いなく、なにかが近づいていた。

親金国勢力のケレイト王国とモンゴル族を、ナイマン王国と西遼が討とうとする。考えられるのはそういうことだが、考えられないことも起きるのだ、とテムジンは思っていた。

ケレイト王国とは、関係がいいとも見えるだろうし、冷めかけていると感じる者もいるかもしれない。

縁談が、持ちあがっては消えた。

こちらの出方を見るための縁談だ、とテムジンは思っていた。

トオリル・カンの顔が見えてこない。政事の中央にいるのは、去年、相当の砂金をジャムカに奪われる、という失態を演じたセングムだった。ジャカ・ガンボもアルワン・ネクも、戦がない時には、表面に出てくることがない。

セングムは暗愚だが、常人が考えないような馬鹿げたことをやるという点では、難しい存在でもあった。

「殿、鉄音にはいま、千二百人ほどの人間がいます。期限を切って働かせたタタル族の俘虜(ふりょ)の中で、そのまま残っている者もいますし。ここで作られる鉄の量と較べると、人が多くなりすぎている、と俺は感じることがあるのです」

「できるだけ、そのまま働かせてくれ。仕事を見つけてやるのも、おまえの任務だ」

「そういうことなら、職人になれそうなやつらを、いやというほど鍛えますよ」

義竜は、鉄塊にもいろいろあって、戦でちょっとした留具に遣うものから、武器として遣うもの、暮らしに必要なものなどで、鉄塊を作り出す熱の高さが違うのだ、と言った。

「武器のための鉄塊が、一番手間がかかるのですがね。鉄塊から武器にする時、鎚で打つのですが、火花が出る間は、余計なものが混じっているということなのです」

「そんなことは知っているぞ、義竜。ジェルメの腰にある剣は、俺が打ちあげたものさ」

「そうでした。すごい切れ味だ、とジェルメ殿に聞いたことがあります」

「俺の剣は」

テムジンは立ちあがり、寝台のそばの棚にある、吹毛剣を抜いた。

義竜はちょっと躰を反らし、それから顔だけ近づけた。

「これは、いい鉄塊を遣っています。玉鋼などと呼ばれるもので、剣を打ち出すには最適のものです。生きていますね。打ちあがり、剣になってから、どれだけの武者の手を経てきたのだろう、と思います」

「その最適な鉄塊は、作り出せるのか。玉鋼とかいうやつは」

「できます。大量というわけにはいきませんが」

「それから、剣を打ち出してくれるか」

「殿、これほどの剣をお持ちなのに」

「俺のではない。カサルとテムゲのものを、それが終ったら、息子たちに」

「何年も、かかります」

「もしできなかったら、それはそれでいい。おまえの命がこめられていたら、俺はいいと思っている」

「俺は、死にますね。トルイ様の剣を打ち終えたら、多分、死にます」

「死ねないさ。息子が終ったら、次は孫たちの剣だ。どこまでも、終りはない」

「むごいことを言われますね、殿」

「許せよな、義竜」

「まあ、殿を訪ねた時に、俺は一度死んだのです。そのつもりでした。だからもう一度死ぬことはありませんが、殿が俺をむごい遣い方をされたというのは、言い続けます」

「むごく遣っても死なない臣下を持った、と俺は誇ることにしよう」

「やはり、むごいのですね」

「これから先も、戦は続く」

「続くのですか？」

「人は、愚かだからな。俺は、いつ死ぬかわからぬ戦場に、たえず立つことになる」

「だから、戦場に出ない臣下には、むごいのですね」

「もういい、義竜。俺は、寝るぞ」

「俺も、寝ます。明日の朝、眼醒めないことを祈って」

酒の甕(かめ)を抱えて、義竜が出ていった。

テムジンは、眠らなかった。眠れないのではない。眠る前に、ヤクが寝台のそばに来たのがわかったのだ。

「俺は、酔っているぞ、ヤク」

「酔っておられても、眼は醒めますよ、殿。遠からず、ジャムカは一万騎ほどを集めると思います」

「ほう、それは大した勢いだ」

「そういうことではありません。集まった者に報酬を支払うのです。望めば、砂金で。あっという間に、羊を払いに遣うという時代ではなくなりました」

「砂金は、いずれ尽きる」

「そこまでで、結着をつける、と考えているのではないか、と思います」

「砂金で、雇われた軍だろう」

「支払いが、戦が終ったあと、働きに応じてということのようです」

手強い、ということも、ヤクは伝えようとしているのだろう。確かに、手強い。しかし、所詮は砂金の分だけの働きではないのか。

「殿が、お考えになられていることは、わかります。ただ、ジャムカは、殿の首を独自に奪ろうとしてはいない、と思います。なぜ、と言う時に、不意を衝いて出てくる。そんな戦を考えているのではないでしょうか」

一万騎であれば、まともにぶつかれば、兵力の差はある。どこかで不意を討つ。それ以外に、ジャムカに活路はない。しかしモンゴル領は防御をかため、ジャムカ軍が百里以内に近づくとわかるようにしてある。

テムジンが領外へ出た時、隙を見つけようとするのか。

どういう戦をしてくるかはわからないが、ジャムカは領地を持たない、軍だけの存在だった。

そういう軍が、この草原に一万騎もの数で現われたことはない。

新しい軍のありようを、ジャムカと闘うことで、見ることができるかもしれない。

軍の編制について、テムジンは考えに考えてきた。兵力を増やすよりも、軍の組織を整えることを優先した。

いまのモンゴル軍のありようは、考え得るかぎり最上に近いかたちになっている。

「ヤク、ジャムカはここという時の勘は、異様に鋭いものを持っている。俺とは、呼吸が合う。そういうふうに合うやつは、俺の隙もよく見るはずだ」

「防ぎようがない、と私は思います。隙を作られないことです」

意表を衝かれた瞬間に、逃げ道があるかどうか見るべきだろう。ひたすら逃げることで、逆に相手の意表を衝くことにならないか。

「ジャムカ軍は、五隊に分かれて、草原を動き回っています。決して、遊牧民の邪魔はしていません。ひとつが大きく動いている時、別の軍がどこかに潜伏する。そういう調練もくり返していました」

「ヤク、戦は生きもののようなものだ。機嫌が悪い時も、病んでいるのかもしれない、という時もある。ジャムカの軍は、狂うかもしれない。そういうことを忘れないようにしていれば、大怪我はしないで済む、と思う」

「ジャムカとの戦で、狗眼ができることは、なにかあるでしょうか？」

「所在を、見落としたくない。所在がわからぬ軍は、わからぬと頭に入れておきたい。全軍でぶつかるより、いくつかに分けて闘おうとするはずだ」

「殿が、次に闘わなければならない相手は、ジャムカではないのですね」

「おまえは、予測をつけているだろう、ヤク。いまの草原の状態は、どこも激しく対立しているところがない。一見すると、穏やかなものだ。ケレイト王国は去年、のんびりと市などを立てたしな」

「ナイマン王国は、ケレイト王国を牽制するだけで、本気で動いてはおりません。西遼が動くのを、待っているのかもしれません」

「西遼は動くのか、ヤク。人をやって、それは探り続けろ」

「西遼の朝廷内が、昔ほどひとつにまとまらず、帝を追い落とすというようなことが、しばしば動きとして出てきています。叩き潰されても、またしばらくするとそういう動きが見えます。朝廷の中に、なにか脆弱なものがあると思えます」

「その気になれば、ナイマンであろうとケレイトであろうと、一撃で叩き潰すことができるほどの、軍があった」

「いまも、軍が大きく乱れているように見えません。人を増やして、調べてみることにいたします」

「朝廷の中だ、ヤク。西遼軍は、朝廷の意向に逆らうことはない。そういう伝統を持った国だ」

「わかりました。帝、および有力な廷臣のことを、徹底的に洗ってみます」

ここ十年以上、西遼もナイマン王国も、大きな戦はしていない。

テムジンには、ぼんやりと見えているものがあった。これからの戦は、覇権争いなどではない。覇権を握ったとされる者が、いまだ従わない者を討ち果す、いわば掃討の戦になるだろう、ということだ。

そして、覇権を握ったのは、ケレイト王国のトオリル・カンということになっている。

自分は、トオリル・カンの臣下扱いだろう、とテムジンは思っていた。臣下ではないが、臣下のようにトオリル・カンを立ててきた。

「殿は、もうしばらく鉄音に滞留されますか?」

「そのつもりだ。ここは、のんびりしている。ここから、草原を眺めた方がいいような気がするのだ」

「数日後に、メルキト族について報告を入れられると思うのです」

メルキト族には大きな三つの流れがあり、それぞれに戦に対する熱の入れ方が、違ってきているという話があった。

アインガが率いるカアト・メルキトは、この一年、内政に力を尽してきたが、必ずしも再度の戦を求めてはいない、という気配なのだった。

タルグダイとラシャーンは、はるか南へ行って、商人として生きている。タイチウト氏を再興させようという動きは、皆無である。

そんなことも、狗眼の者が調べてくる。狗眼が抱えている人間は、二百名を超えてきて、遠方で暮らしている者もいるらしい。

「ヤク、俺から動くことはないが、動かざるを得ない、ということにはなる。その時は、全軍召集する」

ヤクが、テムジンを見つめてくる。テムジンは、それ以上はなにも言わなかった。

アウラガを中心とした、通信網は、少しずつだが延びて、スブタイの城砦にまで繋がった。西は、沙州楡柳館である。かなりの部分が、ダイルとヤクの仕事だった。

「心しておきます、殿」

ヤクが、姿を消した。

トオリル・カンから、出動の命令が届いたのは、その十一日後だった。草原をわが物顔で駈け回る、ジャムカ軍を殲滅させよ、という内容だった。

テムジンはアウラガに全軍召集を伝え、二日後に麾下を連れて、鉄音を出た。

四

常時動いているのは、四千騎だった。一千騎ずつ交替し、全軍で一万騎に達する。

ケレイト王国の砂金を奪って、そうやることが可能になった。これが続けられるのは、あと一年余だったが、それほど長くやっているつもりが、ジャムカにはなかった。

せいぜい、秋が終るまで。

草原が騒々しくなれば、テムジンを討つ機会は、必ずくるはずだった。

四千騎で、ジャムカは草原を駈け回った。時には、ケレイト王国領の奥深くに入ることもあった。

ケレイト軍は、ジャカ・ガンボとアルワン・ネクが指揮していれば厳しいが、その上にトオリル・カンとセングムがいるので、その間の連携がうまくいかないと、動きはじめは鈍いものになる。

駈けるジャムカを、何度も、セングム自身が追ってきた。昨年、砂金を強奪された恨みは、当然忘れていないのだろう。

トオリル・カンからテムジンへ、ジャムカ討伐の命令が出た、と六臟党の者が報告してきた。

ジャムカはドラーンに伝令を出し、草原各地に召集をかけた。召集に応じれば、砂金が少し出る。戦が終った時は、働きに応じてまた砂金が貰える。羊ですべてを払っていたのが嘘のように、いま草原では砂金が流通しはじめている。

西域との交易の規模が、大きくなってきたことによるのだろう、とジャムカは考えていた。二十年前には、思いもしなかったことだ。

移動しながら、ドラーンは召集に応じた軍に、砂金を配っていった。ドラーンがいるところが本営で、ジャムカは麾下四百を率いて駈け回った。

テムジンが兵の召集をはじめ、それが二万を超えたと報告が入った。

ジャムカは、出兵を促す使者を、アインガに出し続けていた。しかし、アインガに動く気配はない。

「家令殿が、具足をつけています、殿」

副官のサーラルが、肩を竦めながら、そう言った。

「ドラーンが、戦に出られるはずがない。気持だけのことだ」

「まあ、そうなのでしょうが、似合わないことはなはだしいですよ。具足が歩いているように見えるのですから」

サーラルが、苦笑しながら言う。

前の副官のゲデスは負傷し、家族と移動しながら傷を癒していたが、躰が反り返って硬直する病にかかり、二日目には死んだ。

ジャムカはその知らせを聞いただけで、いまも信じられないような思いはある。はじめて兵を指揮した時から、ずっと副官だった。副官として優れていたかどうかより、兄弟に対するような思いがあった。

草原を制したところを、ゲデスには見せられなかった。

「サーラル、兵の集まり具合は？」

「すでに、八千騎を超えました。まだ集まり続けています」

「予定通りに行きそうだな」

「明日、千人隊長を集めます」

それは、十名になる。百人隊長の力量をじっくり見て、選び出した。

「ホーロイとおまえが、五千騎ずつ指揮をする。俺の麾下は、四百騎のままでいい」

千人隊が、実際に千名いるかどうかは、数えはしない。応召してくる者の申告で、それでも大きく違ってはいないはずだった。

「百人隊長まで、決めています。それ以上細かくするのは、ちょっと難しいと思います」

いくら調練を重ねたと言っても、自分の領分から集まってくる兵ではない。草原の各地でひっそり暮らしている遊牧民が、反金国の思いや、砂金欲しさや、勢力を伸長させようという野望に駆られて、集まってきているのだ。

引き馬を連れることはできない。一度は、かなりの引き馬を集めたが、一昨年のコイテンの戦で負けると、ジャムカ軍は流浪の軍に近くなった。馬を飼う牧さえなかったのだ。

テムジンとの勝負は、時をかけずに決めなければならない。テムジン軍が、元気のいい替え馬に乗って現われた時の強さは、骨の髄にまでしみこんでいる。

テムジンは、ジャムカ討伐の命を受けて、出動してくる。戦のかたちとして、ジャムカはテムジンに追われる、ということになる。あまり長く、逃走を続けると、馬の差が出てしまうのだ。逃げて、追ってきたテムジン軍を、すぐに撃破する。それぐらいのところで勝負をつけなければ、こちらの馬は疲弊し、じりじりと搾りあげられる。

要するに、逃げ方だとジャムカは思っていた。千人隊で十方向に分かれて駈ける。テムジンの旗が追ってきたら、束の間でいい、包囲できないか。そのためには、自分の首を晒すことだった。

「サーラル、俺は寝る。いまはまだ、おまえのところですべて決めればいい」

「わかっています。ホーロイ殿との呼吸は、ぴったり合っていますから、一万が二万の働きもできると思います」

「大きなことを言うではないか、サーラル」

「相手がテムジンですからね。自分を捨てて構えないと、あっという間に命を持っていかれてしまいます」

「命か。テムジンが持っていくのか」

「俺の命ですよ。殿の命を守ろうとすると、そうなりかねません。できればホーロイ殿とともに、テムジンの命を持ってきたいのですよ」

「テムジンの命は、俺が持ってくる」

「それはそうですが、殿にあまり危険なことをさせないというのが、ホーロイ殿や俺の役目ですから」

ジャムカは、そのためにだけ張られた幕舎に入り、躰を横たえた。

眠ろうと思っても、頭は冴え冴えとしている。テムジンとともに闘った戦、テムジンを敵とした戦。それが、ひとつひとつ思い浮かんでくる。

なぜ、テムジンと敵対することになったのか。

金国につくか西遼につくか。それで道が分かれてしまった。

テムジンは金国についたが、それはあの国に臣従したということではない。金国という、草原では思い及ばないほどの大国を、実は利用しているのではないか、といまならば思える。ならばテムジンと手を組むということも、充分に考えられたはずだ。

金国とだけは手を結べない、と考えた自分は、ずいぶんと青臭かったということではないのか。あの国を利用してやる、という開き直りがあれば、いまテムジンとともに、この草原を制していたかもしれない。

そんなことを考えているうちに、ジャムカは二刻か三刻まどろんで、夜明けを迎えた。

十名の千人隊長が、幕舎の前に集まっていた。その中には、かつてテムジン軍の百人隊長だった、アルタンとクチャルも入っていた。

テムジンが、金国と手を結んだことに、ついていけなかった。そう言ったが、いま思うと、自分と似ていたということだった。

千人隊長と話し合ったのは、旗の合図についてだった。

指揮が徹底されるということは、望みようもない。それでも、肝心な時には、力がすべて集まる。それが、旗の合図によってなされるべきことなのだ。それさえできれば、寡兵でも力を集中して、瞬間的に大軍を打ち破ることができる。そこに、テムジンの首があればいいのだ。

ジャムカは、まずホーロイが指揮する五千騎を出動させた。

砂漠と土漠(どばく)である。砂があるところには草がなく、土漠には地を這うような硬い葉を持った草が生えている。それはほとんど、羊さえも食わないと言われている。

まだ、集まってくる兵がいた。サーラルの指揮する軍が四千五百騎を超えた時、出動させた。残ったのはドラーンとその部下、そしてジャムカの麾下四百騎である。

「はじまりましたね、殿」

ドラーンが、具足の音をたてながら言った。

ずっと剣を佩いていたらしく、腰が左に曲がったようになっている。ドラーンは馬に乗ることはできるが、武術に関してはまるで駄目なのだ。それでも具足をつけるのは、これ以上負けを重ねることはできないのだと、全軍に知らしめようとしているのだろう。

「奥方様に、砂金はお届けしております。しかし、守備の軍をつけることはできません。あの地で、十名ほどを雇われるには、充分なだけの砂金はあります」

「しばらくは、そうしていて貰おう。わずかな間で、フフーとマルガーシは呼び戻したいと思う」

「奥方様は、気持の芯がしっかりしておられます。若君を守って、殿をお待ちになると思います」

マルガーシが、人を斬った。南へ護衛して行ったクチャルから、報告を受けた。どうということもない賊徒のひとりだが、斬った瞬間は無表情で、急所もはずしていなかったという。

マルガーシは、いま十六歳のはずだ。人を斬って、早いという歳ではない。無表情に急所をはずさず斬ったというのは、うろたえてはおらず、興奮に衝き動かされたわけでもない。斬ろうとして斬って、斬った感じを全身で受け取めただろう。

ジャムカの感覚では、のびる兵ということだ。それが、武術もあまりやらされなかった自分の息子だということが、奇妙な気分だった。

一度、剣でむかい合ってやるか、とジャムカは思った。フフーが止めたところで、マルガーシは自分の道を歩きはじめている。

「ドラーン、俺の家族のことはいい。戦で死ぬ者について、できることをしてやる準備はしておけよ」

「そういう御心配は、なされませんように。そういうものが、私の仕事です」

続けさまに、百騎ほどの軍が到着した。隊長から報告を受け、ドラーンはにやりと笑った。

「あと三百騎が、後続できているそうです。驚くべきことに、予定していたすべての兵が、集まっております」

「そんなことで、驚くな」

ジャムカは、麾下も含めた一千騎弱で、進発した。

ドラーンとその部下は、どこかに潜むことになっている。

ジャムカは、追われるのである。追われる方から、テムジンを捜す必要はない。見つけられたら、逃げればいいのだ。

土漠を、東へむかった。

途中でサーラルに追いつき、連れていた五百騎を渡した。

麾下だけで、身軽になった。

夕刻、野営しているホーロイの軍が見えた。

「テムジンは、二万騎でモンゴル族の領地を出たようだ。ほかの一万騎が、アウラガ周辺の守備に当たっている」

六臓党からの情報を、ホーロイに伝えた。

テムジンの所在が摑めないのは、動きが速いからだろう、とジャムカは思った。

「しばらくは、遭遇戦のようになる、と思うのですよ。前の戦で、トオリル・カンに砂漠の遭遇戦を仕掛けられましたが、テムジン相手だと、数千騎同士になるのではありませんかね」

「俺が、逃げる。逃げられる余裕を持って、遭遇したい」

「わかりますが、自分を囮にしようと、殿は考えておられますか」

「囮などと、言ってはおれん。ぎりぎりの勝負をしよう、と俺は思っている。俺が逃げないかぎり、テムジンは追ってこない」

「そうですね、確かに」

「十里以上、俺は追われるつもりはない」

「十里の間に、俺とサーラルは、テムジン軍を方々へむけることを考えればいいのですね。そう簡単に、散ってくれるかどうかは、わかりませんが」

「テムジンは、乱戦を好まないさ。早い結着を望むと思う。トオリル・カンが、三万騎を率いて進発したことだし」

「殿の討伐に、五万騎ですか。ちょっと大袈裟すぎるような気がしますが、それだけ殿が邪魔なのですかね」

「そんな大物か、この俺が。草原の勢力が、微妙な均衡の中にある、ということではないかな。テムジンはそれを崩したいが、トオリル・カンは崩させたくない」

「そんなものですか」

「わからんよ。草原の勢力争いから、俺は弾き出されているのだからな」

陽が落ち、焚火の焔が風で揺れた。

「俺は殿が、北へ腰を落ち着けてしまわれるのではないか、と思っていました」

「正直な気持を言うが、俺はバルグト族の、あの集落が嫌いにはならなかった。おまえとあそこの話をするのは、はじめてということになるが」

「ホルガナ集落は、いいところです。バルグト族の中では、豊かです。リャンホアは、バルグト族の女らしい強さを持っている、とも思います」

「おまえと、バルグト族の話を続けようとは思わないのだが」

「気を遣っておられるのですか。俺が育ったバルグト族の集落は、北の端で、較べものにならないほど貧しく、人の心も荒んでいました。ホシノゴのような長がいれば、いくらかましだっただろうと思うのですが」

「ホルガナにおまえを伴うのは、なんとなく避けていたよ」

「まあ、それには気づいていました。リャンホアと情を通じられたことも、供の者たちから聞かされました。俺がバルグト族出身だと、供の誰も知らないのですから」

「おまえの眼から隠れるような気分で、俺はリャンホアを抱いていた」

「俺がバルグト族を離れたのは、もうずっと昔のことです。いまでも時々、妹のことを思い出しますが、胸が潰れるような思いは、蘇(よみがえ)ることはありません」

「俺はちょっとばかり、革袋に酒を持っている。それを飲んで、この話は終りにしないか」

「そうですか、酒を」

「ドラーンに頼めば、多少は用意してくれる。欲している量の、半分だな」

「よくできた家令殿です」

「まったくだ」

ジャムカは革袋を出し、顔を仰むけて酒を口に入れ、ホーロイに回した。

「俺は、ジャンダラン氏の長を継いだころ、疑問に思うことはなにもなかった。闘って、勝つ。ただそれだけでいいのだ、と思っていたよ」

「いいのですよ、それだけで。あとは、余計なことばかりです。軍人である俺は、そう考えますね。そして、氏族の長も、軍人であればいいのです。すべてのことが、単純になると思うのです」

「そして、孤立し、討たれる」

「そんな死に方はいい、と俺は思います。男は、孤立の中で、もっと男になるのです」

「ふむ、ホーロイが、そんなことを言うとは思わなかったな」

「俺は、殿に会えてよかったです」

「そんなことを言い出すなよ。死ぬやつみたいだ」

「剣を佩いたら、死ぬ。だから俺はずっと死んでいた、と思うのです。死んでいるのだから、また死んだりはしませんよ」

「その理屈は、言葉だけならわかるが」

ホーロイは、何度も革袋を呷った。

全部飲まれてしまいそうな気がして、ジャムカは革袋を取り返した。

「なんとなく、今度の戦には、緊張感がないような気がするのです。こんなのは、俺だけかな」

「テムジンが、トオリル・カンの命を受けて出てくる。それだけで、張りつめたものがなくなる気がする。ちょっと滑稽なのだな。テムジンがトオリル・カンの命令を聞くのが」

「そこか。俺は、トオリル・カンより、テムジンの方がすでに力を持った、と思っています」

「テムジンという男は、それを見せない。最後の最後まで、トオリル・カンを立てる。今回の出兵もそうなのだ、という見方もできるが、やはり違うな」

「違いますか」

「テムジンは、俺との結着を求めていると思う。トオリル・カンなど、どうでもいいのかもしれんよ」

「殿も、まずはテムジンとの結着ですか」

「テムジンは、機会があれば結着をつけようと思っている。俺は、結着をつけないかぎり、なにもはじまらない。それが、勝つのと負けるのとの違いだ」

「俺などがだらしがなかったので、殿は勝つことができなかったのです」

「そんなことはない、とお互いに譲り合っても、詮無きことか」

ジャムカは、酒をひと口飲んで、ホーロイに回した。

馬が近づいてきた。十騎というところか。

「ここの十里四方にも、俺の野営地の十里四方にも、軍の姿は皆無なのです」

サーラルだった。

「まだ、はじまったばかりだと思い、不謹慎なことをする気になったのです」

「指揮官が、軍を離れたことを言っているのか、副官殿」

ホーロイが、酒を叩った。弾かれたように、サーラルが笑い声をあげた。

「俺の不謹慎は、ここでは不謹慎ではないようです、ホーロイ殿」

サーラルが、はち切れそうな革袋を、二つ草の上に置いた。

「実はこれを、鞍の下に隠して寝てるやつがいましてね。没収したわけです。不服そうでしたが」

「アルタンとクチャルか」

「おう、殿はお見通しですか」

「隠し方を教えたのは、俺さ」

「なるほどな。すぐにわかるような、隠し方でしたよ」

「すぐにわかってもいいのだ。大体、没収に来る指揮官のことなど、想定していない。兵たちの眼から隠れていれば、充分ではないか」

「それじゃ、兵がかわいそうですよ」

「いや、やつらはもうちょっと巧妙に隠している。兜の中に、薄べったい革袋を入れていたやつ、肥って腹が出てしまった、という恰好をしているやつ、ほかにもこちらが気づきもしない隠し方がされているだろう」

「まあ、酔っ払って戦場に出れば、すぐにわかりますし、長く生きてはいないだろうし」

「兵は、それぐらい心の余裕を持っていた方がいい」

遭遇戦は、すぐにはじまるかもしれず、いつまでもはじまらないかもしれない。十里四方に敵がいないと確認した夜は、戦を忘れて酒でも飲んだ方がいい、という考え方をする者もいる。

「アルタンやクチャルは、酒を隠し持っている将校連中のことを、把握しているさ」

「俺もそう思ったので、没収したわけです」

「いまごろ、将校の誰かが、アルタンとクチャルに、酒を没収されているな」

酒は、戦場で傷を受けた時の、毒消しにもなる。飲むためでなく、ごく少量を常備している者もいるのだ。

サーラルが、革袋を差し出してきた。ジャムカは口の中に酒を流しこみ、ホーロイに回した。

「テムジンをどうやって殺すか。酒を飲みながら、俺は毎晩、考えていました。頭の中では、何度もあの男の首を胴から離しましたよ」

「ただ打ち合って、殺したのか？」

ホーロイが言った。

「むき合って打ち合えば、俺はあの男を殺せます。ホーロイ殿もです。しかしあの男は、一対一では、決してむき合わないと思います。自分の腕がどれほどなのかということも、よくわかっています」

「だよな」

ホーロイが言った。

「だから俺たちは、殿を囮にして、殿がやられる前に、あいつを討つしかない」

「それです、俺が考えたのも」

囮になることを、ホーロイもサーラルも、はじめから認めていた。そうでもしなければ、テムジンの首は奪れない、と考えている。

「二人とも、俺を囮と言うが、囮になりきれない時、どうなるのだ。サーラル、言ってみろ」

「それは」

「一対一で、殿がテムジンに負けるとは思いません」

ホーロイが、酒の袋をサーラルに回した。

テムジンは、一対一には決してなろうとはしないだろう。少なくとも麾下と、ムカリかテムゲの隊は、そばに置いている。

そして自分の軍には、ホーロイとサーラルの二人しかいないが、テムジン軍にはそれに伍する男が何人もいる。

ジャムカは、回ってきた革袋から、黙って酒を口に注ぎこんだ。

五

その女は、決して母を好きではなかった。

ただ、母が望んでいることは、誰よりも早く察知して、きちんとそれを用意する。その才にはたけている、とマルガーシは思っていた。

マルガーシに対しても、意味ありげな視線を投げかけてくる。マルガーシは、それを無視し、口も利こうとしなかった。

三人いた下女のうちのひとりで、その女がいなくなればいいと思っていた。それが、ひとりだけ残ったのだ。あとの二人は、その女が追い出したのだ、とマルガーシは思っていた。

ドラーンが、人を雇えるだけの砂金を届けてくる。戦の時は、護衛するジャムカ軍の隊が、五十騎はそばで駐屯していたものだが、いまはそういう情況ではないらしい。

届けられた潤沢な砂金で、護衛を仕事とする者を、十名は楽に雇えたはずだ。そういう者たちを雇うように、というドラーンからの伝言もあった。

母はドラーンの伝言を無視し、着物をきちんと着ていたという理由だけで、若い男を二名雇った。下男として遣うつもりだったようだ。

男たちは、母の前では礼儀正しくしていたが、マルガーシには無警戒のところがあり、下卑た会話をしたり、女と戯れたりしていた。男たちは、雇われる前から女と知り合いだったのだ、とマルガーシは思った。

マルガーシは、男たちとも女とも、あまり関わらないで過ごした。

一日六刻、馬を駈けさせる。二刻、剣を振る。それだけでも母はなにか言いたげだったが、なにも口は出さなかった。

賊徒をひとり眼の前で斬り殺した時から、母と自分の間には、なにか線が引かれたのだ、とマルガーシは感じていた。

そういう線があることは不本意だったが、口うるささから解放されたのは、意外な喜びになった。それでも、日に四刻の書見は欠かさない。遊牧の民が字を覚えてなんになる、という思いはあったが、母が喜びそうなことだと思うと、やめられなかった。

時々、夜でも馬が駈けていることがある。野盗などが動きまわるのは大抵夜で、それを役人が追っていたりするのだ。

オングト族と金国の境界のそばで、追われたら境界のむこうに逃げるということで、役人にとっては厄介な地域になっているようだ。

はじめは、馬蹄(ばてい)の響きで飛び起きたりしていたが、すぐに馴れてしまって、眼を醒さないことさえある。

北の砂漠へ出かけた。

ひと晩野営して駈け回ってくることなど、かつての母は絶対に許さなかった。

ここへ来て、それをもう三度やった。四度目、ふた晩泊ってくると母に言い、出かけた。しかし途中で、砂漠の奥へ行こうという気がなくなった。臆したわけではない。これ以上、家から離れてはならない、という思いがあっただけだ。

馬に、何度も砂丘から駈け降りることをやらせた。急な斜面でも、なんとか馬は降りるが、時にはマルガーシが転げ落ちたりする。

夕刻になり、焚火を燃やしたりしたが、落ち着かなかった。立ちあがっては、また座る。これを、胸騒ぎというのだろうか。

数刻で耐えられなくなり、マルガーシは馬に鞍を載せた。

駈ける。月明りがあった。

途中で、五騎ほどが二十騎ほどの役人に追われているのが見え、マルガーシは馬を降りて身を隠した。

すぐ、家の近くだった。

明りが洩れている。なんのことはなかったのだ、とマルガーシは思った。夜中に戻ってきた理由をつけなければならない、と考えはじめた時、家の中から悲鳴が聞えた。悲鳴は二度続き、それから尾を引くような叫び声になった。

マルガーシが駈けはじめた時は、嗚咽のように思えた。

家の中に駈けこんだ時、燭台の明りの中に見えたものがなんなのか、マルガーシにはすぐにはわからなかった。

母がいた。いることはいるのだが、裸ではないのか。やがて、裸の半分が男の背中であることに気づいた。もうひとりの男が、母の両手を頭の上で押さえている。

女が、砂金の袋を握りしめて脇に立ち、口もとを歪めて笑っている。

母の片脚が持ちあげられた。その時、母の中に入っている男が見えた。それは入っているとしか思えず、とてつもなく屈辱的なことだと感じられた。

叫び声をあげた。二人の男も女も、そして母も、マルガーシの方を見た。

次の瞬間、マルガーシは剣を抜いた。母の上にいた男の首を、一撃で飛ばした。頭上から、血が降りかかってきた。

気づくと、血に染まった三人が、転がっていた。母も血にまみれ、赤い衣装をつけたようだった。生きてはいなかった。どこに刃物があったのか、首の横を深く、自分で切っていた。

マルガーシは、血の中に座りこんだ。

それから、どれほどの時が経ったのか。外は明るく、陽は高かった。

血が臭っている。自分がどこにいるのか、マルガーシは考えた。自分が住んでいる家だというのはわかったが、それはどこにあるものなのか。

戦から避難してここにいるので、自分の家帳ではない。床のある、中華の家ではないか。

マルガーシは外に出て、小屋に置かれていた農具で、穴を掘った。土はやわらかく、掘るのに大した苦労はなかった。

母の屍体を、抱きあげた。手も脚も、いや全身が強張っていて、人の躰ではないような気がした。母は全裸で、首の傷は見知らぬけものの口のように、開いていた。

穴の底に、横たえた。大き過ぎる穴で、母の躰が小さく見えた。いや、母はもともと小さい人だったのか。

穴を埋め戻して均すと、もうほかのところと変らず、ほんとうに土の中に母がいるのだろうか、と思った。

水を飲んだ。馬は勝手に、厩のそばの水場で飲んでいた。鞍がそのままだったので降ろし、馬体を拭いてやった。

それから水場で、裸になって自分の躰の血を拭いた。顔にも髪にも、血はこびりついていた。家へ入った。寝台がある部屋に、着物を入れた箱がある。そこから、モンゴル族らしい、革の服を出して着た。

剣を佩き、抜いて見てみた。血で汚れている。外の水場で、血を洗い流した。刃こぼれなどは、ほとんどなかった。

この剣は、父から与えられたものだ。

マルガーシは、父のもとに行こうとしていて、ジャムカ家の土地も家帳もないことに気づいた。軍は、草原の中を動き回っていて、どこにいるかわからないのだ。

ジャンダラン氏の領分がどこだかはわかるが、そこはもうテムジンに奪われていて、自分がいま行くと、敵の中に飛びこむことになる。

それに、母を守れなかった。なにがあろうと母を守るのは、自分がやるべきことで、ひとりだけで生き残ったなどと、父に言えるわけもなかった。

自分は、ひとりになるべきだ、という気がした。ここに残れば、やがてドラーンは気づいてくれる。ドラーンの父親であるトルゴイの営地なら、捜せば見つかるはずだ。

そんなことをする、資格というものが自分にはない。どれがどうというのではなく、自分が男と思えるかどうかという資格だ。

マルガーシは、外に出て馬に鞍を載せた。

時が経ったという気はしないのに、陽は傾きかけている。

家に入り、灯台用の油を床に撒いた。燭台の蠟燭(ろうそく)は、きのうの夜を照らし出していただけで、とうになくなっていた。探したが、蠟燭は見つからなかった。

女の躰は、肩から胸まで両断されていて、それを自分が斬ったのだということが、信じられなかった。砂金の袋を握りしめた手も、斬り離されて転がっている。

砂金の袋を取り、中身を三つの屍体にぶちまけた。

「こんなもの」

声に出して、呟いていた。

燧石(トチ)を出し、女の着物に火をつけた。すぐに油に燃え移り、焔が大きくなった。

外へ出て、馬に乗った。

遠くに人が通るのは見かけたが、一度も近づいてくることはなかった。

剣と弓矢。馬。それから黒貂の帽子。すべて、父から与えられたものだ。それを捨てよう、とは思わなかった。

馬は、速歩で駈けている。背後で、家が燃えあがるのがわかったが、マルガーシはふりむかなかった。

北へむかった。

北が、草原だった。山も、森もある。そこなら、生きられるかもしれない。ジャンダラン氏の領分にいた幼いころ、森へ行きたいと思った。父なら、許してくれたかもしれない。母は、許さなかった。

だからマルガーシは、森で生きることを想像してみただけだ。

砂漠で、蛇を二匹捕まえた。首を落とし、皮を剝ぎ、塩をふって焚火で焼いた。砂漠を抜けるまでの数日間、食糧はその蛇二匹だけだった。ほかに、鞍の袋に石酪が入っていたので、時々、それを口に入れていた。

砂漠を抜けると、岩の上で昼寝をしているタルバガンを見つけ、矢で射殺した。矢は十本しかなかったので、丁寧に抜き、鏃が傷んでいないかどうか、調べた。鏃に歪みなどがあると、微妙に狙いが狂うのである。

父の軍の、将校が教えてくれたことだ。

マルガーシはタルバガンを二つに割り、半分は食らい、残りは鞍の後ろで陽に干した。干した肉が数日保つことも、将校が教えてくれたことだ。

丸一日進んだところで、子連れの猪に出会った。ためらわず、子の猪にマルガーシは矢を二本射こんだ。親が、躰を低くして突っこんできた。

マルガーシは、ただ立っていた。剣を抜き放ち、同時に跳躍した。足の下を猪は駈け抜け、反転して戻ってきた。ぶつかる。その寸前に、マルガーシは頭上から剣を振り降ろした。強い手応えもなく、猪の頭が割れ、両側に落ちた。

肉だけを、縄で縛って棒につけ、担いだ。鞍にも、半分載せた。

その日、野営して肉を少し食らい、翌朝、また担いで出発した。

半日、自分の脚で歩いたところで、十八の家帳がある集落が見えてきた。

子供たちが、集まってくる。大人は、遠くで見ている。老人と女だった。壮年の男は、遊牧に出かけている、ということだろうか。

マルガーシが声をかけると、老人がひとり進み出てきて、頭を下げた。

「猪の肉を、引き取っていただけませんか？」

「代りに、なにをお望みでしょうか？」

「石酪があれば、少し」

「それだけでよろしいのでございますか。石酪なら、ひと抱えの袋をお渡しできます」

「ありがたいな。肉はすぐ食さなければ、腐ってしまう。石酪は、いつまでも保つので、旅をする時は便利です」

老人の態度が丁寧なのは、マルガーシの黒貂の帽子を見ているからのようだ。

こんな帽子を被っている者は、どこにもいない。高位の人間と思われたのだろう。

どこの部族かマルガーシにはわからず、訊くこともしなかった。石酪の袋と猪肉を交換すると、すぐに集落を離れた。

人がいないところを旅するのは、難しいことではなかった。草原は広いのだ。十里先に人の姿が見えたりするが、それは草や樹木と同じだった。

また、タルバガンを獲った。肉の半分に塩をして陽に干し、それから焚火の煙を当てた。そんなことを教えてくれたのも、護衛していた軍の将校だった。

遠くに、山なみが見えてきた。

野営をし、草の上に寝て、星の満ちた空を眺めた。

月が昇ってきた時、旅をしてはじめて、マルガーシは涙を流した。

ひとりきりなのだ、と自分に言い聞かせた。

父に会うための、資格。それを、あの山なみの中で得られるのか。その前に死に、朽ち果ててしまうのか。

なぜ、資格を求めようとするのか、自分でもよくわからなかった。旅をはじめてから、父を捜そうとは、一度も考えなかったのだ。

涙が、流れ続ける。マルガーシはそれを、拭わず、流れるままにしていた。

いつの間にか、眠った。

明るくなると、眼醒めた。近づいてきた馬の首を抱き、鼻面を撫でた。

「あと二日で、山だ。おまえと一緒に、山には入れない。俺は自分の脚で歩き、谷を越え、河を渉り、崖を登る。おまえは、いい主人を見つけるのだ。そして、かわいがって貰え」

馬の眼は、かなしい。はじめて父から馬を与えられた時、そう思った。いまも、それは変らない。

鞍を載せた。山なみのそばまで進んだ時、馬との別れである。

緑が見える。それは森のもので、明らかに草原の緑とは違った。

俺は、マルガーシでもなければ、ジャムカの息子でもない。俺は、ひとりの男だ。あの森で、あの山なみで、俺に襲いかかってくる死と、闘うのだ。

馬に、語りかけていた。幼いころ、はじめて馬と見つめあった時、いつも喋っていろ、と父に言われた。

一日、速歩で駈けたが、山なみが近づいてきたようには見えなかった。ただ、森の横を通った。草原の中に木立がかたまっている。そんな状態の土地だった。それから、土漠になり、草原になった。

草原というのは微妙なもので、一度荒地になってしまうと、蘇らせるのは難しいというのも、将校に聞いた話だ。

おまえは、何年間、俺の馬だったのだろう。荒く乗りこなすと母が怒るので、見えるところでは大人しく乗っていた。母の眼が届かないところへ行くと、相当な責め方をした。それでも、ほんとうに荒っぽくはなかったかもしれない。

馬は友だ、とも父に言われていた。

だからどれだけ荒っぽくても、友に対する節度は忘れなかったような気がする。

次の日、山なみはいきなり近づいてきた。

マルガーシは、谷に乗り入れていった。

両側が山というところを半日駈け、前方もまた山になった。木の緑に包まれた、急峻な山である。

「鞍も、なにもかも取ってやるぞ。おまえは、好きに草原を駈け回ればいい。そして、いい主を捜し、かわいがって貰え」

しばらく、馬の首を抱いていた。

馬は、泣いている。俺も、泣いている。束の間、そう思った。それから、平手で馬の尻を叩いた。

腰に佩く剣は邪魔になりそうなので、背中に弓矢と一緒にくくりつけた。わずかな荷も、腰に巻きつけた。

岩を這い登る。木と木の間をくぐる。森に入ると、勾配はなだらかになった。

陽が落ちる前に、マルガーシははじめて後方をふり返った。

どこまでも、草原が続いている。地平がどこなのか、薄闇に紛れてよくわからなかった。

暗くなっていく草原を、マルガーシはしばらく立ち尽して眺めていた。

そして、地が平らなところを見つけ、腰を降ろした。焚火をする余地などなく、躰を丸めて、ただ眼を閉じた。

分水嶺（ぶんすいれい）

一

ケレイト軍は、三万騎がひとつになったまま、ゆっくりと東にむかって進軍していた。

テムジンは、その動きを一応頭に入れていた。

ジャムカ軍の所在の把握が、なかなか難しかった。一万騎が、千人隊に分かれて、十方向へ駈ける。散ってしまえば軍とは言えず、しかし、二千、三千と集まり、ジャムカ軍がまた出現する。

斥候の報告は、わずかだが時が遅い。報告を届ける間に、ジャムカ軍は三里、四里と動き、一万が六千と四千になり、六千が六つに分かれ、気づくと四千が七千になっていたりするのだ。

「ジャムカは、どういう勝負をしようとしているのでしょう、兄上」

テムゲが、夜営地で言った。

カサルは一万騎を率いて、モンゴル族の領地の守備である。なにがあろうと、アウラガに敵を一騎も入れるな、と言ってある。

ジャムカが東へ移動し続けたので、テムジンはずいぶんと領地から離れた。

本陣はテムジンがいる場所で、二万騎はかなり広い範囲で夜営していた。

幕舎が四つ張ってあり、篝が置かれ、旗も立ててある。

ジャムカの夜襲は、充分に頭に入れていた。広い範囲で夜営しているのは、夜襲を受けていないところが、動く余地を持つためである。夜襲にだけ備えた、陣構えなのだ。

「ぎりぎりまで、削り合う。そして俺とジャムカが残る。それぞれの麾下を率いてな」

「しかし兄上、こちらはたやすく削られるような連中ではありませんよ」

「だから、十日以上経つのに、ぶつかり合いが起きない」

「われわれも、ジャムカ軍を削ってはいませんよね」

まだ、ジャムカと話をしていない。それは、口に出しては言わなかった。

一里の距離で対峙し、お互いに無言でなにかを伝え合う。ジャムカとは、それができるはずだった。

そうできるということが、テムゲは勿論、ジェルメやクビライ・ノヤンなどの古参の将軍にもわからない。

なにかが、まだ熟れきってはいないのだ。

トオリル・カンの、ジャムカ討伐の命令が、今回の出兵のはじまりだった。ジャムカが全軍の召集をかけ、テムジンも同じことをした。ジャムカの三倍の兵力になったが、守るべき領地があり、そこに兵力を取られる。

自分の軍とジャムカの軍なら、兵力の多少は大して関係ない。熟れたら、熟れたところでぶつかり合う。その時、ジャムカはひとつにまとまっていて、こちらの兵力より大きいかもしれないのだ。

さらに大きな兵力で、トオリル・カンが東へ東へ、と進んでくる。

ジャムカがどう闘うかより、トオリル・カンがどういう戦をしようとしているか、ということだった。

ジャムカ討伐なら、テムジン軍の二万騎で充分だと、トオリル・カンは考えなかったのか。それを三万騎で出動と主張したのは、セングムなのか。

この際、草原の敵を一掃してしまおうと考えたのか。西に、ナイマン王国があり、さらに西に西遼がある。そちらの方が、ジャムカより懸念しなければならない敵ではないのか。

「兄上、ジャムカはただ攪乱だけを考えているように、俺には思えるのですが」

「いまのところはな。攪乱して、なにが出てくるのか、はっきり見ようというのだろう」

「なにを、見るのですか？」

「わからんから、ジャムカはそういうやり方をとっているのだ。夜襲も攪乱のうちだから、気をつけていろよ」

ジャムカが、全軍召集する必要があったのか。大軍が出てきている間は、山にでも森にでも隠れられる。遊牧の民の軍は、それほど長く指揮下に置き続けられない。

テムジンもまた、情勢を見きわめようとしていた。最も見きわめなくてはならないことが、トオリル・カンの出動の意味である。

「テムゲ、ダイルとアチの娘の名は、なんといったかな?」

「なぜ、そんなことを訊かれるのです」

「名を知ってるなら、答えろ」

「ツェツェグです」

まだ若い娘だ。そして母親を補佐するために、養方所に詰めている。

テムジンは、名を忘れたわけではなかった。

テムゲと、違う話題で喋りたかっただけだ。テムゲは、そういうことはすぐに察する。

「いい娘ですよ。母親に負担がかからないように、ずいぶんと踏ん張っています」

「器量はよかったかな?」

「十人並みだと言っているやつらもいますが、俺はかわいいと思いますよ。真っ直ぐの眼差しで、きちんと両親の血を受け継いでいると思います」

「ダイルやアチの眼差しが、真っ直ぐだというのか、おまえ」

「兄上には違って見えるのかもしれませんが、俺には真っ直ぐだと思えます」

「まあ、よかろう。養方所は、どんな具合なのだ」

アウラガにいる時は、毎日養方所に顔を出せと言ったのは、テムジンだった。きちんとやってきて、収容され傷を癒している兵と、言葉を交わしている、とアチは報告してきていた。

モンゴル法を作ろうとしているカチウンも、ホルを連れてしばしばやってくるという。

モンリクの岩山の館で、傷を癒そうとしていたテムジンは、初代のホルが仔犬のころに一緒に過ごした。行くたびにホルは老いていて、愕然とするほどだった。

老いるということを、人に教えているのだ、とテムジンはある時から思うようになった。

カチウンが連れているのは二代目のホルだが、まだ老いを教えるほどではない。

「養方所に収容されている者たちは、いずれ違うところで働こうとしているのです。牧だとか、兵站部隊とか、工房や鍛冶で働きたいと思っている者もいました」

「それで?」

「それだけです。ただ、思っていることは、隠さずに語ります。それを聞くのが、もしかすると俺の愉しみなのか、と思っていたころもあるのですが、宝ですね。ぐっと押し縮めた、民の声なのです。兄上が、毎日、行ってこいと言われた理由は、自分なりにわかったつもりです」

「おまえとカチウンは、これからも養方所に関わるぞ」

「母上は、兄弟だと思えと言われましたが、血の繋がりがないということで、カチウンの方から距離を取るのです」

「それでいい。死ぬ間際に、じゃあな、兄弟とカチウンが言えればいい。母上が言われていることには、もともと無理があるのだからな」

「母上がそうだと言えるのは、兄上だけですよ。カサル兄も、言えないでしょう」

「それで、養方所は？」

「アチ殿が、病と怪我を分けて考えようと言われています。いまは、躰が触れ合っても仕方がない、という感じで寝ていますが、病が怪我人に移ることは、とてもよくないそうです。病と怪我を分けて建物も建てる許可を、アチ殿はボオルチュに求めているところです。そして、通りそうなのです。アチ殿とツェツェグは、それぞれ一方を差配するということになるかもしれません」

「全体を、アチが差配する。病と怪我は、またそれぞれ差配する者がいて、そのひとりがツェツェグだということだ」

「兄上、養方所について、結構いろいろと知っておられるのですね」

「もともと、俺が作れと言ったものだ。ボオルチュが作ったと言われているが、あいつは俺の意思を、周辺にいる者たちに伝えたにすぎない。テムゲ、あのボオルチュに、いまの養方所のようなことを、考え出せると思うか。あいつは、俺の心の底を、実現するのが使命なのだ」

「俺には、言えません。ただ、兄上の話を聞いていると、なにもかもが、複雑に絡み合って、さまざまなかたちになる、ということなのですね」

「ツェツェグが、いい女だと言うのなら、ひと晩、伽を命じてもいいな」

「兄上、たとえ兄上であろうと、言っていいことと悪いことがあります。俺は、躰を張って阻止します」

「言ってはならぬのか？」

「当たり前でしょう。言っていいことと悪いことを、きちんと頭に入れてください」

「冗談でも、言ってはならぬのか？」

「冗談」

「俺の冗談にしたくなかったら、おまえがきちんと手を講じるのだ」

「ツェツェグは、誰に恥じることもなく、仕事をしています。それを伽などと、どういう考えで言っているのですか？」

「そういうおまえの怒りの声を、聞きたくて言った。それだけ怒るというのは、ツェツェグが、おまえにとって特別な女だ、ということだよな」

「兄上」

「おまえは俺の罠に嵌（はま）った。言葉の戯れを積みあげた、他愛ない罠だが、かかったぞ、テムゲ」

「そんな」

「戦と同じだ。先に本音を出した方が、不利になる」

「俺は」

「未熟なのさ。俺に冗談を言われても、本気で怒ってしまう。この戦では、特にこらえるのが大事なのだ」

「兄上もジャムカも、こらえているので、戦がはじまらないのですか？」

「はじめは、そんなつもりはなかったさ。トオリル・カンが、大軍で出動してきたからな」

テムゲがうつむき、考えこんだ。

「ダイルとアチの許しを得てこい。これは冗談ではない」

「兄上は、許してくださるのですか？」

「おまえの考えが方々に飛びすぎること以外、二人にあげつらう欠点はない」

「俺の考えが方々に飛びすぎると、兄上はいまあげつらったではありませんか」

「もういい、テムゲ。おまえは、いい女を見つけた。女のために懸命に生きる。それは、男にとって小さなことではないぞ」

「兄上は、まずキャト氏のために生きられた。俺は、それを見て育ちました」

「俺には、できなかった。氏族が、重く肩にのしかかってきた。おまえは、できるぞ。だから、やってみろ」

　テムゲが、じっとテムジンを見つめてきた。

「実は、カサル兄には、一度相談したのです。自分なら、こわくて兄上の許しを得に行けないが、ツェツェグはいい娘だと思う、と言われました」

「やはり、からかわれたのだ」

「ですね。ボオルチュに相談しようとも考えていましたが、いまここでこうなって」

「テムゲ、戦は戦機だ。男と女もな」

　篝の中で、テムゲの顔が赤らんで見えた。

　遠くで、ちょっと騒々しい気配があった。

　しばらくして、兵が飛んできた。

「敵をひとり、捕えました。ジェルメ将軍とチラウン将軍が、その者を連行してこられます」

二人が来るというのは、ただごとではなかった。テムジンは、焚火のそばで立ちあがった。

三騎、近づいてきた。そのほかには、一兵もついていない。

「ジャカ・ガンボか」

「できるかぎり、兵にはわからないようにして、連れてきました」

「幕舎に来い、ジャカ・ガンボ。おまえたちもだ」

ジャカ・ガンボと三人が入ってきた。灯台の火が、二つ入れられた。

ジャカ・ガンボは、剣を佩いたままで、どこも拘束されていない。

「話を、聞こうか、ジャカ・ガンボ」

「話は、なにもないのだ、テムジン。速やかに領地へ帰り、モンゴル族の地と民を守り抜け、と伝えに来た」

「おかしなことを言うな、ジャカ・ガンボ」

「領地へ、帰れ」

やむにやまれぬ、という表情をしているジャカ・ガンボに、テムジンは自分の革袋の酒を差し出した。

「飲もう、ジャカ・ガンボ」

「俺には、これ以上は、なにも言えない。領地へ帰れ。帰ってくれ」

「理由は訊かんよ、ジャカ・ガンボ」

ジャカ・ガンボが、ちょっと意外そうな表情でテムジンを見た。

「俺は領地へは帰らず、ここに居続ける。いや、ジャムカと正面からぶつかる。ケレイト軍三万騎に、後方を守って貰っていれば、心強いしな」

「おまえ、気づいているのか？」

「気づくことではない。いくつかの想定の中のひとつにあることを、おまえは伝えに来た。伝えようとしてくれていることについては、礼を言う」

「わかった」

立ちあがろうとしたジャカ・ガンボを、テムジンは手で制した。

「飲めよ、俺の酒を」

「俺は、自軍に帰る」

「おまえに、自軍などないさ。そして、どこへも行けない」

「俺は、ケレイト王国禁軍総帥だ」

「禁軍総帥の首ぐらい、トオリル・カンはたやすく打つさ。そして、セングムが小躍りする」

「やめろ、テムジン」

「おまえは、生きろ。生き恥の中から、これまでとは違うものを、摑み出せ。したがって俺は、おまえを捕え、戦が終るまで留めておく」

テムジンが言うと、テムゲがすぐに衛兵を呼んだ。

ジャカ・ガンボは、佩刀(はいとう)を取りあげられ、具足も取られた。モンゴル兵の革の軍袍(ぐんぽう)を着せられ、空気穴のついた革の袋を頭から被せられた。

「ケレイト王国の忍びに、決してジャカ・ガンボだとわからないようにしろ。戦場からも離しておくのだ」

「狗眼（くがん）の者たちに、任せましょう、殿」

ジェルメが言った。

「わかった。この戦では、絶対に失敗してはならないことのひとつだ、とおまえからヤクに伝えよ」

「おい、テムジン。俺を拘束して、一体なんになると言うのだ」

「なにもならんさ。ただ、おまえを死なせたくない、と思っているだけだよ」

連れて行け、とテムジンはジェルメに手を動かして伝えた。

「今夜、動くぞ。いいなテムゲ、チラウン。夜明けには、全軍が動いているようにしたい。われらが軍だけではないぞ。ジャムカもトオリル・カンもだ」

ジャカ・ガンボがいないことで、トオリル・カンはなにか気づくかもしれない。いないことに気づいても、その理由に思い到る前に動かざるを得なくなる。そういう状態に持っていくことが、ジャカ・ガンボの命を守ることになる。

「出動準備をかけろ。ムカリを呼べ」

「ここにいます」

幕舎の外から、声が聞えた。テムジンは外へ出た。

「幕舎も物も置いていけ。途中で、持物の半分も捨てる。槍や戟（げき）なども、捨てろ。逃げる時にだぞ。俺が合図を出したら、とにかく北へむかって逃げろ。そして散れ」

「はじめから、負けろと言われているのですね、兄上」

言ったテムゲを、テムジンは蹴り倒した。

「戦闘は、はじまっている。ムカリ、ジャムカ軍を襲え。陽動ではない。夜襲をかけて、数名でもいい、殺せ。出てきたジャムカを、ジェベとクビライ・ノヤンで迎え撃て。そこが夜明けだ」

「夜明けまでに、ジャムカ軍全軍を引き出します」

「それから、俺とテムゲ、ジェルメとチラウンが出て、全軍で、ジャムカとむかい合う」

そこでは、すぐに戦闘に入らない。なにがあるのか、ジャムカも警戒するだろう。しばらく、むかい合うことになる。

「伝令。トオリル・カンへ。戦闘を開始した。ここで、ジャムカを討ち果す。夜が明けて八刻で、ジャムカの首は胴から離れている」

復唱して、伝令が五騎、駈け出していった。

「兵たちにも、重たいものはすべて捨てる準備をさせよ。北へむかった時、捨てていく」

どういうことなのか、テムゲも理解したようだ。

ジョチ、チャガタイ、ウゲディの三人の息子は、チラウン軍の中にいる。四男のトルイは、まだ戦に出ていい歳とテムジンは認めていなかった。

ムカリの五十騎が、闇の中に消えていった。

クビライ・ノヤンも兵が松明（たいまつ）を持って出発する。ジェベの軍とは、途中で合流することになっていた。

「テムゲ、予備の馬を二千頭、曳いてこい。常備軍の替え馬というわけではないぞ。北へ逃げる時、放していく。悪いのから、選び出しておけ」

「はい」

テムゲの表情は、硬かった。遊牧の民が馬を捨てるのは、最後の最後なのである。

「ジェルメとチラウンを出せ」

二刻ほど経ち、テムジンは言った。

火矢が、空にむかって射られた。

常備軍として調練を重ねてきた、二千騎が残るのみになった。夜営の陣はしんとして、むなしく篝が見えているだけだ。

「もうしばらく、待てよ、テムゲ」

「はい。兄上は、いつからこうなると考えておられましたか？」

テムジンは、テムゲの顔を見た。篝に照らされたテムゲの顔が、歪んだ。

「申しわけありません。戦闘中に、余計なことを訊きました」

「テムゲ、俺がこれを決めたのは、今夜だぞ。ジャカ・ガンボがわざわざやってきて、領地へ帰れと言った。それで俺は、いくつか立てていた仮説のひとつに、確信を持った」

「はい」

「俺は、これで勝負する。半分は勝てると思っているがな」

テムゲは、じっとテムジンを見続けている。

「二千騎は、小さくまとめておけ。ムカリが、ジャムカの軍の前衛に達するころだ」

二刻遅れて、クビライ・ノヤンとジェベが着く。それで夜襲が本格的なものだ、とジャムカにはわかるだろう。

しかし、まだ闇だ。ジャムカは、慎重に構えるはずだ。数刻遅れで、ジェルメとチラウンの軍が到着する。兵力で圧倒されることになるが、ジャムカは動きはしないだろう。

闇が薄くなったころ、テムジンが到着する。

ジャムカが、はじめて腰を入れて構え、動きはじめる。

ジャムカの首が奪れたら奪っていいと、テムジンは思っていたが、それほどたやすいことでもなかった。

「テムゲ、進発する」

テムゲが、声をあげた。まだ闇の中にある草原を、二千騎が動きはじめる。それぞれ一頭ずつ、引き馬を連れている。ジャムカやトオリル・カンの斥候には、そう見えるというだけだ。

「兄上、麾下の百騎は、中軍にいてください」

「この軍全体が、後衛なのだ、テムゲ。おまえは、小さくかたまることだけを考えろ。引き馬を連れている軍は、拡がってしまう傾向があるからな」

「わかりました。引き馬は、脇に引きつけて駈けさせます」

二万頭の引き馬を連れてきていた。二千頭以外は、ハドのコデエ・アラルの牧の者たちが、草原を動かし続けている。

これまでの戦とは、まるで違う、とテムジンは考えていた。

自分を遮る者を、蹴散らすだけの戦だった。

二

ジャムカは、サーラルの報告を待っていた。

深夜にあるはずのないような、争闘の気配が、ジャムカの本陣まで伝わってきたのだ。

「ムカリの五十騎が、突っこんで去りました。その間に、十二騎の犠牲が出ました」

サーラルからの伝令が、そう言った。

ムカリは五十騎しか率いず、いつも意表を衝く動きをした。

十二騎の犠牲を出したとしても、ただの撹乱以外のものではない。しかし、なぜいま撹乱なのか、と疑問も湧いてきた。

ムカリの雷光隊は、こちらの前衛からあまり離れず、駈け回っているという。

ジャムカは、全軍の前進を命じた。

これからなにが起きるのか。それはすぐに明らかになった。クビライ・ノヤンとジェベの四千騎が、ムカリの背後に現われた。

テムジンは、本格的なぶつかり合いを求めている。しかし、なぜこんなかたちなのか。

テムジン軍の兵力は、こちらの倍である。それがなぜ、あえて夜襲にこだわるのか。

「先頭の指揮官に伝令。あと五里、前へ出る。後続の本隊も、同じ距離を進む」

伝令が、駈け去った。

大きな罠が、眼の前にあるのかもしれない。

ただ、テムジンと罠とは、どうしても違和感がある。まして、倍する兵力を擁しているのだ。

テムジンは、まるで意味が違うところで、全面的な開戦に入ろうとしているのではないのか。

ジャムカはじわじわと前へ押したが、兵力がある方のテムジン軍は、強い抵抗を示さず、押す力に合わせて退がっている。

ただ、テムジン軍に隙はない。ちょっとこちらに緩みがあれば、いきなり殲滅に出てくる、闘気はたちのぼっていた。

「サーラル、どう思う」

「一千騎ずつで、突っかけてみましょうか。アルタンとクチャルが適任だと思いますが」

「よかろう。経験だけではない、勝負勘のようなものも持っている。ただし、犠牲は多く出すな。相手の力を測ったら、退がっていい」

草原は、徐々に色を持ちはじめていた。空と地の区分が、はっきり見える。眼の前にいる敵はまだ影だが、すぐに具足の色が見え、顔がわかるようになるだろう。

アルタンとクチャルが、二方向から突っこんだ。ぶつかり合いが厳しいことは、離れていてもわかる。

搦め捕って殲滅させてしまう、というなにか激しいものさえ、テムジン軍にはあった。

そこまでとジャムカが感じたところで、二人は反転し、戻ってきた。

「本気だ、と思いました、殿。テムジン軍は、どこも手を抜いていません」

「俺は、冷や汗をかきました。アルタンと一体となっていたら、包みこまれ、いい獲物にされたような気がします」

二人が言うことを、ジャムカは理解できた。それでも、テムジンではない。テムジンの戦がどういうものか、反吐が出るまで闘ったのだ、と思っている。

その点で言えば、テムジンの戦だ。

しかし戦で生き方を感じようとすると、どうしてもテムジンの生き方とは思えない。

視界に、薄い膜がかかっているような気がするのだ。

なにか見落としている。しかし、それはあろうはずもない。すべてを考えて、この戦をはじめた。砂漠や草原の遭遇戦から、ようやく対峙してぶつかる、という状態になったのだ。テムジンのすべてを、見ているつもりだった。

薄明の中を、旗を持った一隊が近づいてくる。それは中央へ進み、ジャムカと正対した。

おい、テムジンよ。おまえのやり方にしては、余計なものを味方につけすぎではないか。闇は、俺たちには余計だった。これまで、闇が俺たちになにかしてくれたか。

もう夜が明ける。そろそろ、俺たちの時ではないか。

「斥候が、戻りました」

二騎。報告してきたのは、テムジン軍の背後から、ケレイト軍の三万騎が進軍してきている、ということだった。

テムジンの二万騎を先鋒にし、ケレイトの三万騎で、自分と自分の軍を、殲滅させようとしている。兵力差から、まともにぶつかれば、全滅だろう。皆殺しの勢いだ。しかしジャムカは、危険を肌に感じなかった。

さらに、斥候の報告が入った。

ケレイト軍の進軍は、後詰（ごづめ）の軍とは思えないほど速く、トオリル・カンの禁軍は、先鋒のすぐ後方にいるという。

ジャムカは、アルタンとクチャルの千人隊を、もう一度突っこませた。

テムジンが、真っ直ぐに両軍の間に出てきた。二千騎ほどだ。ジャムカは、テムジンにむかって動いた。

テムジンが三百騎で突出した時、ジャムカも麾下だけになり、二度、三度と絡み、離れた。久しぶりだ。お互いに、そう言い合った。首を貰う。お互いに、そう思った。音に出る言葉は交わさなくても、通じるものがある。そう思えるだけで、嬉しかった。

お互いに軍をまとめ、半里の距離でむかい合った。テムジンが笑うのが、はっきりとわかった。

ジャムカも、笑った。

斥候が、疾駆してくる。

テムジンの方にも、戦とは違う動きがあり、陣形が乱れた。

「まさか」

斥候の報告を聞き、ジャムカは思わず声をあげた。

次の斥候も、その次の斥候も、同じ報告をしてくる。

ケレイト軍が、背後からテムジン軍に襲いかかっている。あろうことか、かたちとしては、ジャムカの軍とケレイト軍が、テムジン軍に挟撃をかけていた。

「退がれ。一里、いや半里でもいいから、退がれ」

冷静に考えれば、眼前にいる五万の大軍は、すべてが敵で、ジャムカを討つためにここまで来ているのだ。

テムジン軍が、衣を剝ぐように、崩れていった。

ジャムカは、その動きを凝視した。

算を乱している。そう見えはするが、慌てている兵は、ひとりもいない。ばらけながら、自分がなにをやるべきか、ひとりひとりがわかっている、という感じもあるのだ。

それでも、テムジン軍が崩れ、逃走していることは間違いなかった。

北へむかって、テムジン軍はばらばらに駈けていた。もう、眼前にテムジン軍の姿はなく、突っこんでくるケレイト軍の姿があるだけだ。

「ホーロイ、正面からぶつかり、右へ抜けろ。サーラル、息五つ間を置いて、同じように駈けろ。二人とも、無理はするな」

ホーロイが、駈けていく。五千ほどの突撃に、三万は動きを止めた。それからまた、前に出はじめる。

　サーラルの攻撃は、いささか執拗で、先鋒を七、八十騎倒し、さらに中に突っこむ構えを見せながら、右へ抜けた。

　ジャムカは玄旗(げんき)を出し、先鋒と正面からぶつかるところまで進んだが、特にジャムカを狙って突出してくる軍はいなかった。

　ジャムカはすぐに右へ抜け、全軍をまとめると、ケレイト軍と二里の距離をとった。

「サーラルと話したのですが、大した軍ではありません。アルタンもクチャルも、同意見です。まともにぶつかって、テムジン軍が退がるとは思えませんが、後詰の味方が奇襲をかけてくるという、考えられない事態でしたから」

　ホーロイが、そばへ来て言った。

「みんな、本気でそう考えているのか？」

「かたちはそうだった、と見ています。そうとしか、言いようがありませんね」

　そもそも、テムジンは後詰を必要とはしていなかった。

　そこに後詰が、しかも三万騎が、急接近してきたのである。

　攻撃される前に、テムジンはなにか摑んでいた。いや、トオリル・カンが三万騎を率いて出動した時点で、なにかあると考え続けていたに違いない。

「それでな、ホーロイ」

「背後から味方の奇襲を受けたテムジン軍は、多大な犠牲を払って、なんとか逃れ得る。これが当たり前だ、と思うのです」

「俺は三番目に前へ出たので、テムジン軍の犠牲を把握できなかった。もう算を乱している、としか思えなかった」

「テムジン軍は、算を乱しましたよ。乱しすぎるぐらいに。そして北へ逃げましたが、兵の犠牲は、三、四十騎というところでしょう。俺もサーラルも、そんなふうに見ました」

「おい、それは犠牲を出していない、ということと同じだぞ。奇襲を受けて、三、四十騎など」

「だから、テムジンにとっては、奇襲ではなかったのでしょう」

「いやだな。テムジンは、相当狡猾で、隙のない武人ということになるではないか」

「まさしく。テムジンは、算を乱して逃げながら、トオリル・カンの足を掬っているということを、いま見事にやってのけています」

「トオリル・カン、あるいはセングムへの、テムジンの対し方は？」

「テムジンは、人を重んじています。だから、あんな情況でも、犠牲が、三、四十なのですよ。セングムは、物にこだわります。去年、市も立てましたし。テムジン軍が残した物については、回収に懸命です。テムジンを追うのさえ、忘れています」

「そうか」

「きわめつきは、解き放たれた、二、三千頭の馬です。もしかすると、四千頭にも達しているかもしれません。セングムは、戦の勝敗のすべてがそこにあるというように、馬の回収に夢中になっています」

「テムジンは？」

「遠く、北に逃れています」

「ホーロイ、もう少し軍を退げろ。セングムなどとやり合って、たとえ一騎でも、俺は失いたくない」

「ケレイト軍の動きには、斥候を密に放っております。そろそろ、最初の報告が入るはずです」

算を乱して逃げたにしては、テムジン軍の兵の犠牲はほとんどないのだという。

ただ物を放り出して逃げたようで、ケレイトの兵はそれを見つけると、馬を降りて拾いあげ、鞍に縛りつけたりしている。

斥候が二騎戻ってきた。

テムジン軍は、数千頭の馬を残していったようだ。それが草原に拡がり、裸馬だから容易に捕えられず、十頭、二十頭と囲み、それを絞って捕えることを続けているという。

「北へ、進軍してはいないのか？」

「わかりません。北の方向については、別の者が報告に来るはずです」

「戦利品を集めているのか」

「もう戦が終ったと感じている兵が多いのでしょうね、殿」

「指揮はどうなっているのですかね。ジャカ・ガンボ将軍とアルワン・ネク将軍が、戦の停止をたやすく許すとは思えないのですが」

二人の言うことについて、ジャムカは当然考えていた。

三万の大軍の指揮を、将軍たちに分担させた可能性がある。トオリル・カンはそれを許さないだろうが、セングムはいい考えだと思いかねない。ジャカ・ガンボとアルワン・ネクは、セングムにとっては煙たい存在だろう。

戦場でもセングムの勝手を許しているとしたら、トオリル・カンは相当に老いてしまっている、ということだろうか。

斥候が戻ってきて、北の報告をした。

「アルワン・ネク将軍の指揮する三千騎が、テムジン軍を追って北へむかっています」

「俺は、鼻白んだような気分だよ」

ホーロイが言うと、サーラルが頷いた。

戦の邪魔をされた、と二人とも感じているのだろう。

砂金は潤沢にあるとしても、無限ではない。一度の出兵で、かなりのものは消えるのだ。出した砂金の分の成果はあげておきたいところだった、とジャムカは思った。

ケレイト軍は、本来の敵であるジャムカ軍には見むきもせず、カラカルジトの原野を出ていった。

途中から三万騎は反転し、西へむかいはじめた、という報告が入った。

逃げたテムジン軍は散らばっていて、捕えるのも難しい、と考えたのだろう。

速やかに西へむかい、アウラガを攻めれば、そこの守兵は、カサル軍の一万である。しかも、モンゴル領全土に拡がっているはずだ。

アウラガを焼き払えば、テムジンは四、五年は後退する。前の戦の時にジャムカが考えたことを、いまごろセングムも考えたのだろうか。

ジャムカは、草原を南へ動き、水のある場所に陣取った。

犠牲はほとんど出ていない。働きに応じて払う砂金がないのも、あたり前のことのように長や兵たちは考えていた。

支払われた分の働きをし、それ以上の働きはさらに払って貰う。

草原の民にとって、戦はひとつの取引でもあるのだ。

また応召してくるように、兵をとりまとめている者には、わずかな砂金を渡し、解散した。残ったのは、ジャムカの麾下四百と、ホーロイとサーラルの指揮下の一千と二千である。

ほぼこの規模で、ジャムカは草原を駈け回り、これからもそうするつもりでいた。

二日そこにいて進発しようとした時、二十騎ほどが疾駆してくる、と斥候から報告が入った。しばらくして、それがドラーンの一行だ、ということが知れた。

「家令殿が、あんな駈け方をして」

サーラルが、呆(あき)れたような声を出した。

しかし近づいてきたドラーンの形相は変ってしまっていて、死者のような顔色をしていた。馬を兵に任せたドラーンが、転げるように降りて、ジャムカの前に這いつくばった。それで全員が、ただごとではないと思ったようだ。

ジャムカは、一度大きく息をついた。

「申し訳ございません、殿。私の首を、打ってください」

「首を打つというのは、大変なことだ。まして、おまえは家令なのだからな」

「万死に値する。生きてここへ来たのも、報告だけはしなければならない、と思ったからです」

「フフーとマルガーシに、なにかあったということだな」

「はい」

ジャムカは、ドラーンの言うことを、黙って聞いていた。

現実と思えないようで、現実には違いないのだ。

フフーが雇った下男二名と下女一名が、砂金を狙ってフフーを襲い、殺した。その三人をマルガーシが斬り殺し、家を燃やした。

黒く焦げた屍体の方々に、斬ったあとがあったという。首と胴が離れている者もいた。

フフーの屍体だけが、家のそばに埋葬してあった。

そしてマルガーシの行方は知れない。

フフーには、充分な砂金を渡してあった。しかし、護衛の兵はつけなかった。敵はテムジンとトオリル・カンだったが、家族を狙おうという動きなどはなかったのだ。

オングト族の地である。それほどの危険はなく、砂金で雇える護衛で充分である、とジャムカもドラーンも考えた。

ジャムカは、それ以上詳しい話を聞きたいとは思わなかった。

ホーロイが剣を抜き放ち、次には鞘（さや）に納めていた。ドラーンの帽子の上部が、宙に舞いあがり、草に落ちてきた。

「これで勘弁してくれないか、家令殿。いま死なれると、殿が困る」

ホーロイが言った。

「マルガーシは生きているのだ、ドラーン。まだ子供だ。どこかをさまよっている。捜してやらなければならん。マルガーシが見つかるまで、死ぬことを禁じる」

自分が喋っているのではない、という感覚があった。まわりの声も、ただ遠く小さい。

「移動するぞ。進発の用意」

ホーロイが、声をあげた。

「俺を、ひとりにしろ、ホーロイ」

「いえ、これから調練なのです。殿の麾下を中心にした、連係の調練です。これは、すでに決めてあったことです」

「俺は」

「殿、進発します」

サーラルが来て言った。抗う気力が、ジャムカの中で消えていた。

「私は、ここで首を打っていただきたいのです」

「それは、帽子で勘弁してくれ、とホーロイが言った。俺は、死ぬことを禁じた。マルガーシを見つけるのが、おまえの仕事だ、ドラーン」

「若殿は、六臟党(ろくぞうとう)の者に捜すように、言ってあります」

「砂金で動く者だけに任せるな。身を引き裂かれる思いをしているおまえだからこそ、できることもある」

「私は、死ぬことも許されないのですか」

「そうだ。死よりもっとつらいものの中で、生きろ。いいか、マルガーシは、根に強いものは持っていても、フフーが温々と育ててきたのだ。ひとりきりで、どこまで生きられるかわからぬ。おまえに頼むぞ、ドラーン。マルガーシを捜し出し、俺の眼に見えるところまで、連れてきてくれ」

草の上に座りこんだドラーンが、ただうつむいていた。

頭の後ろに、白い髪があるのに、ジャムカはぼんやりと眼をやった。

三

テムジンがどういう動きをしているか、カサルにはわからなかった。

伝令からの報告は伝えられてくるが、それは大抵一日半から二日、遅れた情報だった。

一日半あれば、あの兄は、想定できないほどの動きをする。

「ボロクル、五千騎を率いて、コデエ・アラルの南に展開せよ」

「わかりました。先に来るのは、ケレイト軍の方ですか?」

「いまは、そう想定しておくことが、最も安全である」

「なるほど」

「利いたふうな口をきくな、ただの小僧が」

カサルは、ボロクルを蹴り倒した。

「あっ、それはそのまま、カサル殿が殿から言われていたことです」

「いつ？」

「三年か四年前です」

立ちあがったボロクルを、カサルはまた蹴り倒した。

「三年前のことなど、こんなに切迫している戦の中にいる俺たちには、遠い昔のことだ」

「でも、憶えていますよ」

また蹴ろうとしたが、ボロクルは身軽に避けた。戦の前の踊りのようなもので、ボロクルとはこれをやるのだ。

「コデエ・アラルの何里南にしますか？」

「それは、ケレイト軍の動きを見てだ。コデエ・アラルの南を動き回っていろ」

「できるかぎり、コデエ・アラルには近づけないようにします」

「どういう攻め方をしようとするか、まだ読めないが、西へむかってかなりの速さで、進軍中だ」

「殿はやはり、フルンボイルで、軍をまとめるのに手間取っておられるのですね」

ボロクルが、言ってにやりと笑った。

いまの情況だと、三日ここで耐えて、テムジンの軍が間に合うかどうかだった。逃走した時、かなりの武器も馬も失っているという。

それは、ケレイト軍のトオリル・カンが摑んでいる情報と同じだろう。聞いても、カサルは慌てていない。

テムジン軍については、ほとんどの情報は、ただ情報にすぎなかった。情報を超えるところから、テムジン軍の戦ははじまる。

「俺も、カラカルジトに行ってみたかったな。カサル殿は、留守居でよかったのですか」

ボロクルはもう一度蹴られたがっているので、カサルは蹴りあげた。

「結果を見てみろ。カラカルジトでは、ジャムカとはまともに戦ができず、ケレイト軍に奇襲を受け、闘わずに逃げるということだけだったのだぞ」

いま西へむかっているのは、ジェベが指揮する三つの千人隊だけだ。本隊はまだ、フルンボイルでまとまりきれていない。大量の武器を失ったことも、原因になっているかもしれない。

「こんな時でも、殿はジェベより先に、アウラガに到着されるのではありませんかね」

「はじめから目論まれていたことだ、とおまえは言いたいのか？」

「まさか。こんな目論見をするぐらいなら、モンゴル領を動かないで、トオリル・カンがどう出るか、見ていた方がよかったと思いますよ」

「それでは、戦にならなかったな。面倒なことがさらに続く、ということになっただろう」

トオリル・カンのジャムカ討伐の命令は、実にいい時に出され、それに対するように、ジャムカも全軍召集をかけた。

テムジンは当たり前のように全軍召集し、一万はアウラガに残し、二万でジャムカ討伐に出た。

トオリル・カンに出兵の理由はいくらでもあった。自分自身の手でジャムカを討つ、と言うこともできるし、後方からテムジンの掩護をするとも言うことができる。この際、ジャムカが草原各地から集めた兵に、鉄鎚を下し、草原への支配を絶対的なものにする、という名目を掲げることもできた。

セングムの気持の中には、奪われた大量の砂金を奪還する、というものもあったのかもしれない。

テムジンの考えは、単純なものだった。とにかく、行ってみる。そして情況を注意深く見つめ、狗眼には徹底的にケレイト軍のことを探らせる。

それによって、道はいくつかに絞られてきた。決定的だったのは、ジャカ・ガンボがテムジンの軍営に現われたことだったという。

ジャカ・ガンボは、いま狗眼で拘束している。

「兄上は、運を引き寄せる場に、常にむかわれる。意識してそうしているとは、俺にはどうしても思えないが」

「運を作り出す、ということはできるのですか、カサル殿？」

「俺にわかるか。兄上にも、わからんかもしれん。わかる人間など、いないな。いるものか」

「ですよね」

「とにかく、俺は兄上の頭の中が読めたためしはない。せいぜい、ああそうだったのかと、あとからわかるだけだ」

「あとからも、俺にはわからないことが多いですよ」

テムジンは、急がなくてもケレイト軍に追いつける。武器も、新しいものが補給されるし、要所に、替え馬は用意してある。

なにしろ、ヘルレン河があるのだ。バブガイの鉄鉱石や石炭を運ぶ船を五艘も遣えば、一万騎分の武器、武具を運べる。そして流れに乗るので、陸上で運ぶよりも、信じられないほどの速さで運べる。

そんなことまで、テムジンは計算していたのだろうか。

カサルがわかるのは、テムジンがいつも三通りぐらいの道を考え、情況に合わせてそれを選んでいく、ということだった。

なにかあれば、その選択は素速い。たとえば、陣営にジャカ・ガンボが現われる。その瞬間に、テムジンはいまの道を選択したはずだった。

「鳩(はと)を、持っていけ、ボロクル」

「一日に二度、鳩を飛ばします」

ボロクルは直立し、踵(きびす)を返して駈け去った。すぐに、ボロクルの軍が動きはじめる。

カサルは、この戦の事のはじめから、もう一度、考えはじめた。

ジャムカが、眼障りなほど駈け回っていたので、それを討とうというのはわかる。

三万騎の全軍召集。ジャムカは、一万騎だった。そのあたりから、テムジンはなにか考えはじめたのだ、とカサルは思う。

トオリル・カンが三万騎で出動してきたのは、テムジンの想定にあったのか。ケレイト軍は、いまは五万騎は集められるだろう。その中の三万騎というのは思い切ったものだし、トオリル・カン自身の出動というのも、ひとりジャムカだけを討つためだ、とは考えにくかった。

しかし、そのあたりから、テムジンはなにかやわらかく情況と絡みはじめたのではないのか。戦は生きものだということは、カサルにもよくわかる。しみじみそうだと感じる経験も、何度かしてきた。

しかしテムジンは、情況は生きものだ、というところからはじめているのかもしれない。

あまりアウラガ府の建物から出てこないカチウンを連れて、ボオルチュが本営へやってきた。

「戦の見学か、カチウン。ここでは戦闘は起きないぞ」

「ケレイト軍三万騎が、こちらへむかっているのではないのですか？」

「そうだ」

「しかも、味方だったケレイト軍が、いきなり裏切ったのでしょう。テムジン軍の犠牲は、相当なものだ、という話ですが」

「すごい犠牲だった。バブガイの輸送船が、補給の武器を満載して、河を下っていった。しかも、五艘だ」

「それは」

「兄上は、犠牲をいとわなかったのだと思う。武器や武具や馬の犠牲はな。兵は、ほとんど失っていない。ケレイト軍は、戦利品を集めきるのに二日、それを分配するのに一日かけている。つまり、兄上は三日稼いで、充分に余裕を持ち、まずジェベの三千騎をアウラガにむけて駈けさせている。なにはさておき、アウラガを守ろうとしている、とトオリル・カンに教えたのさ」

「まったく、あの人は」

ボオルチュが、嘆息するような口調で言った。これまで、テムジンを最も深くまで読めたのは、ボオルチュだろう。それが、嘆息するほど読めなくなっている。

「カチウンには、理屈だけではわからないことが多くある、とわからせるために、ここでしばらく過ごさせようと思っている。だけど、私の方が、いろいろとわからせられる、と思えてきたよ、カサル殿」

「ボオルチュ殿。構えるのはよそう。構えても、はぐらかされる。俺は、なにか起きたら考える、ということしかできない、と思うようになってきた」

「私は、読めるところまで、殿の心の中を読む。そして、それが実現される道を作る」

ボオルチュが、口もとだけで笑った。

ボオルチュは本営に幕舎を張らせ、二十名ほどの部下をそこに入れた。

カチウンも、なにか仕事を命じられたらしく、幕舎の一番奥の卓に、冊子を積みあげている。

ケレイト軍は、ジェベの三千騎と並走するというかたちで、西へ進み続けている。テムジンの本隊がどこなのか、カサルには把握できなかった。

狗眼の者たちも、テムジンの隊をしばしば見失った。テムジン軍は三隊に分かれてヘルレン河沿いに進軍しているが、テムジンはその三隊の中で、居場所を変えているようだった。

ジェジェル山の西に展開する、とボロクルから鳩の通信が来た。

ジェジェル山は、コデエ・アラルの南にあり、山といえば山、丘とも見える、広範な台地だった。

ケレイト軍がアウラガを攻めるとしたら、まずそこに本陣を置く。それは、ありそうなことである。長駆している軍である。開戦の前に、一日でも二日でも、兵馬を休ませたいところだろう。

あと二日で、ジェジェル山に到着するだろう、と狗眼の者から報告が入った。テムジンの本隊は、丸二日遅れていて、緒戦の戦力としてあてにできるのは、ジェベの三千騎だけである。

一万三千騎で、三万騎の相手をするのか、とカサルは思った。

一万騎が、西からジェジェル山にむかっていて、一日半で到着する、と狗眼が知らせてきた。それは、ケレイト王国から進発してきた、新手の軍だった。どういう連絡をとっているのかわからないが、トオリル・カンの本隊と呼応したものだろう。

四万騎を相手に、テムジン軍の到着まで耐えきる。いまカサルに課されているのは、それだった。それ以上に希望的な観測は入れず、すべて四万に対処できるように、構えを作った。

自分が指揮する五千騎は、順次、コデエ・アラルの下流からヘルレン河を渡らせた。

アウラガにいるのは、守備兵の一千騎だけで、戦闘力はかなり落ちる。

カサルの本陣の隊に、いつ渡ってきたのか、ボオルチュとカチウンがいた。

「ホルはどうした、カチウン」

「主人に似て臆病で、河に入ってくることはできませんでした」

「水際で、うらめしそうに遠吠えをしていたな」

ボオルチュが、笑いながら言った。

「それにしても、ケレイト王国は一万騎を新たに出動させ、殿を挟撃にかけて、なにがなんでも首を奪るつもりなのだな」

「三万騎に一万騎が加わることなど、兄上はなにも気にされていないかもしれん。本隊が三つに分かれ、その中で気紛れに居場所を変えるなど、人を食っているようにしか、俺には見えないのだ、ボオルチュ殿」

「カサル殿は、殿の下でどうやって戦をやればいいか、よくわかっている。なにも構えず、余計なことも考えず、ただ殿の最初の動きを注視する。それに尽きるよな」

「俺も、苦労はしたんだよ。テムジンの弟というだけで、なにか特別なものを求められているような気分にもなった。そういうところは、テムゲよりずっと気にするよ」

「テムゲ殿も、どこかで苦労しているのだろうが、もともと気楽なところがある男だ。私は、いい組み合わせだと思うよ」

「甥たちが、戦に入ってくる。俺やテムゲの役割も、また変ってきている」

「気苦労が多いよな。テムゲ殿は、若君たちが入ってきても、大して気にしないだろうが」

甥の三人は、誰かがそばについている、というわけではない。兵卒として、将軍のもとを回る。

実戦に入った時に、ひとりでも自分で引き受けるのは嫌だ、とどの将軍も思っているだろう。

やがて末弟のトルイが出てきたら、四人になってしまうが、その前に長男のジョチから軍指揮をすることになる。そのつもりで、カサルは甥たちを見ていた。

「ひと晩ここに泊めて貰って、明日はまたむこう岸だ。トーノ山に登ろうと思う。あそこからなら」

「おう、すっかり見物の構えだな、ボオルチュ殿」

「なぜか、負けるという気がしない。見物していろ、と殿が言っておられるような気がするほどだ」

トーノ山は、コデエ・アラルの二十里ほど東で、ヘルレン河に面した岩山だった。頂上からなら、ジェジェル山はよく見通せる。

「戦の、なにを見たいのだ、ボオルチュ殿」

「殿の戦が、どう変ったか。変るはずだ、と私は思っている。なにかが、私に囁きかけてくるんだよ」

ボオルチュは、昔は兄とともに戦をしていた。それほど、テムジン軍には兵がいなかったということだ。

カサルは、兄の戦については、ずっと見てきた。戦のやり方が変ったと感じたことは何度かあるが、その場でわかったわけではない。あの時だったのか、と時が経ってからわかることが多かったのだ。

実戦になれば、カサルは兄に劣るとは思っていなかった。ただ、実戦に入るまでの判断のすべては、遠く兄に及ばない。

だから実戦に入ると、とにかく兄に命じられたことをやり、それから兄が孤立しないように、いつも注意を払っている。

夜になった。兵糧が回ってきた。一片の干し肉と酪である。石酪については、大抵の兵は自分で持っている。

「実戦を前にした兵に、多くは食わせない。動きが悪くなるからな」

「そういうものなんですね」

カチウンが、口を開いた。夜営は、新鮮なのかもしれない。兵にするために鍛えようとした時があるが、どう見ても合っていなかった。母のホエルンも、どうしても軍人になれとは言わなかった。

カサルやベルグテイについては、一度殺せ、と母はジェルメに言ったのだ。

「おまえは、戦には合っていなかったよ、カチウン。兵になることもなかった。しかし、兵になって戦へ出るより、ずっと重いものを背負ってしまったのだな」

「アウラガ府の建物の奥の部屋が、私のひとりだけの戦場だとしたら、合っているのだと思います」

「人には、それぞれ戦場があるか」

喋っている間も、狗眼の者からの報告が、次々に入ってくる。四万の敵はじわじわと迫ってきて、いまのところそれを迎え撃つのは一万騎だけだ。

「明日には、戦か、カサル殿」

「明日、開戦ということにはならないよ。こちらが突っこめば別だが。とにかく、兵馬を休ませるだろうな。長駆して、負担は相当大きくなっている」

負担がかかっているのは、トオリル・カンにだ。なにがトオリル・カンを駆り立てているのかわからないが、ケレイト軍の動きはいつになく速かった。

疲れきったトオリル・カンが、休む間もなく戦をしようと考えるだろうか。

トオリル・カンがやろうとしても、セングムは止める。ジャカ・ガンボはおらず、アルワン・ネクは強い意見を言おうとはしないだろう。

かつて、メルキト領に進攻した時、セングムの命令で森へ入り、トクトアの森林部隊に襲われ、ほとんど全滅という負け方をした。

どう苦しもうと、あの負けからは逃れられない、という気がする。小気味がいい指揮をするし、粘れば粘ったで、凄味がある。しかしアルワン・ネクの人生は、最後はセングムの愚かさにぶつかってしまう。それを拒絶することができない。

軍人としてのアルワン・ネクには、共感を覚えるほどだが、痛烈きわまりない敗北は、その人間に消し難い宿命のようなものを刻みこむ。

「カサル殿、戦はトオリル・カンとの間で闘うのかな。それとも、セングムか」

「多分、トオリル・カンだろうと思うよ、ボオルチュ殿。いざとなれば、セングムはなにもできない。トオリル・カンは、死んだふりをして生き返る技などお手のものだ。自ら出陣したところを見ると、決めるべきものは自分で決める、という意志は失っていない」

「息の根を止めるまで」

「そうだよ、うるさい男だ。曲者だな。油断していると、足を掬われかねない。老いていても、狼は狼だと思っていた方がいいだろう。ボオルチュ殿も、そんなふうに見ているのではないのか」

「私は、戦は人生そのものかもしれない、と思っているのだよ。ただ、殿もそうなのかというと、考えてしまうな」

「兄上にとっては、戦は人生の一部さ。俺の場合は、人生そのものなのだがな」

「カサル殿にも、戦以外の人生はあるさ」

「そうだといいがな」

人が、最後に出す力。それがどんなものか、カサルは考えていた。

四

疲労が深いのかどうか、トオリルにはわからなかった。

出動して、テムジンを討つ。考えたのはそれだけだった。

なぜ、テムジンを討つのか。セングムが、うるさく言い募ったからではなかった。トオリルにはっきりと見えたのは、自分が死んだあと、テムジンに無残に討ち果されるセングムの姿だった。テムジンを討ち果し、モンゴル族をしっかりと隷属させておけば、草原の覇権は動くことがない。セングムは各地に市を立て、物を動かしてケレイト王国を豊かにしていけばいい。戦の才覚はなくても、そういう商いの才覚はあるはずだ。

テムジン軍を後方から襲い、敗走させた時、トオリルの疲労は深かった。これまで、これほど疲れたことがあるだろうか、と思うほど深く、しばしば地に吸いこまれていくような気分になった。

地に吸いこまれれば、もうなにもかもがどうでもよく、自分さえもなくなってしまうのだ、と思った。

気持なのか躰なのか、トオリルが底の方から力が蘇ってくると感じたのは、戦利品が眼の前に積みあげられた時だ。

相当の戦利品だった。武器や武具だけでなく、引き馬用と思われる馬も、数千頭鹵獲(ろかく)した。勝って奪う。それが戦だった。もともとそういうものなのに、なぜさまざまな理由をつけるようになったのか。

自分を守るために、生きた。自分を守ると考えると、どんなことでもできた。そして、守り切った。奪うための戦は、その間もずっと続けてきた。

ケレイトの王(カン)であることにこだわったのは、どこか心に空白があったからだろう。その空白には、色をつけなければならない、と考えた。王であるために闘いはじめたころから、なにかが違ってきたのだ。

「陛下、幕舎ができております」

一日行軍して、夜営に入ったところだった。干し肉を食い、馬乳酒を少しだけ飲んだ。

幕舎には、毛皮が敷いてある。従者に具足をとらせ、軍袍だけの姿で、毛皮に横たわる。すぐに、眠った。浅い眠りだった。眼醒めては眠ることを、くり返す。

しばしば、夢を見た。見ながら、これは夢だと、どこかでわかっていた。

それでも、深く眠っている時があるのだろう。気づくと、幕舎の外は明るくなりはじめている。

「ジャカ・ガンボ」

声に出して言って、いないのだ、ということに気づいた。出奔したのだ。戦では、いつもそばにいた。そばにいることが、ジャカ・ガンボの仕事だったのだ。

セングムと、合わなかった。それは、見ていてわかった。セングムが王になれば、遠ざけられると思ったのか。

ジャカ・ガンボの気持が、多少はわかった。トオリル自身が、冷たく扱った。そう扱っているとわかっていたが、それを改めることはできなかった。

セングムだけがいれば充分だと思ったが、ジャカ・ガンボも弟だから身内として扱われる。廷臣たちも、将軍たちも、そうする。ジャカ・ガンボは、弟であることを表に出し、威を張るような男ではなかった。それが、なんとなく気に入らなかった。

弟だという顔をすれば、罰することもできたし、処断することもできたかもしれない。ジャカ・ガンボは常に忠実で、トオリルにどんな隙も見せなかった。

ジャカ・ガンボが出奔したらしいとなった時、トオリルにはいくらか頷けるところがあった。セングムは、戦が終ったら、一家をすべて処断すると言っていたが、トオリルはもうどうでもいい、と思っていた。

自分でもちょっと驚いたことだが、ジャカ・ガンボを窮屈な存在だと思っていたようだった。なにかしら、いつも生き方を問われているような気がした。それを窮屈だ、と感じていたのだろう。

出奔までするとは思わなかったが、トオリルはどこかでほっとしていた。それでも、ジャカ・ガンボがいないということに、どうしても馴れない。

「陛下、お眼醒めでしょうか」

従者が、遠慮がちに声をかけてくる。

「具足」

従者が二名入ってきて、トオリルの躰に具足をつけた。

兵たちも起き出している。

「陛下、本日の進軍は、いささか緩めようと思っているのですが」

セングムが来て、言った。総大将のような口を利く。ジャカ・ガンボがいても、アルワン・ネクがいても、同じだった。

「なぜ、緩める？」

「一日半で、テムジン軍の残留部隊とぶつかります」

「だから、なんだ？」

「兵も馬も、少し休ませた方がいいかもしれない、と思いまして」

「駈ける。一日で到着する。休むのは、陣を組んでからでいい」

一日半で、領地から出動した一万騎も到着する。その前に、いつでも闘える態勢を作っておきたかった。

「ぎりぎりまで駈けさせ、テムジン軍と対峙してから、丸一日休ませる」

追われているが、それは三千騎だけで、テムジン軍の本隊はずっと後方だった。あれだけの戦利品を奪ったのだ。本隊は、装備もままならないに違いない。

「陛下、お躰が」

「若いおまえが、なにを言う。一日で駈けることが、相手の意表を衝く。いいか、もう戦ははじまっているのだ。勝利か死か、待っているのは、どちらかだと思え。行軍の速さについていけずに死ねば、それまでのものだ」

馬印と旗。両脇で駈けさせる。先鋒はアルワン・ネクの三千騎で、周囲には禁軍千五百騎がいる。五百騎ずつ三名の指揮官がいるが、ジャカ・ガンボがいないので、トオリルが直接命令を下している。

駈けた。進軍の間、トオリルはしばしば馬上で眠ったが、もう、前方にむけた眼を閉じなかった。

思いの中に、さまざまなものが去来する。負けたことがほとんどで、それ以外は、若いころのことであったり、愛したと思った女のことであったりした。

心を傾けた女が、いるにはいたのだ。ただ遠い記憶で、顔を思い出そうとしても、うまく浮かんでこない。

セングムを産んだ女は、顔どころか、名前すらすぐに出てこなかった。

ジャカ・ガンボがいないことについては、誰もが口にするのを避けていた。

駈けに駈け、午を過ぎたころ、禁軍用の替え馬に乗り替えた。

ここからは、もう戦場である。

アルワン・ネクは、トオリルのそばに来て、そこで斥候の報告を受けた。だからトオリルは、自然にそれを聞く。

テムジンの弟のカサルが、一万騎を率いてジェジェル山近辺に展開している。五千騎は、ヘルレン河を背にして南にむかい、もう五千騎は領地から出てきた別働隊に備えているのか、ジェジエル山の西に陣を敷いている。

ジェジェル山は、山というより広大な台地で、山麓というほどのものはなかったが、カサルは低い場所に陣取っていた。

後方からの報告も、入ってくる。テムジン軍の三千騎は遅れて、半日ほど後方を進んできていた。残りの一万数千は、三日以上後方なのだという。

「アルワン・ネク。遮るものがいても蹴散らして進み、ジェジェル山に陣取る。兵馬を休ませるのは、それからだ」

「別働隊も、合流させますか？」

「いや、ジェジェル山の西十里にいて、遊軍の役割を与えよ」

アルワン・ネクが、引き馬を連れた伝令を出した。

駈けながら、自分の躰になにかが満ちてくるのを、トオリルは快く感じていた。闘気に似たものだが、いくらか違う。

自分は、死のうとしている。駈けつける先にある自分の死に、いま酔いはじめた。恐怖など、無縁のものだ。自分の死に酔いながら、戦ができる。酔ったまま死ぬのかどうかは、時の運のようなものだ。

「アルワン・ネク。おまえが率いている先鋒の三千騎は、常に先鋒である。本隊は三つに分けて、おまえの後方から行く」

「陛下は、どうされますか？」

「わしも、先鋒だ。おまえのすぐ後方が、わしだ。そのつもりでいろ」

「カサル軍の半分は、遊軍の一万騎が相手をします。カサル指揮のあと半分は、後方から来る三千騎と合わせて、八千騎になります」

「カサルの首にこだわることはない。狙うはテムジンの首。カサルを蹴散らしても、執拗には追わず、一万騎でアウラガの集落を焼き、灰燼（かいじん）に帰させてやる」

トオリルの脚の力が伝わったのか、馬はいくらか脚を速めた。

旗の音。全身を包む馬蹄の響き。こうして、馬で駈けるのが、もともとの自分の姿だ。王(オン)・カンなどという称号、ケレイト王国というただの草原の地域。なにも、意味はなかった。この草原で生まれ、この草原で生きた。

斥候の報告が、次々に入る。

カサルの五千騎が、いくらか動き、こちらを正面から迎える位置で、構えをとったようだ。テムジンの弟。そこそこに、トオリルも名を知っている武将。ぶつかりたくなった。首を掲げて、テムジンを待てばいい。

しかし、長駆した軍だ。このまま戦闘に入るのは、いささか無謀だった。

「アルワン・ネク。カサルの軍は、蹴散らすだけにせよ。ジェジェル山に布陣する方が先だ」

アルワン・ネクが復唱し、先鋒の三千騎の方へ駈けていった。

四刻駈けたところで、前方からぶつかる気配が伝わってきた。トオリルは、禁軍の千五百騎を小さくかたまらせ、前進の合図を出した。

躰がしっかりし、背筋がのびた。これから死ぬのだ、と思った。剣の柄に手をかける。しかし土煙が収まり、前方に見えてきたのは、アルワン・ネクの軍だった。

緩い傾斜を、駈けあがる。

「蹴散らしたか」

「いえ、カサルは本気でぶつかろうとはしませんでした。一応ぶつかった。そういうことだったと思います」

「よし、本隊を迎える。やはり、遅れておるな。本隊の指揮の将軍たちは、何名だ？」

「十八名です」

「布陣し、夜営の準備を終えたら、その者たちを集めよ」

「セングム様は、いかがいたしましょう？」

「呼ばなくてよい。呼ばなくても、勝手にわしのところへ来るだろう」

アルワン・ネクがうつむいた。

トオリルは、馬印と旗を後ろに並ばせ、斜面を駈け登ってくる軍を迎えた。

中軍にいたセングムが、近づいてこようとした。行け、と手で命じた。

二刻ほどで布陣はできあがり、警備に就いている兵以外は、馬の手入れをはじめた。

トオリルは、本陣の幕舎の前で、胡床に腰を降ろした。

旗と馬印は、土を盛ったところに立てられている。篝が、そこだけは四つあった。

陽が落ちかかっている。

「陛下、隊長たちを集められましたか？」

セングムは、馬の鞍を降ろしてもいなかった。

「おまえは、出る必要はない」

「なぜですか？」

「総大将だからだ」

「陛下、総大将は、どこにでも出ます」

「おまえの下で、実戦の総指揮をする大将が、すべてのことをやるのだ」

「誰ですか、大将というのは。アルワン・ネクですか？」

「よく考えれば、見えてくるはずだ。とにかくおまえは、頂点にいて、なにも口を出さずに見ていろ」

「それでは、ただの飾りです、陛下」

「実戦で、おまえが飾り以上のものであることはない。政事のことを考えろ。国を富ませる道を、よく見きわめろ。実戦で、おまえは兵卒以下の情無い男だが、政事では頂点に立てる。戦は、軍人たちに任せておけばよい。国のことを、考えろ」

セングムは、兵に持たせていた手綱を、ひったくるように取った。

「ひとつだけ、教えてください、陛下。大将とは、誰のことなのですか？」

「見えぬのか？」

「見えません。アルワン・ネクならば、はじめから大将に据えればいい、と思います」

「テムジン軍を蹴散らし、多くの戦利品を得た。戦とはこういうものだ、とわしは久しぶりに思った」

「アルワン・ネクなのですね？」

「違う。わしだ。テムジン軍を蹴散らしてからの行軍は、すべてわしが指揮してきた。行軍の速さを緩めようと、的のはずれた進言をしてきた愚か者もおるが」

「父上、俺は」

「いいのだ。実戦では、なにもわからぬ総大将でいろ。考え、決めるのは、下の者たちだ。おまえが実戦の指揮をしたら、必ず負ける。あくまで、おまえは政事の王だ」

セングムの顔色が変っていたが、トオリルはそれを見ないようにした。

「テムジンを討つと、もう草原で抗う者などいないはずだ。そこで必要になるのは、政事の才覚だ。ケレイト王国を富ませるのではない。草原全体を富ませるのだ。ナイマン王国も、おまえの下風に立つことになる」

「父上、俺はそれほど駄目ですか？」

「戦においてはな。戦ですべてを語ろうとするのは、わしまででよい。おまえは、政事に生きるのだ。そうできるように、わしが草原を平定する」

「父上、俺は確かに、勝ちに恵まれませんが。しかし、部下は鍛えあげてあります。必ず、ほかの兵よりもよく闘うはずです」

「それが駄目なのだ、セングム。はずですというのが、おまえの駄目なところだ。生まれながらに、戦にすぐれた者がいる。同時に、決して戦などしてはならない者もいる。おまえは、兵を死なせるだけだ。戦の指揮などしてはならぬ」

「いまテムジンを討ち滅ぼせば」

「おまえにはできぬ。逆にあっさりと首を奪られる。だからわしが、テムジンを討っておく。テムジンがいなければ、草原にケレイト王国の敵はおるまい」

ナイマン王国のタヤン・カンが、兵を集めている、という知らせは方々から入っていた。五万騎程度になるだろう、と情報を運んでくる者は予測していた。

ナイマン王国は、これまでそれほど大きな戦はしてこなかった。五万騎の大軍を動かす時、どれほどのものが必要になるのか、ほんとうはわかっていないところがある。

だからトオリルは、タヤン・カンが厄介な敵だとは思っていなかった。ケレイト領へ侵攻してくれば、逃げるかたちをとって、砂漠を引き回せばいい。それで兵糧も秣もなくなり、撤退を余儀なくさせることができる。

タヤン・カンが手強いのは、ナイマン王国の領土で闘おうとする時だけだろう。

「おまえがいるところが、見かけは本陣である。せいぜい飾り立てて、威を張るがよい。戦における権限がなにもないというのは、いっそ気楽なものであろう。草原に、どういう政事を施すかということを、考えていろ」

「叔父貴は、いまどこにいるのでしょう?」

不意に、セングムはジャカ・ガンボのことを話題に出した。トオリルが、なにを嫌がるかは、憎らしいほど心得ている。

「セングム、なぜそう死にたがる」

「えっ」

「戦が終るまで、わしはジャカ・ガンボについて語ることを、暗黙のうちに封じている。たやすく理解できることではないからだ。それを、戦の最中に持ち出すというのは、反逆に等しい」

「父上、俺は」

「自裁するなら、それでよいぞ。できぬなら、首を打たせよう」

「わかりました。俺は、父上の戦ぶりを見ていますよ」

セングムは、なにかを押し殺したような表情をしていた。

隊長たちが集まってきた。

トオリルは、全員を並べ、ひとりずつの前に立ち、眼を合わせていった。

「よいか、みんな。われらは、モンゴル軍をここまで追いつめた。これから、それぞれの役割を決める。最後の戦だと思え。兵力の大きさが、戦の強さではない。それぞれの指揮官が、最上と思える指揮をせよ。大軍の衝突になれば、わしからの合図も届きにくい。伝令をしっかりさせること、陣は大きく組まず、小さく決める」

アルワン・ネクをそばに立たせ、トオリルは各隊をいくつか集めて一軍とし、三軍を作った。

「兵も馬も、しっかり休ませろ。モンゴル軍本隊は、まだ到着しない。戦をはじめるとしても、明日の午を過ぎてからだ」

アルワン・ネクが、指示を出しはじめる。隊長たちが、散っていく。

トオリルは、馬印と旗の前に胡床を置き、腰を降ろした。

斥候の報告は、次々に入ってくる。

追ってきていた三千騎のモンゴル軍部隊は、やはり夜営に入ったという。明朝進発すれば、午より少し前に、ジェジェル山に到着する。やはり、長駆した軍である。すぐに戦闘に入るには、無理が多すぎるだろう。

「大軍である、ということを誇示する必要はない。各軍は小さくかたまり、素速く動けるようにしておくのだ」

トオリルは、心と躰の疲労を測った。疲れていない。そう思った。充実している、とさえ言える。

哨戒の兵が、巡回しはじめた。

点々と篝が焚かれ、セングムの本陣だけにはいくつもの篝が見える。

トオリルは、この戦についてまた考えはじめた。

テムジンの後軍という名目で、出動した。なにがあろうと、ジャムカの首を奪る、という姿勢を貫いて、進軍した。

出陣した時、テムジンを討つと、心に決めた。敵のジャムカではなく、味方のテムジンを討つ。

小賢しいことに、セングムが同じ献策をしてきた。

トオリルは叱り飛ばしたが、あとでセングムを呼び、テムジンを討つ戦なのだ、と言った。最後の最後まで、テムジンの後衛にいて、テムジン軍が敵との圧力のかけ合いで動けなくなった時に、全軍で襲う。奇襲であり、テムジン軍は崩れる。

思った通りだった。テムジン軍は崩れ、算を乱して敗走したが、テムジンの首を奪るところまでは行かなかった。代りに、膨大な戦利品を得た。

そして、留守部隊を撃破して、アウラガの集落を焼き払う。アウラガに、テムジンはモンゴル族の様々な仕組みを集めているらしく、そこを潰せば、モンゴル族の政事や交易なども大きく乱れる。

それを阻止しようと追いかけてくるテムジンは、ケレイト軍との戦とアウラガの守備の、二方向に力をとられる。

ジェジェル山に陣を取ることができた自分は、どんな戦でも可能なのだ、とトオリルは思った。テムジンを討とうと思ったのは、勘のようなものだった。テムジンはトオリルにかたちの上では忠実であったし、命令もよく守った。ただ、誇示はしないものの、モンゴル族の領地以外のところでも、さまざまに力をつけつつあった。

やがて自分より大きくなる。トオリルは、それが見えた時に、テムジンを討つ決心をした。味方でいる間に、首を奪るのが最も確実でたやすいと思った。

全軍に大きな傷を受けたテムジン軍が、二日もすれば戻ってくるだろう。

その時、テムジンは敗残の留守部隊を見る。燃えている、アウラガも見る。

そして圧倒的な軍を率いた、トオリルとむき合うことになるのだ。

馬も兵も休んでいるので、大軍の夜営地は、そうとは思えないほど静かだった。

五

鞍を載せ替えてから、テムジンは水を飲んだ。

草原は闇に包まれているが、星明りはあり、水の入った革袋も、そのかたちぐらいは見えた。

「元気のいいやつらです」

馬を見回っていたジェルメが、そばに来て言った。これまで三度替え、四度目の馬である。速歩と疾駆をくり返し、ほぼ十刻で馬を替えた。先行しているジェベの三千騎は、すぐ前にいる。

相手が誰であろうと、構わなかった。自分を遮ろうとする者を、ただ倒す。テムジンは、そんな気分で駈けていた。

「これから駈けると、夜明けにはジェベに追いつきます。三千騎は、一度しか馬を替えていませんから」

「それにしても、替え馬は見事に生きたな」

テムジンが、駅として地図に入れたものだった。そこで、馬は替えられる。モンゴル領の外でも、可能だということを、テムジン自身が証明しつつある。

ただ、まだ五、六十騎が、馬を替えられるにすぎない。

ジェベの三千騎は、ハドの部下がコデエ・アラルから連れてきた馬と替えたのだ。

「俺は、自分が吝嗇（けち）であることが、よくわかった。捨ててきた膨大な武器や馬が、どうしても頭から離れない。惜しんでいるのだな。頭で考えることと気持とは、まるで別なのだと、いやというほどわかった」

「殿は、兵を失わないことを、第一に考えられた。あの時、ジャムカ軍がいても、ケレイト軍を相手にすることはできました。ただ、兵を失いましたね」

「頭で考えたことは、ほとんど間違いはない。気持の方は、しばしば間違いを起こす。そんなことは、わかっている」

「ならば、捨てたものは諦めることです」

兵を失わない。

むき合っていたのは、ジャムカなのだ。まともにぶつかり続けたら、かなりの犠牲を出しただろう。後方からは、トオリル・カンの三万騎が迫っていたのだ。

間違いなく、挟撃というかたちだった。ただ、それはケレイト軍が敵であったら、ということだった。ジャムカは、トオリル・カンが味方で、その力を利用しようとは、絶対に考えない男だ。トオリル・カンは、そのあたりが甘い。ジャムカは、なにが起きているか確かめるために、戦場から距離をとった。トオリル・カンとテムジンが闘っていても、それを利用してテムジンを討とうとする男ではなかった。

だからテムジンは、思っていた以上に、トオリル・カンに負けてみせることができた。持っていた物の半分近くを捨てて、逃げ惑う姿を見せつけられたのだ。

「鉄が欲しいな、ジェルメ」

「ケレイトと闘って、大量の鉄を得られるとは思えませんが」

「そんなことではなく、ただ鉄が欲しい。武器を捨てた時、身を切られるようであったよ。もっときちんとしたものの中から、鉄塊を手に入れたい」

言いながら、テムジンは馬に乗った。

後方の本隊は三つに分かれていて、テムジンは三つの軍に姿を現わした。それから麾下から五十騎選び出し、ジェルメも連れて、ジェベの三千騎を追った。

駈ける。若い元気のいい馬だった。闇の中を風のように駈け、夜明けとともにジェベ軍の後ろ姿を捉えた。

ジェジェル山まで、五刻というところだろう。トオリル・カンの予測より、かなり速いことになるはずだ。本隊の方も、全軍が馬を替えるので、やはり相当予測を上回るだろう。

ジェベの軍が、並足に落としたので、テムジンはあっという間に追いついた。

「そろそろ、敵の斥候の眼にとまるあたりですが」

「いいさ、並足で進もう。もう馬を駈けさせられない、と思ってくれればいい」

「殿は、さまざまなことを考えて、戦に入られるのですね」

「ジェベ、おまえは考えないのか？」

「どうやったら勝てるかは、常に考えます。しかしそれは、戦場にいる時です」

「戦場を拡げればいい。おまえは、まだ若い。これから、それができるようになるさ」

「ならば、いまここも戦場なのですね」

「おまえが、そう思えればな」

敵の斥候の姿が見えた。

「殿、しばらく馬を休ませるかたちをとりましょうか」

ジェルメが、近づいてきて言った。

一刻ほど駈けたところで、全員に下馬を命じた。二刻の休息である。馬の力を少しでも回復させたい時は、戦場からちょっと離れてこれをやる。

馬たちは、駈けるのはこれからだ、と思っているので、首を振り、蹄で土を掻いたりしている。二刻、五十騎にはほんとうに休ませた。馬を替えながら、不眠不休で駈け続けてきたのだ。実戦の前の、貴重な休息になる。

「トオリル・カンは、ジェジェル山に、堅陣を敷いているようです。堅陣の中で、兵馬を休ませているのでしょう」

ケレイト軍は、馬を替えていない。馬の限界に近いところで、ジェジェル山に着いたものと思えた。到着が昨夕だから、一応の休息はとっている。あと丸一日休ませれば、馬は元に戻る。兵の方は、気持次第だろう。

「ジェルメ、ボロクルに俺から伝令を出せ。ケレイト軍の一万騎の別働隊に、なにがあろうと張りついて離れるな」

最も考えておかなければならないのは、ケレイト軍の一部がヘルレン河を渡り、アウラガ府に攻めかかることだ。その阻止のために割けるのは、ボロクルの五千騎だけだった。

「ジェジェル山の戦が相当優勢になるまで、トオリル・カンは渡渉を考えないだろう、と思います」

ジェベが言った。ジェルメは腕を組んで、ジェジェル山の方向を見ている。

二刻、過ぎた。

テムジンは、乗馬を命じた。全軍が、並足でゆっくりと進む。

何度も、ケレイト軍の斥候が現われ、駈け去った。

ジェジェル山が、見えてきた。

ヘルレン河を背に展開している、カサルの軍が、ケレイト軍を牽制するように、少し前へ出た。

ケレイト軍は、二万をカサルにむけ、一万をこちらにむけている。馬に鞍は載せたようだが、臨戦態勢をとっているわけではなく、こちらの出方を見ている、というところだろう。

ゆっくりと、近づいた。

カサルから、伝令が届いた。

ケレイト軍は、千人隊を基本にして編制され、十八名の将軍ないしは上級将校が指揮しているようだという。千人隊をひとつないしふたつ指揮しているということだ。トオリル・カン自身は、千五百騎の禁軍をそばに置いている。

さらに、ゆっくりと近づいた。

「よし、構え」

テムジンが手を動かすと、ジェルメが大声で言った。

速歩にあげた。先鋒に三百騎。その後方にテムジンの五十騎。二千七百騎は、ジェベが率いている。

隊列が縦列に近くなったところで、旗を出しテムジンは疾駆を命じた。

ケレイト軍の兵が、慌てている。一直線に、突っこんだ。ただ駈ける。遮ろうとした敵だけが、打ち落とされていく。

三万の軍を突っ切るのに、それほど時はかからなかった。

ジェジェル山の下りの斜面になった。ボロクルが待ち構えている。入れ替るように、ボロクルの五千騎が突っこんでいく。

テムジンは、馬首を回し、またジェジェル山にむき合った。

ボロクルが突っこんだだけの、混乱ではなかった。もっと大きな混乱が起き、ケレイト軍の陣は大きく乱れている。

別の方向から、カサルが突っこんでいた。

テムジンは、ジェベに行けと合図を出した。ジェベの三千騎も、突っこんでいく。

テムジンは、ジェジェル山の台地を見ていた。そこからこぼれ落ちるように、ケレイト兵が駈け下ってくる。まとまりはなかったが、下の草地に降りると、将校がなんとか兵をまとめようとしている。

それを、どこにいたのか、ムカリの五十騎が突き崩す。ムカリは、将校の首を狙って飛ばしているので、再びまとまる力はない。

一万騎以上が、斜面を下り、草地に散っていった。

ボロクルの軍が駈け降りてきて、散った兵がまとまろうとするのを、突き崩す。

台地の上で、カサルの軍が駈け回っていた。

テムジンは動かなかった。

二千騎の軍が、降りてくる。その軍だけは、ほかの軍とまったく動きが違った。

ひとりの後方に、まとまって二千騎。そして真っ直ぐ、テムジンにむかってきた。

テムジンは動かなかった。男。冷たい双眸。アルワン・ネク。

ボロクルの軍が横槍を入れてきたが、アルワン・ネクは数騎で突っこんでくる。

ジェルメが、テムジンの前に出た。ぶつかる。ジェルメの左腕が、浅く斬られたように見えた。

次の瞬間、アルワン・ネクの首は飛んでいた。左腕を、ジェルメは斬らせてやったのだろう、とテムジンは思った。

テムジンの前には、ボロクルの軍しかいなくなった。

「ジェルメの首が飛ばされなくてよかった。首の代りに、左腕が斬られた。それも、浅かった。それだけの動きの中で、アルワン・ネクは首を飛ばされた。見事な立合だったと思うぞ」

いくらか喋りすぎている、とテムジンは思った。

ジェルメの傷に、部下が布を巻いている。

雷光隊が、斜面を駈け降りてくる。二騎が、ひとりの人間を両側からぶらさげるようにしていた。その後方に、カサル軍の一千騎ほどが続く。

戦場が、しんとした。

なにか、周囲を圧倒するような気を放って、一騎が降りてきた。

ぶらさげて連れてこられたのがセングムで、一騎で降りてきたのが、トオリル・カン自身であることを、テムジンははじめから認めていた。

トオリル・カンの闘気は、テムジンがはじめて見るものだった。戦場の兵が動きを止めたのが、よくわかる。

トオリル・カンは、テムジンの方ではなく、セングムが立たされている方へむかった。

一騎が疾駆し、トオリル・カンと擦(す)れ違った。頭蓋から、トオリル・カンは二つになっていた。

カサルが馬を停め、トオリル・カンにむかって、一瞬だけ剣を捧げ、テムジンの方へ駈けてきた。

「これから先は追撃戦です、兄上。降伏する者は俘虜とし、抗う者はためらわずに首を打ちます」

テムジンは、ただ頷いた。

ヘルレン河の方へむかうと、二騎が渡渉してくるのが見えた。

ボオルチュとカチウンだった。

「速かったのですね、殿」

そばに来て、ボオルチュが言った。

「俺は、鉄が欲しい、ボオルチュ」

「鉄音(ズルフ)があるではありませんか。それに、西からの鉄塊も入ってきます」

「鉄が、欲しいのだ」

鉄音で生産されるものでは、足りない。西から交易で鉄塊を入れたとしても、まだ遠く足りない。

「鉄だ、ボオルチュ」

「道を作ります。軍が速やかに移動できるような道を。チンバイの地図は、かなり拡がってきて、草原の外にのびています」

「早くやれ」

「それにしても殿、ケレイト戦は、意外にあっさり終ったのですね」

「しつこく続いた戦だった。しつこく続けたので、兵の犠牲は最少で済んだ。わかるか、ボオルチュに」

「ケレイトが裏切った時から、戦ははじまっていた、ということですね」

「俺は、ジャムカとやるつもりだったが、トオリル・カンの出動を知った時、ケレイトとの戦もはじまったのだ」

「トオリル・カンの出動の時からですか。考えてみれば、殿がジャムカと闘っておられる時、トオリル・カンが出動する理由はなにもありません。ということですね」

「鉄が欲しい」

「しばらくお待ちを。落ちているものを拾ってくるのとは、わけが違います」

テムジンは、ヘルレン河に馬首をむけていた。ボオルチュもカチウンも、並んでついてくる。

「殿、私にはちょっと気になることがあるのですが」

「言ってみろ、カチウン」

「ケレイト軍の別働隊です。ジェジェル山の西側にいて、ほとんど戦には加わらず、領地の方へまとまって逃げました」

「それが反撃してくるかもしれない、と考えているのだな」

「頭のなくなった蛇だ、カチウン。殿は本隊が戻ってきたら、いくらかの兵力をケレイト領にむけられる。闘わずに投降してくる者が多いはずだ。頭であるトオリル・カンもセングムも死んでいる。アルワン・ネクもジャカ・ガンボもいない。それでどうやって闘うというのだ」

「そうですね」

「逃げている間に、兵たちが抱く恐怖は大きくなる」

ボオルチュが、テムジンの代りに語り続ける。

「その恐怖を、あの部隊は、ケレイト領の中の人々のところに持ち帰るのだ」

テムジンは、黙って聞いていた。戦はただ攻めればいい。そんな戦を続けてきたわけではない。

ボオルチュは、得意になって説明をはじめるだろう。

兵のひとりが、近づいてきた。

テムジンは、そちらの方へ馬を寄せた。狗眼のヤクだとわかったからだ。

「拘束していたジャカ・ガンボに、トオリル・カン、セングム、そしてアルワン・ネクの死を伝えました」

セングムは自分の脚で駈けて逃げようとし、矢で射殺されていた。

俘虜は一万数千で、武装を解かせ、一カ所に集めてある。

「いま、どこだ？」

「本営の隅の小屋で、縛ったりはしていません」

「わかった。会おう」

ヤクが離れ、そして先行していった。

カサルから、伝令が二度届いた。

俘虜をどう扱っているかという報告で、返事を求めてはいなかった。

テムジンはジェルメや五十騎の麾下と、渡渉した。

本営まで駈け、自室のある建物に入った。

しばらくして、従者が声をかけてきた。

ヤクが、ジャカ・ガンボを連れてきていた。

ヤクに背を押されるようにして、ジャカ・ガンボが部屋に入ってきた。

「座れよ」

部屋には、卓がひとつと、椅子が二つある。

テムジンは具足をつけていたが、ジャカ・ガンボは、軍袍だけの姿だった。

卓にむき合って座った。

「ケレイト王国は、もうないようなものだ」

「草原を統一するのだな、テムジン」

「まださ。ジャムカもいるし、旗色をはっきりさせない部族もいる」

「ケレイトを滅ぼしたことで、ジャムカについている兵は、かなり離れるだろう」

「ジャムカの軍が問題ではない。ジャムカが問題なのだ」

「なるほどな。おまえなら、そう考えるのだろうな」

ジャカ・ガンボは、従者が運んできた馬乳酒を飲んだ。

「なにか望みはあるか、ジャカ・ガンボ」

「流浪が望みだ。あてもなく、ただ草原を流れ歩きたい。そして、草原の土に還りたい」

「ふむ、おまえらしいのかな。俺は、おまえが、俺の下で働いてくれればいい、となんとなく思っていた」

「それは、できんよ。それをやれば、完全にトオリル・カンを裏切るということになる。俺は、ひとりでいるべきなのだ」

「わかっている。おまえが考えることは、はじめからわかっていた、という気がするよ。そんな男、俺にはジャムカぐらいしかいないのだ」

「フフーとマルガーシのことは、知っているよな」

テムジンは、小さく頷いた。あまり、考えたくはないことだった。ジャムカは、胸が張り裂けるような思いだろう。

ジャカ・ガンボが、革袋から馬乳酒を注いだ。テムジンも、自分の器を口に運んだ。

「俺は、羨しかったよ。おまえとジャムカの仲が。心を開き、大らかに生きることが、俺には無縁だった。まあ、仕方のないことだとは思っているのだが」

「ジャムカは、もう俺の中では、以前のジャムカではない」

「それでも、思いは残っているだろう。生き方が、違ってしまっただけなのだからな」

「そう言うなよ、ジャカ・ガンボ。俺は時々、むなしさに似たような思いに襲われる。これが生きることなのか、と自分に問いかけてしまう夜がある」

ジャカ・ガンボは、ただ横をむき、なにも言わなかった。

戦は終ってしまったので、伝令が飛びこんでくることはない。

処理はすべてカサルが指揮してやるので、テムジンにやることはなにもなかった。

「酒でも飲まないか、ジャカ・ガンボ」

「いや、俺を殺さないのなら、出発させてくれるか？」

「まだケレイトの残兵が、草原に散らばっている。おまえの出発は、二日後だ」

「そうか。なら、酒かな」

「ひとつ、約束しろ。流浪は、生きるためだとな。トオリル・カンの呪縛から解き放たれて、ジャカ・ガンボとして生きるためだと」

「そうか、呪縛か」

ジャカ・ガンボは馬乳酒を呷った。

本隊が戻るのは二日後なので、本営は静かだった。

風の通る道

一

父が、死んだ。

ブトゥが送ってきた早馬で、ボルテはそれを知った。

苦しんだのちに死んだというのではなく、酒を飲んでいて倒れたのだ。二日眠り、それで死んだという。

コンギラト族の、それほど大きくはない氏族の長だった。娘婿のテムジンが大きくなったので、コンギラト族の中で勢威を張ることはできただろう。

分というものを、心得た父だった。いや、自分をよく知っていたということか。

率いている氏族を、大きくするでも小さくするでもなく、ただ守り抜いた。

デイ・セチェンを担ぎあげよう、という動きが、コンギラト族の中にはあった。それを抑えたのが、コンギラト族の北の雄族でありいまでは最大の氏族を率いている、ブトゥだった。

コアジン・ベキは、いい夫を持った。

度量が大きいというのが、さまざまな局面で見えたが、それ以上に心やさしい男だった。テムジンと自分の孫であるヤルダムは、暖かい愛情の中で育っている。

知らせを聞き、早馬の労をねぎらい、ボルテはひとりだけで家帳（ゲル）に入った。見ている者が誰もいないところで、ボルテは少しだけ泣いた。

父が、与えてくれたものは、大きかった。

考え方によれば、テムジンをボルテに与えたのだ。

九歳でボルテと婚約したテムジンは、父イェスゲイがタタル族に殺されたので、妻となる女の家で、しばらく暮らすという習慣を途中で放り出し、母ホエルンのもとで暮らした。イェスゲイを失ったキャト氏は、タイチウト氏に呑みこまれ、テムジンは母や弟妹やわずかな古い臣とともに孤立した。

テムジンが、弟を殺して南へ出奔したのは、十三歳の時だった。

それでもテムジンを待つというボルテを、デイ・セチェンは黙って許した。何年経っても、ボルテの待つという気持は変らなかった。デイ・セチェンが示すのは、いたわりだけだった。

テムジンは一年余でキャト氏の領分に戻り、軍とも言えない小さな隊を編制して、タイチウト氏と闘いはじめた。

迎えに来たのは、それから何年も経ってからだ。その間のテムジンの苦闘は、昔からの古い臣に聞くだけだった。過ぎたことを、テムジンは語らなかったのだ。

九歳の時のテムジンと過ごして、こんな男に育つだろう、育って欲しい、とボルテはいろいろな空想をした。

数年ぶりに会ったテムジンは、ボルテのどの空想のテムジンより、深く激しい男だった。不屈であることはわかっていたが、誰も近づかせないような、熱さを持っていた。

テムジンに抱かれると、まずその熱さに触れた。すると、なにが起きているかもわからず、哭き続けた。自分が、人ではないものになっている、という気分にしばしば襲われた。そして躰がふるえた。それが悦びなのだと、やがてわかった。

躰をふるわせながら、テムジンの放った精を、躰の奥へ奥へと吸いこもうとする。

おまえは大きな女だとか、底なしの沼に溺れそうになったとか、砂の中に躰が沈みこんでいくと思ったとか、そんなことを言いながら、テムジンはもう立ちあがり、服を着ている。

ひとり残されて、躰の熱が冷めるのを待つのが常だった。

家帳を出ると、いつものように女たちの指図をした。

若い女たちが、食事の仕度をする。二十名ほどにそれをやらせ、役割が毎日変る。そうやって、すべてのことを覚えるのだ。

アウラガの本営には、長大な天幕が張られ、下には長い卓と椅子が並べられている。

兵たちはそこで食事をとるのだが、作るのは女たちの仕事とされつつある。味つけが塩だけでなく香料などが入り、畠で採れた野菜も随時入れられるので、大むね評判はいいようだ。

野菜を食べられない兵のためには、肉だけの鍋も用意してある。

ボルテやホエルンの営地は、そこで働く女たちを育てるところでもあった。

アウラガ府やその西側に拡がる工房などの食堂は、ホエルンの営地の方が近いので、そこから働きに行っている者が多い。本営と学問所が、ボルテの担当である。

養方所や薬方所の食堂は、両方の営地から選ばれた者が行き、アチの指揮下に入る。

養方所は、いま新しい建物が出来あがるところで、病と怪我の二つに分けるということらしい。そして女たちは、病人や怪我人の世話もすることになっている。

女たちを育てるのは、ボルテとホエルンの仕事で、孤児を引き取って育てるのと並んで、二人の生き甲斐のようになっていた。

はじめ、ボルテのもとにはモンゴル族の有力者の子弟が押しかけてきたが、学問所が本格的に動きはじめると、すっかり様変りした。自分が受け入れるのも、やはり戦で親を失った子供たちであるべきだ、とボルテは思う。

学問所では、有力者の子弟を集めたが、武術の調練もかなりのものらしい。黄文（こうぶん）が頭となり、教師をやる者が十名ほどいる。

アウラガには、常に隊商がやってくるが、商賈を出すモンゴルの民も出てきた。平和とは言えない。男たちは、しばしば戦に出ていく。そして、死ぬ者は必ず出る。

馬車が来るのが見えた。

アウラガ府の方から来たようで、無蓋だから、後ろに乗っている人の姿は見えた。

アウラガは、周囲の道がさらに整備され、馬車が通れるようになっていた。大抵は物資を運ぶもので、人が乗る馬車はまだ少ない。

降りてきたのはテムルンで、いつもの笑顔はなかった。それだけで、テムルンの用事がなにかわかった。

「ボオルチュに、行ってこいと言われたのですね」

「私が、行きたいと言ったのです、姉上」

「大袈裟にされることでもないのに」

「なにを言われますか、御父上が亡くなったのに」

「父は、天寿を全うしたと言ってもいい歳です。しかも、テムジン殿のいまの姿まで、まのあたりにしたのですからね。満ち足りた気持を抱いて、死んだと思います」

「そうですね。ここには、親を戦で失った子供たちも多くいることですし。姉上が、そちらに気持をむけられるのも、よくわかります」

「あなたのお気遣いは忘れません、テムルン。いつものように、女たちの働きを見ていくといい。なにもかも、人なのです。そういうことを、幼いころの私にわからせてくれたのも、父でした」

「わかりました、姉上」

テムルンが、ちょっと笑った。

「実は私は、ここへ来る前に、母上のところに寄ってきたのです。そして、これを預かってきました」

テムルンが、持っていた包みを差し出した。

受け取り、中身を見ると、腰帯にする銀の鎖だった。思わず、ボルテはそれを手でとった。

「姉上が嫁に来られる時、デイ・セチェン様から母上に、使者の口上とともに届けられたものだそうです」

「そうですか」

母がしていた、腰帯だった。母は、ボルテが十六歳の時に、病で死んだ。テムジンについては、悪いことを一度も言ったことがない。父に従って、自分を抑えたという人生ではなく、子供を育てることについては、自分の意思を貫いたのだ、とボルテは思っていた。

父は母を、深く愛していた。母が亡くなった時の父の悲しみようは、いまも思い出す。

銀の鎖の腰帯は、母の形見として父が持っていたものだった。

それを、自分も含めた両親の形見とするように、ホエルンに預けていたのか。

ホエルンが、これを直接渡そうとしなかったのも、なんとなく理解できた。

「母は、祈るとだけ申しておりました」

ボルテは、ちょっとだけ頭を下げた。

「姉上と一緒に祈る相手として、私は適任ではないか、と自分で思っています。コアジン・ベキは、すぐにここへ来ることはできないでしょうし」

ボルテの気持の中で、なにかほぐれていくものがあった。

「山の岩へ、行きませんか、姉上」

「一緒に、行ってくれるのですね」

ここから、馬で三刻ほどのところだ。バヤン・オラーン山の麓で、斜面に突き出した、大きな岩がある。

そこに座ると、天しか見えない場所がある。

ボルテは、下女に馬の仕度を命じた。

警固の兵も、従者も同行させず、二人だけで駈けた。麓までの道は、まだ馬車が通れるほど広くない。

三刻駈け、岩に登り、小石を集めて積みあげた。テムルンも、黙々と手伝った。

積みあげた石の上に、両親の形見を置いた。

父でも母でもなく、両親の形見だというのが、切なく、嬉しかった。

祈ったのは、一刻ほどのものだ。

「ありがとう、テムルン」

ボルテは、石積みを三度回った。

営地に戻ると、兵の姿があった。

ボルテは、家帳に入った。テムジンは、不織布(フエルト)の上に座っていた。

「祈ってきたのだな」

「はい。テムルンが供をしてくれました」

「うむ。俺よりはよかったかもしれない」

「母上様が、両親の形見となるものを、届けてくださいました」

テムジンは、なにも言わず、頷いた。

「俺は、デイ・セチェン殿に受けた恩義を、返すことができただろうか？」

「恩義とは、なんのことです」

「弟を殺し、出奔し、戻ってからもタイチウトに命を狙われ続けていた俺を、変らずおまえの許嫁(いいなずけ)として認めてくれ続けた」

「それは、私の意思です」

「わかっている。おまえの思いを、認め続けてこられた。これは俺にとって、大きな恩義なのだ」

「もういいのですよ。あなたもひとりで、祈ってこられたのでしょうから」

「祈ったよ」

テムジンが、ちょっと笑った。

これで父の人生は報われた、とボルテは思った。

家帳を出、テムジンは五十騎ほどの兵を率いて駈け去った。

ボルテは家帳の前に立ってそれを見送ったが、しばらくして、四男のトルイが近くに立って見送っていることに気づいた。

「父上とは話したのですか、トルイ？」

「はい。俺がお出迎えをしました。母上が山の方へ行かれたのも、話しました」

「自分のことは、話さなかったの？」

「いつ軍に入れるのか、訊きたかったのですが、できませんでした。父上がじっと見つめられたので、眼をそらさずにいるだけで、精一杯だったのです」

これから雪が降り、その雪が解ける。

その時、トルイは同じ歳ごろの男の子たちと一緒に、軍に入る。はじめは下働きで、やがて兵卒になる。

厳しい調練を積み、ひとり前の兵になっていく。それが、モンゴル族の男の道だ、と言われていた。ほかの道がないのかどうか、ボルテは時々考えることがある。

テムジンには、戦という道しかなかった。

「父上は、ケレイト王国の地も、領土に加えられました。タタル族の地も。とんでもなく広い地を、支配されています。俺など、そばに寄ることもできない、草原の王です」

ケレイト王国は、トオリル・カンと息子のセングムが戦で死に、ほとんど抵抗することもなく、テムジンにひれ伏した。

「トルイ、おまえの父なのですよ」

「はい、偉大すぎる父上です」

「私が嫁に来た時は、まだキャト氏のほんのわずかな部分を指揮する、小さな長にすぎなかった。長い闘いの末に、いまの領土を指揮しておられる。しかし、小さな時も大きくなってからも、私の夫でありおまえの父であるテムジンは、まったく変っていない」

「母上の言われていることは、わかります」

「ひとりきりであろうと、何万の軍を擁していようと、同じ人です。変ることのない人です」

「大きくなっても、人は変らないのですか」

「変ってしまったと思うなら、それは父上に対する侮辱ですよ。おまえの父であるテムジンは、決して変りません。変らないものを持っているから、大きくなれたのです」

「母上が言われたことを、考えてみます」

ボルテは、小さく頷き、トルイに微笑(ほほえ)みかけた。

父に、抱かれることもあまりない息子だった。闘っている父しか、知らないと言ってもいいだろう。

そしてこれからも、闘う父だけを見ることになるのかもしれない。

「おまえの叔父上たちも、兄たちも、それぞれに大きくなっている。しかし、ほんとうのところは、なにも変らない。それは、変らない父上を、見ているからです」

「考えてみます」

「もう行きなさい。私が言ったことを、時々でもいいから、思い出して欲しい」

「母上、決して忘れません」

トルイは兵卒がやるように一度直立し、頭を下げて駈け去った。

しばらくしてから、ボルテは営地の巡回をはじめた。

いつの間にか家帳は三百を超え、かなりの範囲に拡がっている。

三つある井戸の水が、きちんと汲めるかどうか、確かめる。いつも下女が三名ついてくるので、そんなことは素速くできた。

下女のうちのひとりは、ボルテが言ったことを、すべて憶えている係だった。

気になることを口にすると、その下女は憶えている。孤児たちがいる家帳へ行くと、ボルテの呟きは多くなる。子供は、油断できないのだ。わずかな期間で、背がのびて、着ているものが短くなる。靴が小さくなる。そんなものを、見落とさないようにする。

なにかあれば、きちんと申告するように言ってあるが、気がつけば裸足で駈け回っている少年もいる。

孤児のいる家帳は、十一あった。ひとつの家帳で、六人が暮らしている。全部で六十六人で、半数は女子である。

女の孤児の方が、悲惨な目に遭うことが多かった。だから女子のいる家帳では、時間をかけて子供たちを見る。月のものが訪れ、悩んでいる子供がいることにも、眼を配っていなければならない。

厠の汲み取りをしている、十歳ほどの少年がいた。

「どうして、そんなことをしているのです。誰かに命じられたのですか？」

「申し訳ありません、奥方様。俺はこれを、頼んでやらせて貰っています。これを、畠のそばの穴に運び、熟(こな)れさせるのです。少しずつ畠の野菜に撒いてやれば、びっくりするほど育ち方が違うのです」

畠は、バヤン・オラーン山の谷から流れてくる小川のそばで、水が不足していないからよく育つのだと思っていたが、肥料があるというのも、大きなことかもしれない。

動物の糞は、集めて乾かし、燃料にする。それも大事なことだが、人々が野菜も食するようになったら、肥料は大きな問題になるのかもしれない。

「名は？」

それを訊き、左手を挙げて名を言い、畠と肥料と言う。下女のひとりは、左手を挙げて言ったことをすべて憶えていて、五日に一度、すべてをボルテの耳に入れる。

やり方はいくらか違うが、ホエルンも同じようなことをやっている。

戦に出るのだけが男の仕事だ、とよく言われるが、ほかにもやるべきことは多くあった。そういうものを見つけるのも、ホエルンや自分の仕事だろう。

数日後、雪が降った。それは束の間の降雪で、積もりもしなかったが、冬が訪れてきたということだった。

かつては、夏と冬で移営をしていた。

いまのように、アウラガに定住ということになれば、移営が季節を教えてくれることはない。それぞれが、自分で判断して、冬仕度をするのだ。

テムジンの冬は、春を待つ静かな季節ではなく、移動のためにあるようだった。

ケレイト王国の地を、自領に加えた。そこには多くの民がいて、長たちもいる。冬の間にそこを回って、長たちと話をするのだろうということは、容易に想像できた。

タイチウト氏を併合した時、テムジンの民に対する気の遣い方は、いくらか驚くほどだった。それがあったから、タイチウト氏もキャト氏も民の間はなくなり、モンゴル族というひとつの部族になったのだろう。

モンゴル族も、すでに名だけで、他の部族も同じようになっている。ケレイト族の民も、すべての民と同じ条件下になるので、草原から部族というものはなくなりつつあるのだ。

テムジンがなにを考えているか、ボルテにはよくわからない。

ただ、いつも人間に眼をむけているのだ、ということはよくわかっていた。

ツェツェグが、営地に現われた。ダイルとアチの間に生まれた子供で、熱心に養方所の手伝いをしている。

広場の前に立っていたボルテの方へ、ツェツェグは真っ直ぐにむかってきた。拝礼したが、表情は硬かった。

「よく、アチを補佐していますね、ツェツェグ。カチウンから聞いています」

「カチウン殿も、暇があると養方所へ来ますが、テムゲ殿も軍務の合間によく見えるのです。ちょっと怪我をしてとか言われて」

ツェツェグのことは任せる、と以前テムジンに言われた。アチよりも自分が判断した方がいい問題だ、とテムジンは考えたのだろう。

「話したいことがあるのでしょう。聞きましょう。家帳へどうぞ」

ボルテの家帳にツェツェグはついてきた。

「母上の仕事の補佐がつらいとか、そんなことなのですか？」

「母の仕事の補佐は、いま以上にやらなければならない、と思っています」

「わかりました。いま思い悩んでいることを、はっきりと伝えなさい」

「テムゲ殿のことで、困っています」

ボルテは、悩みがなにか、ほぼ見当をつけた。

「テムゲは、私の義弟です。なにか不埒(ふらち)な振舞いでもありましたか。ならば、叱っておきますよ」

「テムゲ殿が、そんなことをなさるわけがありません。怪我をした兵たちと、いつもなにか語っておられます」

「はっきりと伝えなさい、と私は言いました。短い言葉で言ってごらん」

「テムゲ殿が、自分の嫁になってくれ、と言われました」

ツェツェグが、頬を紅潮させた。

「おまえはテムゲが嫌いで、そばにいても虫酸が走る。それで悩んで、私に相談に来たのですか？」

「違います、奥方様。私は、テムゲ殿が、テムジン様の弟であることに、戸惑っているのです」

「好きなのですね」

「でも、身分が違い過ぎます」

「なにを言っている。おまえの父のダイル殿は、テムジン殿と兄弟のようなものです」

「テムジン様は、モンゴルの地のみならず、タタルやケレイトも支配下に置かれる、草原の大守でおられます」

「それが、どうしたのです。男と女のことに、領土など関係ありません」

それでもツェツェグは、そうは思えないのだろう。これを母親に相談したとしても、アチも悩んでしまうかもしれない。

「テムゲの方から、嫁になってくれと言い、あなたも嫌ではないのですね」

ツェツェグが、大きく頷いた。

「それでは、この話は私が預かります。数日の時をいただきましょう。いいですね」

それから、養方所の話を少しした。

女たちは、怪我や病の手当てのやり方を毎日学び、それは軍の調練にも似ているらしい。

医術の方も、誰もが華了（かりよう）と呼ぶようになったアンカイが、師の桂成（けいせい）とともに人を教える立場になり、十名ほどの若者がついている。

薬方所の方も、劉健（りゅうけん）夫妻の下で男女十二名が学びながら仕事をしていて、作り出される薬も、相当に増えたようだ。

ボルテははじめ、大きな期待は持っていなかった。

考えを変えたのは、ベルグティを見てからだった。そこのところは、ホエルンの考え方にずいぶんと遅れていて、ボルテは秘（ひそ）かに恥じている。

いくらか明るい表情を取り戻して、ツェツェグは養方所へ戻った。暗い表情だったのは、緊張していたからのようだ。

ボルテは外へ出た。

風が冷たく、次に雪が降ったら積もるだろう、と思った。

二

追いつめていた。

すぐそばにいる。相手も、追いつめられていることは、知っている。知っているが負けるとは思わず、行きたい方へ行けないので、苛立(いらだ)っているという状態のはずだ。

ジャムカは、気配を殺すことはしなかった。

岩と、天にむかってのびる樹木ばかりの、深い森である。

追いはじめて、三日経っていた。はじめの二日は、リャンホアと一緒だった。二手に分かれるべきだと意見が一致し、分かれた。

度胸の据った女だった。道具は、弓と剣である。それよりも、単独であることをこわがらない。

冬眠する前の熊は、うまい。何度か雪が降り、足首のあたりまで積もっているが、熊の餌はまだ雪の中で見つかる。

しかし、追っているのは、灰色の巨大な熊である。ホルガナの集落の猟師たちも、その熊については及び腰だった。

いるぞ、かなり近づいたぞ。声には出さず、リャンホアに伝えた。伝わっているはずだ、と思った。リャンホアからも、なにかが伝わってくる。それは、危急を知らせるものではなかった。二方向から、追いつめている。それが相手の脅威になっているかどうかは、わからない。大事なのは、二方向からであろうと、ひとつになっているかどうかだった。

ジャムカは、五、六歩前へ出た。来るぞ。リャンホアに伝えたつもりだった。

臭(にお)いなのか、気配なのか。笹の間から、いきなり熊が立ちあがった。ジャムカは一矢射た。同時に射られた矢が、胸の近い場所に突き立っている。

熊が、荒れ狂った。その腹に、また同時に射た。リャンホアが横へ移動し、その姿が見えた。

ジャムカは、脇の岩に駈け登った。

リャンホアが、立った熊の腹に、一矢射こんだ。前脚を地についた。

ジャムカの位置は、熊の真後ろである。弓に矢をつがえ、引き絞った。待った。

熊が立ちあがろうとする刹那(せつな)、両肩の骨がわずかに拡がる。その間に、ジャムカは矢を射こんだ。篦深(のぶか)く、矢羽(やばね)のところまで矢は熊の躰に入った。

森が、静まりかえった。そんな気がした。熊が、静かになったのだ。ただ咆哮(ほうこう)していないというのではない。熊そのものが、熊のすべてが、静かになった。

四足で立ったままだった熊が、その恰好のまま横に倒れた。

リャンホアが、まだ弓を構えたまま立っていた。

ジャムカは岩を駈け降り、リャンホアの肩にそっと触れた。リャンホアは、ようやく引き絞ったままだった弓を戻した。

「よくやったぞ、リャンホア。こいつは、とんでもない大物だ、剣でやり合うことにならなくて、よかったよ」

「あたしは、ジャムカ様を信じていた」

「おまえと俺の気持は、ぴったりとひとつだったよ」

ジャムカは、懐から塩を出しリャンホアに差し出した。多分、今日一日は、なにひとつ口にしていないだろう。ジャムカも、塩をひと舐めし、それから雪を口に入れた。

「狼煙を焚くよ、ジャムカ様」

「それがいい。誰かやってくるだろう。こんなものを、二人でホルガナまで運べはしないからな」

見れば見るほど巨大な熊だった。それほど血で穢れてはいない。

笹の葉や小枝や針のような青い葉を、重ねるようにして火をつけ、リャンホアはそれをうまく毛皮で覆った。

毛皮をはずすと、煙がかたまりになって空に昇っていく。それを三度やり、あとは煙がひと条昇るままにした。

ジャムカは、焚火に小枝を足した。

二日前に獲り、腰にぶら下げていた兎を、手早く捌いた。二つにして塩を振り、炎の脇に立てた。

「あたしが作った香料があるんだ、ジャムカ様。留守の間に、森の中を探し、干して粉にした」

「おう、もう少し火が通ったら、そいつをかけよう」

「明日は、雪だね。大丈夫、明日の朝までには、家へ帰れる」

蒼い空を見あげたまま、リャンホアが言う。なにかで、天候を見きわめるのだろう。このあたりは、草原よりずっと雨や雪が多い。

二刻ほどで、兎はきれいに焼きあがった。途中で二度、リャンホアの香料をふりかけたので、いい匂いが漂っていた。

骨を火の中に吐き出しながら、兎の肉を平らげた。

猟師が二人やってきて、熊を見て声をあげた。また二人現われ、熊から矢を抜いた。矢柄(やがら)は遣えないが、鏃(やじり)は貴重なものだった。

ホシノゴが、五人連れて現われた。

「兄上、この熊はどう？」

「たまげたな。それに、矢だけで倒したのか。こんなでかい熊を、矢だけで倒したという話を、俺は知らないぞ」

「俺も知らないよ、ホシノゴ。これほど大きな熊がいるということも、知らなかった」

ジャムカがホルガナに来た時、ホシノゴは狩場から一度戻ってきたところだった。村の男たちの半分が出払っていて、残っていた半分を連れて、また出かけていった。獲物は見ていない。

翌日には、入れ替った男たちが戻ってきた。

ジャムカは、リャンホアを抱いては、ひとりで森の池へ行った。なにをするわけでもなく、座りこんで水を見つめていた。ジャムカがなぜそういう様子なのか、理由は知らないまま、リャンホアは心配して毎日迎えに来た。

集落の男たちが、熊と遭遇した話をしていた。灰色で、見たこともないほど巨大だったという。男たちは、多人数でもその熊には関わりたくないようだった。

二人で獲りに行こう、とリャンホアが言ってきた。ジャムカが断るという思いは、まったくなかったようだ。

熊に食われて死ぬのも、自分らしい、とジャムカは思った。そんな自嘲をする日々だったのだ。

雪の上についた、熊の足跡を見た。闘争心が蘇るのは、単純なことでだった。そんなことがあるかと思いながら、ジャムカは熊との闘いに自分を追いこんでいた。

「ジャムカ殿、心の臓を貫いた矢は？」

「ジャムカ様の、止（とど）めの矢だよ、兄上」

「それが当たらなかったら」

「前から、あたしが止めを放った」

リャンホアが死んだと言う前に、その言葉で兄を遮った。

「これは、明日中にホルガナに着くようにします」

ホシノゴは、熊の肩と肩の間についた、小さな赤点を見続けていた。

「いまから発たれると、夜明け前にホルガナに着けます、ジャムカ殿。明日は、かなりひどい吹雪になりますから、行かれた方がいいと思います」

やはり、バルグト族には、代々伝えられた、気候を見る方法があるのだろう、とジャムカは思った。

「ところでホシノゴ、かなり大掛りな狩をしているようだが、獲物はあったのか？」

「大鹿が百三十頭というところですかね」

「ほう、そんなにか。しかし、おまえの氏族では」

「冬を越すための肉は、充分過ぎるほどに蓄えてあります。なにしろ、秋の終りに、巻狩をやりましたので」

「百三十頭の大鹿は、無駄にならないのか？」

「ジャムカ殿、われらは狩猟で生きている民です。獲物の血一滴でさえ、無駄にはしませんよ」

「しかし、百三十頭の大鹿」

「ここから北百里ほどのところに、その鹿は集めているのです。ずっと北にいるバルグト族の者が、橇を曳いて、受け取りに来るのです。今年は海獣があまり獲れなかったらしく、大鹿がなければ冬を越せないのです」

「ここより北にも、まだ人々がいるのだったな」

ホーロイが生まれ、育ち、捨てた地が、そこだった。

「大鹿が、これほど獲れない時は？」

「弱い者から、死んでいくのですよ」

それほど厳しい土地でも、人は生まれた場所で暮らそうとする。そして生まれた場所を、自分はいま失っている。

「リャンホア、帰ろうか。吹雪の中を帰るのは、かなりつらそうだ」

「はい」

「俺は帰れませんが、この熊は、内臓を別にして、明日中に送り届けます」

「これも北へ送りたいところだが」

「特別な熊です。この熊の肝の臓を、倒した者が食らわなければなりません。バルグト族の慣習ですから」

「苦胆(にがぎも)は？」

「それは、ホルガナの財産に加えられます。この苦胆ほど大きな物は、絶対に手に入りませんから、まさに砂金のひと袋ですよ」

「俺とリャンホアは、いい仕事をした、ということだな、ホシノゴ？」

「きわめていい仕事でした、ジャムカ殿」

ホシノゴが笑った。

「帰るぞ、リャンホア」

ジャムカは弓だけ持って、ちょっと熊の屍体に眼をやった。

「ジャムカ殿、黒貂を獲って、俺も帽子にしていいですか？」

「いいさ、ホシノゴ。ただ、この帽子は重たいぞ」

「俺の頭は、少し重たくなった方がよさそうですから」

ジャムカとリャンホアは、森の中を歩きはじめた。このあたりでは、冬の陽の入りは早いが、月明りがあった。

雪を踏んでひと晩歩き、吹雪が来る前にホルガナの集落に到着した。

家の中は、暖かくしてあった。

ジャムカは服をすべて脱ぎ、リャンホアに躰を拭わせた。

家の外に竈（かまど）があり、そこで火を燃やすと、熱も煙も、床の下を通ることになっている。それで、家の中の石の床が暖かいのだ。

裸のまま、寝台に潜りこんだ。すぐにリャンホアが入ってきた。三日、不眠不休で熊を追った。疲れ切っていたが、二人とも躰の芯に固いものを抱いたままだった。

媾合（まぐわ）った。それで、ようやく眠れそうだった。リャンホアは、すでに軽い寝息をたてている。

眼醒め、外に出ると、景色が変っていた。

すべてが雪に包まれている。そしてまだ、雪は降り続けていた。夕方近くなのか、集落の人間たちが、家のまわりで動いているのが見えた。

誰かが薪（まき）を足し続けてくれたのか、竈の火は勢いよく燃えていた。

「ジャムカ様、灰色の熊が運ばれてきて、解体が終りました」

ホシノゴの家の、下働きの老人だった。

「肝の臓を、薄く削ぎ切りにしたものがございます。これは、ホシノゴ様は生で食われますが、軽く炙ることもあります。食われますか」

「おう、生でいい。持ってきてくれ」

　家に入ると、リャンホアはもう起きていた。

しばらくして、木の皿に載せられた肝の臓が運ばれてきた。

これは、香料などと言わず、塩をふって生で食らうのが、一番うまそうだった。

「心の臓は、兄が戻るまで雪の中に埋められる。戻ったら、三人で食いましょう」

「そうか、俺も食わせて貰えるのか」

「ジャムカ様が、放った矢だよ。誰よりも、食っていい」

「運がよかったのかな」

「腕だね。あたしには、よくわかる。熊が立とうとする瞬間まで待って、矢を放った。あたしは、その時の熊を、間近で見たよ。熊の躰から、命が消えた」

「おまえは、ぼんやり立っていたぞ」

「その時、あたしも死んだような気がしたんだよ。ジャムカ様に、射貫かれて」

リャンホアが、涙を流している。なにも言わず、ジャムカはリャンホアを抱きしめた。それだけで、リャンホアは落ち着いたようだった。

　集落の人間が、広場に集まってきた。熊の肉を焼くらしい。

リャンホアも、小躍りして出ていった。

熊の毛皮が、木と木の間に、縄で張られていた。四肢を拡げられた熊は、いっそう大きなものに見えた。

少年が五、六人、その毛皮を見つめている。

「森にはまだ、灰色の熊がいる」

ジャムカが言うと、少年たちが一斉にふり返った。

「おまえら、闘ってみろ」

「灰色の熊に、殺された人を、何人も知っています。決して、殺せないと思っていました。ジャムカ様、矢だけで倒されたのですね」

「運がよかった。あれがはずれていても、リャンホアが正面から心の臓を射ることができた」

「とにかく、矢だけだった。俺たちの頭に、いままでになかった方法です」

「弓矢を鍛えておくのは、悪いことではないさ。特に狩猟の民はな」

ジャムカは、毛皮から離れ、大きな焚火の方へ行った。

天幕が張られて、降る雪を遮っているところがあって、そこに集落の長老たちがいた。ジャムカは、その席に招かれた。踊っていたリャンホアも、呼ばれた。

二人が、灰色の熊を倒した英雄だった。

運ばれてきた肉を、リャンホアはうまそうに食っている。

ジャムカは、持っていた香料を、ちょっと振った。香りがたちのぼる。長老たちが欲しそうな顔をしたので、リャンホアが自分の香料を振って回った。

酒も出された。草原の民が飲んでいるものとは、かなり違う味がする。強いところは同じだった。草原よりずっと寒いので、強い酒は必要なのだろう。

「ジャムカ様、草原でも、動物の脳は食らうのですか？」

長老のひとりが訊いてきた。

「普通に食らいます。崩れないように慎重に茹(ゆ)でて。塩すらもかけず、そのまま小刀で掬うように切って、食らいます」

「ほぼ、同じですな。肝の臓は塩、脳はそのまま。この集落では、これから香料もかけるかもしれません」

「ホシノゴが、大量の大鹿を獲り、北から来る氏族に渡しているようですが」

「そうするのは、余裕がある時だけです。われらの身を、犠牲にすることはありません」

「北の氏族は、なにかを持ってくるのですか？」

「いえ、なにも。取引ではありませんのでな。海獣が多く獲れた時、二、三頭持ってきてくれることはありますが」

「北は、厳しいのですね」

「それでも、人は生まれた土地で生き抜こうとするのです」

老人が、じっとジャムカを見つめてきた。

皺に覆われた顔の中で、眼が澄んだ悲しみを湛えている。

「御老人、バルグトの部族を、戦に引きこむことはいたしません」

「バルグト族の中には、草原の戦に加わりたい氏族もおりましょう。それを見きわめられることです」

「これから俺がやる戦は、乾坤一擲(けんこんいってき)ということになります。草原の北で闘うことはありません」

いつの間にか、雪がやんでいた。雪がやむことがわかっていて、宴をはじめたのかもしれない。

リャンホアが、また子供たちと踊っている。

雪洞にいる部下のところへ行ったのは、三日後だった。

雪洞の作り方や、馬の囲いの作り方を教えてくれたのは、集落の男たちだった。

中は暖かく、それほど湿ってもいない。

ジャムカが、よく草原の冬に作っていた雪洞とは、較べものにならなかった。冬はここで暮らすことを好む者さえいるらしい。

ここにいる部下は二十名で、伝令の役も兼ねている。

「ドラーンに、伝令。春に集まる兵力を、調べあげよ。確実な者だけだ」

草原の戦は、ジャムカは勝敗の外にいた。

味方同士のはずだったテムジンとトオリル・カンが闘い、結局はテムジンがケレイト王国を滅ぼした。

草原の情勢は大きく変ってしまい、その中心にはテムジンがいる。

いまテムジンと闘うために集まってくる者が、どれほどいるのか。

闘い方を、考えられるだけ、考えておかなければならない。ぶつかったら戦をする、という相手ではなくなっているのだ。

二騎が、雪の中を駈けていった。

ジャムカは、雪で巧みに作られた馬囲いを見て歩いた。巨大な籠が四隅に置いてあり、馬の糞がそこに入れられる。

いっぱいになった籠は、宙にぶらさげられ、風に当てられる。それですぐに乾き、燃料になるのだ。

「集落の者が、草原へ続く道を教えてくれました。夏とは違う、雪の少ない道なのだそうです」

「なるほど、そんなものか」

「なにか、この集落には、よくして貰っている、という気がします」

いくつも並んだ雪洞は、集落から五里ほどのところにあった。集落とを繋ぐ踏み跡が、雪の中にある。

「躰は鍛えておけよ」

あまり意味はないと思いながら、ジャムカはそう言った。

三

明りの入った建物が、並んでいる区域だった。

ダイルは、一軒の宿に入った。

大同府の蕭源基を見舞った旅で、途中で商隊を編制し、馬車を三台連ねていた。馬車と部下たちは、中興府の郊外である。

中興府の近郊に入ってから、二度役人に声をかけられ、鑑札の呈示を求められたが、それは泥胞子が取得してくれた、正式な鑑札だった。

鑑札を見せる時に、わずかな銭を握らせれば、それ以上面倒なことはなかった。

湯を運ばせて躰を拭い、布の新しい下着を着て、さらに布の着物を重ねた。

部屋は二階にあり、一階は食堂になっていた。安い宿ではない。

これから、役所で北への通行証を得なければならないので、貧乏臭い身なりはできず、草原の遊牧の民だと思われるのも、禁物だった。

ダイルは、桂魚を蒸したものと、野菜を煮たものを頼んだ。饅頭はひとつだけで、あとは酒である。

中興府は、以前は興慶と言い、ずっと西夏の都だった。つまり、澱のようなものが、溜りすぎるほど溜った城郭なのだ。

こういうところには必ず顔役がいて、挨拶を怠ったりすると、やることなすことすべてに、邪魔が入る。

ダイルは中興府に入った最初に、銀二粒の挨拶をした。小役人ではないので、銭を渡すというわけにもいかないのだ。

「ダイル殿は、魚ですか。俺は、肉にしておくかな」

大きな男が、卓を挟んで座った。チンバイであり、用心棒ということで、顔役にも知らせてある。用心棒のひとりぐらい連れていないと、ほんとうの商人かと疑われる。

「蕭源基殿は？」

「冬は越せるだろう。夏を越し、秋を迎える。そのつもりでいる、と泥胞子が言っていた」

「気持は元気なのですね」

「眼が、悲しそうに俺を見た。もう一度、殿に会いたかった、と言った。気持がどうのというのではなく、冬を越すところで終る、と自分でわかっていると思う」

「そうですか」

「おまえは、深い因縁があったのだよな」

「深いというほどではありませんが、親父の変った友だちではありました。俺も弟も、よく書肆へ連れていかれ、いやだな、と思ったものです」

「妓楼の方が、よかったか」

「親父と一緒だと考えると、そちらの方がいやかな」

チンバイが笑った。弟のチラウンは、モンゴル軍の隆々たる将軍だが、兄の方もそこそこの腕はある。用心棒にはそのあたりが適当というところか。

チンバイの仕事は、ほかにある。

「親父は、大同府で商いをする時は、どことなく嬉しそうでしたよ」

「気が合ったのだろうな、ソルカン・シラ殿とは」

「親父は、モンリク様とも気が合ったし、ちょっと変った人間と親しくなるのが、うまかったんでしょうね」

チンバイが頼んだ肉の皿が運ばれてきて、桂魚の香りを消した。

「草原では味わえない料理を愉しんでいるのに、野蛮なやつだな、おまえ」

「用心棒ですからね、これぐらいの方がいいでしょう」

「とにかく、調べるものは、調べ尽しているのだろうな」

「まあ、ダイル殿が気に入るかどうかは別として、調べはしましたよ」

チンバイが、肉を食いはじめた。顎の髭（ひげ）や鬢（びん）に、わずかに白いものが見える。自分の髪は、もう灰色になっている、とダイルは思った。アチやツェツェグに、よく言われることだった。そういうことに関して、女はただ残酷なだけだ。

あろうことか、テムゲとツェツェグの縁談が進行していた。ボルテが言い出したことだから、誰もなにも言えず、ホエルンは嬉しそうに笑っていたという。

止めるならテムジンだが、そういうことには一切口出しはしない。

ダイルは、テムゲの岳父になるのがいやだった。それ以上に、テムジンに親戚扱いされるのがいやだった。なにか、ただならぬことのような気がする。テムジンという男と、親戚になれる男などいない、とダイルは思っていた。

チンバイが、肉を食い、酒を飲み続ける。声が大きくなってきた。目立とうとしているのはわかったが、ダイルは面倒になってきた。

「どの部屋にいるのだ、チンバイ？」

「俺が、こんな豪勢な宿に泊れるわけがないでしょう。むかいの、従者なんかが泊るところですよ。狭くて、寝台のほかにはなにもなくて、天井が低くて」

「そして、暖かい」

「そうなんですよね、冬は」

「夏は、暑くてやりきれないそうだ」

「それぞれに、役割というのがあるしなあ。しかしダイル殿、なぜ、こんなことをやろうとしているのです。ヤクの部下にでも任せておけばいいことでしょう」

「殿が、新しいところに踏みこまれる。そこに立ち会うのは、どう考えても俺ではないか」

「全員が、立ち会っているのです、ダイル殿。昔から殿の下にいた者は、全員」

「それはそうなのだが」

「そうですよね。昔から殿の下にいた者は、ほんのわずかです。ひと握りだな」

「殿は、ケレイト王国を併合される。モンゴル族に加えて、タタル族、ケレイト族だ。この冬の間に、ケレイト族の氏族の長などと、殿は会い続けておられる。春には、完全なかたちで併合が決まり、ボオルチュの仕事がはじまる」

　桂魚を食い終え、ダイルは酒を飲みはじめた。

　またツェツェグのことが、頭に浮かんでくる。ボルテが進めている話となれば、誰にも止められない。それにツェツェグの方から言い出したことではなく、テムゲの方から申し込んだのだ。

テムゲは、テムジンに、暇がある時は養方所へ足を運び、戦で怪我をした者たちと話せ、と言われていた。それで、しばしばツェツェグと顔を合わせることになった。

ダイルには、なにひとつできない。介入する隙もない。もともと、父親らしいことは、なにひとつしてこなかった。

自分がほんとうに、この縁談をいやがっているのか、時々、考えこんだ。テムジンと親戚になるということが、ひどくこわいことは確かだ。忠実な部下でいたい。その思いが、縁談そのものをいやだと感じさせているのかもしれない、という気もする。

とにかく、このあたりを逃げ回っていれば、収まるところに事は収まる、と自分に言い聞かせている時が一番多い。

「大きな敵と言えば、ナイマン王国になりましたね。しかし俺は、ほんとうはメルキト族ではないかと思っています」

「メルキトとは、闘わないという気がする。メルキトは、いずれ殿に降る」

アインガというメルキト族の族長は、戦に非凡なものを持っているようだが、思慮は闘いをきわめることではなく、民の安寧の方にむいている。それを守るために、しっかりした武力を持つべきだ、と考えているようだ。

これは、メルキト族の動静を探っている、狗眼のヤクが感じていることだった。

アインガは、なにかを待っている。

ダイルは、そう感じていた。本人を知りはしないが、メルキト族全体の構えは、ただ待つというものだった。時が過ぎるのを、待つ。敵が目前に現われるまで、待つ。草原が、平穏になるのを、待つ。

そして、待つのがどれほど難しいかも、感じているだろう。

盟友のジャムカともう一度組んで、部族の存亡を懸けるか、テムジンに降り、メルキト族をないものにするか。

両方を睨みながら、アインガは黙してまだ動かない。

翌日から、ダイルは剣を佩いたチンバイを従え、中興府の中を歩き回った。金国にいる契丹人の商人を装っていて、商いの鑑札なども正式なものである。

役所で、何カ所も回らなければならないのは、仕方のないことだった。役人たちが、わずかな銭を懐に入れていく。ただそれに時と手間は費せないので、最終の権限を持っている者を見つけ、銀の粒で話をつける。

それをやりながら、同時にチンバイが調べあげている人物と会い続けた。

西夏には、北部に優秀な鉄山が多くあり、高炉を持っていて、鉄塊を作っている者もいる。

鉄山を所有していて、高炉も持っている。会ったのは、そういう人間である。もともとは国がやっていたことだが、民間に徐々に移された。それも、役人との癒着が生んだことだろう。

鉄山の所有者と、買収の話をする。相当の高額の提示をする。鉄塊は、原則として国に買上げて貰うことになっているので、儲けは小さく、しかし闇で流せば、かなりの利を得られる。ただ、闇で流すために、役人たちを抱きこむことが、相当に煩雑な仕事になり、うんざりしている所有者もいる。

五日の間に、十六人の所有者に会い、そのうちの半分が、鉄山や高炉を見ていい、と許可状を出してくれた。

実際に見なければ、手付けの銀も出せない、という言い方には、説得力はあるだろう。出したのは挨拶料として、銀二粒である。

馬車に酒の甕を満載して、北へむかった。

河水からは、離れる。暴れ河で、しばしば溢れ、思わぬところに沼や湿地があるからだ。

北へむかい、一日に八十里進む。地形が険しくないので、難しいことではなかった。

全員が騎乗で、馬車の後方に替え馬を二頭曳いている。

途中で、何度も軍に止められる。積荷の酒を欲しがる。一切、妥協することはなかった。中興府の命を受けて、鉱山に酒を運ぶ隊商だ、というかたちになっている。そんなものには、手を出さないのが無難だ、とみんな考える。

九日目に、山地に入った。ここからは、ますます河水が遠くなる。

「ありましたぜ、ダイル殿」

鉱山があり、高炉もあった。そこだけが、違う場所のように、人の姿が多い。

ダイルは、そこを差配している者に会い、もしかするとここを買い取るかもしれないと伝え、鉱山の中を見て、鉱石を溶かす職人や設備を見た。

酒は売り物で、しかもこのあたりではとんでもなく高価だが、職人の頭株の者たちには飲ませてやった。鉱山でも買い取ったが、せいぜい甕五つというところだった。

職人たちにだけは詳しく話を聞き、なにがあろうとこの場を動かないでくれ、と伝えた。なにが起きるのか職人たちは想像できないようだったが、ここを離れたら、生きていく場所がないと言い、設備がなくならないかぎりいるつもりにさせることができた。

そんなふうにして、陰山（いんざん）山系と呼ばれる山地に点在する鉱山を、いくつも回った。

酒は、ほとんどが売れ残った。

目星をつけた三つの鉱山のそばに小屋を建て、部下を五名ずつ置いて、酒場をやらせることにした。酒場で、多少は職人たちを引きつけておけるはずだ。

ダイルは、河水のそばまでチンバイと南下し、船に乗って金国側へ行った。

「やっぱり、大同府へ行きますか？」

「行くさ。泥胞子に頼んでいることが、できあがるころだ」

「泥胞子殿がやることより、俺は蕭源基殿に会いたいですね」

「済まん。今回だけは、スブタイの城砦へ行ってくれないか」

「わかってますよ」

スブタイが、二千の軍を編制する。それは全軍になるので、あと一千を徴集して、城砦の留守部隊を作るのだ。兵を集めるところから、すべてチンバイが指揮する。

南北に分かれた。

この地域にも、すでに駅になるべきところが作ってあり、馬ぐらいなら手に入るようになっていた。

大同府にむかって、駈けた。

特に急いだわけではないが、三日で大同府に到着した。

「頼まれたことは、少しずつやっているよ、ダイル」

「そうだろうな。わざわざ、確かめに来ることでもない」

ダイルは、うつむいた。

「会うか？」

「どんな具合だ」

「時々、意識は鮮明になる。さまざまなことを問いかけられ、私は即座にそれに答えなければならない。考える余裕もないぐらいに、めまぐるしいぞ」

時々そうだとしても、ふだんは混濁しているのかもしれない。

自分が、蕭源基に会いたくてここへ来たことが、ダイルには後ろめたかった。ただ、いまはまだ雪解け前で、みんなが思い思いのことをやっている。

アウラガ府に戻ると、すぐに縁談の話に巻きこまれるだろう。自分がいない間に、すべてが決まってしまえばいい、とも思っていた。

「行こう」

泥胞子が言い、裏庭から建物の方へむかった。塡立（てんりつ）がいて頭を下げたが、なにも言わなかった。

部屋に入ると、寝台で眼を閉じている蕭源基が見えた。もういい、と泥胞子の肩に手をのばそうとしたら、蕭源基の眼が開いた。

「陰山からの戻りか？」

「はい」

思わず、背筋がのびた。自分が陰山に行ったことを、なぜ知っているのか考える余裕もダイルにはなかった。

「陰山は、殿がいま最も欲しておられるものだ。確実に、ものにせねばならんぞ」

「わかっております。夏に、二千の軍が陰山に入ります。あの一帯にいる西夏軍も二千ですが、スブタイ自身が、自分の軍を指揮して行きますので、まず問題はありません」

「それで？」

「五つの鉱山と製鉄所を、制圧します。職人たちは、できるかぎり残して、確保できるように、一応の手は打っております」

「夏だな」

「その鉱山や製鉄所が、再び西夏の手に戻ることはありません」

「殿はいつ？」

「夏には、無理だと思います。次の年の春、そんなところだろうと」

「間に合わぬな」

「えっ」

「わしは、もう死ぬ。それが、はっきりとわかる。仕方がないな。赤牛の時から、殿をずっと見てきた。これ以上見たいというのは、傲慢であるか。いや違うな、贅沢というやつだ。分を過ぎた人生だった。だから、死ぬのが惜しくなってはならんのだ」

蕭源基の眼が、ダイルにむけられた。

「陰山で間違えるのではないぞ、ダイル。あそこから、新しいものがはじまる」

蕭源基の眼が、閉じられた。

眠ったようだった。

部屋の外に出てはじめて、泥胞子が泣いていることに気づいた。

「旦那様には、なにひとつ言っていない。西夏のことも、陰山のことも」

ではなぜ、と言い返すことはできなかった。

死ぬ前の人間の、鋭さ。人間離れをした洞察。それに、泥胞子は涙を流したのか。いや、その洞察で、遠からず蕭源基が死ぬということを確信して、泣いたのだろう。

建て増しをした書肆の棚には、隙間なく書物が並んでいた。

蕭源基が棚に並べる書の順番を決めるのは、嘘のように早かったのだという。

蕭源基のすべての書が、いまここにある。

「なんという人だ」

ダイルは呟いた。

泥胞子は、なにも言わない。沈黙が、ひどく重い。

塡立が、酒甕と器を持って入ってきた。

「飲みませんか」

「昼間からか、塡立」

言ったが、ダイルは器に手をのばしていた。

「気の利かないやつだな。肴はなにもないのか」

泥胞子が言った。

「炙った魚の干物が、いま届きます」

「旦那様の好きな肴だ」

「それしかなかったのですよ、泥胞子殿」

言って、塡立は三つの器に酒を注いだ。

四

草が燃えている。

北にある、ヌオの牧にいたテムジンのもとへ、泥胞子が単騎で現われた。

それを見ただけで、なにが起きたのかテムジンにはわかった。

馬を降りた泥胞子が、歩み寄ってくる。

「トルイ、泥胞子殿だ」

「はい」

トルイが直立した。

この四男は、なにかあると直立したがる。軍に入るという、気負いもあるのだろう。

「あの人の死が、やすらかなわけがないな、泥胞子殿」

「テムジン様を、昔の名で呼ばれました。それから、『史記本紀』の冒頭を、暗誦されました。朗々と、しかしその声は次第に小さくなり、消え入り、それから眼を見開くと、呵々大笑されました」

「笑われたか」

「旦那様らしい、と思います。面白かったぞ、赤牛のおかげだ。愉しみ尽すには、寿命では足りなかった。そう言われ、眼を閉じられました。まこと、自分の生を閉じるように、眼を閉じられました」

「わかった。酒でも飲もう」

黄帝か、とテムジンは思った。伝説上の帝である。帝を表わす色が黄色だったので、黄帝と呼ばれた、とも言われている。

なぜ『五帝本紀第一』なのか、深くは考えなかった。はじめから暗誦し、途中で何度も生き直し、最後まで暗誦するつもりだったのかもしれない、とテムジンは思った。それは、いかにも蕭源基らしい。

「酒を頂戴する前に」

泥胞子が、軽く頭を下げた。

「一刻でいいのです。ともに草原を駈けていただけませんか。旦那様が、最も欲しておられたことです。私が代りをするのは気がひけますが、蕭源基の魂を抱いて、駈けます」

「駈けよう。元気な馬を、用意させる。遠くから、麾下の兵がついてくるのはどうしようもないのだが、できるかぎり見えないようにさせよう」

「側(そば)には、誰か」

「こいつだけでいい。トルイという。俺の四男だ」

「御一緒に、駈けさせていただきます」

泥胞子は、トルイに頭を下げた。トルイは慌てて、頭を下げかえしている。

ヌオの牧に来たのは、軍に入るトルイに、新しい馬を選ぶという名目だった。それならば、コデエ・アラルの方が正しいのだが、ハドから、ヌオがもう長くないと聞かされていた。息子たちの最初の馬は、全部、ヌオが選んだ。それを選ぶことが、ヌオは誇らしそうだった。息子たちもまた、ヌオ隊長と呼んで慕った。

上の三人は、すでに軍に入って任務がある。これから入るトルイだけを、同行させた。

すぐに、泥胞子が乗る馬が曳いてこられた。

「いい馬だぞ、泥胞子殿。颯のように駈ける」

「テムジン様の馬は、颯(サルヒ)という名なのですか?」

「いつも乗る馬の名は。戦では、何頭もの馬に乗る」

「この馬に、名をつけてかまいませんか?」

「風来(ふうらい)か」

「憶えておられましたか」

「名づけ方が、いかにも蕭源基殿らしい、と思ったものだ。並んで駈けるぞ。その馬は、泥胞子殿に差しあげよう。いや、蕭源基殿の魂に。魂が、俺の草原を疾駆する。そう思うことにしよう」

乗った時、テムジンは駈けていた。泥胞子も、すぐに並んできた。

燃える草。陽光。空の色。そして風。

歓喜と慟哭(どうこく)が、同時にあった。

なぜ、蕭源基に会ったのか。会えたのか。なぜ、受け入れられたのか。金国での時の刻みは、蕭源基がすべてだった。

二刻、疾駆した。それで戻り、鞍を降ろして、馬体を、よく乾かした羊の薄皮で拭った。それから、塩を舐めさせ、水を飲ませた。両掌で掬った水を、二頭とも音をたてて飲んだ。

ずいぶんと遅れて戻ってきたトルイが、直立したまま泣いている。

「酒にしよう、泥胞子殿」

「その前に、もうひとつお願いがあるのです。よろしいでしょうか?」

「いいさ」

「旦那様が亡くなられました。私と塡立は、テムジン様の臣にしていただきたいのです」

「大同府にいる、旧(ふる)い臣だと思うことにする」

泥胞子が、頭を下げた。

建物に入り、卓を挟んでむき合うと、酒と、煙を充分に当てた猪の肉を、従者に命じた。

「スブタイは、もう動いているはずです、殿。二千騎を、二百騎ずつに分けて、陰山山系の北麓にいます。やがて、密やかに陰山の中に入ります。チンバイが作った、詳しい地図があります。西夏の軍さえ、持っていないような地図です」

従者たちが、酒肴を運んできた。その中にトルイが入っていたが、テムジンは声をかけなかった。一緒に駈けて、遅れるだけ遅れた。それを、ただ恥じていればいい。

陰山のことについては、ダイルに任せていた。

ダイルは必要以上と思えるほど、西夏をめぐり、陰山を走破し、大同府にもしばしば行っていた。

二度、アウラガに報告に戻ってきたが、二日ほどでまた出かけている。

アウラガでは、ダイルの娘のツェツェグとテムゲの、縁談が進んでいた。やっているのがボルテだから、それは確実に進んでいた。

ダイルは、縁談にどうむき合えばいいか、わからないのだろう。

テムジンの親戚になるより、臣の方が気が楽だ、と考えているふしもある。アチは、ボルテと母親同士のようになることを、喜んでいる。

もともと、テムゲをけしかけたのは、テムジンだった。しかし、そうしたのだということは、口を拭って言わなかった。

夏には、婚礼が行われるだろう。それが終るまで、テムジンも女たちとあまり話したくなかった。

「陰山のことは、周到に進められる、と私は思います」

「泥胞子にも、仕事があったのではなかったのか」

「私の仕事は、軽いものですが、それなりに意味を持つと思っています」

陰山に、スブタイの軍が入る。陰山駐屯の西夏軍を追い払う、というかたちになる。

中興府の西夏朝廷は、陰山奪還のための軍を整えるだろう。しかし、進発させない。中興府の近辺の城郭で、看過できないような叛乱が起きるのである。

ダイルはそれを空騒ぎを起こすと言ったが、軍が制圧にかかれば、実体は霧のように消えてしまう叛乱だった。軍が引き揚げれば、また騒ぎが起きる。

そうやって、冬まで軍を止め、時を稼いでくれればいい。空騒ぎをやる連中を、泥胞子が少しずつ集めているのだ。

ひとつの騒ぎに、五十名。その前に、城郭には官に対する不満を埋めこんでおく。それで、騒ぎに乗ずる人間が、二、三千名は集まる。そういう騒ぎが、同時に三つ起きるのだ。

早く陰山を奪れ、というのはテムジンの強い要求で、ダイルはその意味をすぐに理解した。

鉄は決定的に不足している、とテムジンは思っていた。一刻でも早く、自分で鉄塊を作り出す能力を高めたかった。

鉄音（ズルフ）では、産出される鉄鉱石が少なくなり、交易で西域から運びこんだ鉄塊を、武器などに加工するのが、大きな仕事になりつつある。

無理をして交易で入れる鉄塊は、自力で鉄塊を作り続けた身としては、とてつもなく高価に感じられた。

陰山を手に入れれば、もう交易に頼る必要はない。今年の実行を、テムジンは望んだ。しかし、西夏と本格的な戦はできない。

ナイマン王国のタヤン・カンが軍を集め続けていて、それは六万騎を超えていた。タヤン・カンは、タタルやケレイトの残兵、メルキト族の好戦派、反金のコンギラト族など、草原の反金国派を糾合している。さらにその背後にいる西遼が、兵を出すのか、あるいはなんらかの援助をするのか。

とにかく、テムジンはいま、草原を動くわけにはいかなかった。

「みんな、ほんとうのところ、必死です。めずらしく、殿が急いでおられるので」

「なんとしても、もっと鉄が欲しい。それも、すぐにだ。多少の無理があることはわかっているが、いまはそういう時機なのだ、と俺は捉えているのだよ、泥胞子」

「殿は、お待ちになればよろしい、と私は思います。陰山に関してですが」

来年まで、西夏は陰山に軍を送れない。テムジンが望んでいるのは、それだった。

鉄がどれほど大事で、思いのまま手に入れるのがどれほど難しいか、骨の髄に叩きこまれている。鉄のために生きられるかどうかが勝敗を分ける、と若いころから本気で考えているところがあった。

「鉄は、すぐに鉄塊を作りあげなければ、急ぐ意味はないからな」

「ダイルは、人というものを、よく知っています。商人として陰山に運んだのが大量の酒で、売れないから仕方がない、と鉄山のそばに酒場を作ったのですから」

坑夫や職人たちの、半分以上は留める自信がある、とダイルは言った。そうなのだろう、とテムジンは思っただけだ。ダイルの話が、話だけで終ったことは、一度もない。

「おまえも、なにか考えているな、泥胞子」

「それはまあ、私にできることはかぎられておりますし」

小規模な妓楼を、いくつか作る。大同府の妓楼で修業した者は少なくなく、その者たちに差配させることができるだろう。

テムジンは、猪肉の脂身を口に入れ、酒を飲んだ。

従者が入ってきて、ヌオが同席していいか、と訊いてきた。歩けはしないのにと思い、テムジンは腰をあげようとした。四名の若い者に持ちあげられて、座った姿勢のままのヌオが運ばれてきた。

「蕭源基殿が、亡くなられましたか」

客が泥胞子だと知って、ヌオもそう察したらしい。

大同府近辺の白道坂（はくどうはん）というところで、広大な牧を営む男が、馬の交配について学びに、ヌオの牧に来ていたことがある。それは、蕭源基の依頼によるものだったはずだ。

「飲むか、ヌオ隊長」

「やめておきましょう。わしは蕭源基殿とは一度しか会ったことがありませんが、まるで息子のようにかわいがられていた、李順という男は、ふた月ほどわしのそばにいたのです。泥胞子に、意地の悪いところがあるなどという話を、よくしたものですよ」

「おい、もう酔っているのか、ヌオ殿」

「酒は、飲まぬ。もう一年近く、飲んでいないのだ。飲み続けていれば、とうに死んでいたさ。飲まずに耐えて、少しだけ寿命をのばしたので、こうしておまえとも会えている、泥胞子」

「そうだな。人は、耐えることが必要だな、ヌオ殿」

「李順は？」

「大きな牧を、三つ営んでいる。堂々たる旦那だと言いたいところだが、馬と一緒に暮らしているようなものだから、ほかの牧童たちの方が、立派に見えてしまうほどだよ」

「それでいい。わしが教えた通りに、生きている。馬を飼うなら、馬になれと言ったのだ」

「李順のそういうところを、旦那様も愛しておられた」

「蕭源基殿の息子だったが、わしの息子のような時期も、あったのだ」

さまざまな、繋がりがある。思いもしないところで出会い、お互いに認め合い、長く交わることになる。

そういうもののほとんどを、自分は知らないのかもしれない、とテムジンは思った。人には、それぞれの時があるのだ。

「ヌオ隊長、トルイが泣いていなかったか？」

「よいのですよ、あれで。馬の手入れをきちんとやってから、泣いていたのですから」

「そうか」

「トルイの若君も、もう軍に入るのですね。わしは、歳をとるはずです」

ヌオとバブガイは、キャト氏の地に戻って孤立していたテムジンのもとに、最初に集まってきた百人隊をそれぞれ率いていた。

バブガイは兵站の部隊作りに心血を注ぎ、輜重（しちょう）に工夫をこらし、船まで造りはじめた。鉄音からアウラガに下ってくる船に、二人並んで乗ってきたのは、もう三年も前のことになるのか。

ふと出会う。それは蕭源基と自分もそうだったのだ、とテムジンは思った。ふと出会い、なにかが触れ合った。

「昔、殿はひょろっとした少年だった。眼の光が尋常ではなかったが。ヌオ殿も、そう思っただろう」

「わしが知っているのは、草原に戻ってこられた時からの殿だ。堂々たる大将だ、と自分に思いこませようとしたもんさ」

ヌオが、低い声で笑った。差し出された馬乳酒の器から、ちびちびと飲んでいる。

二刻ほど、ヌオは愉しそうに語り、それから若い者たちに持ちあげられ、運ばれていった。

テムジンと泥胞子は、しばらくなにも言わず、酒を飲んだ。

「時だけが、過ぎていくのですね、殿」

しばらくして、泥胞子が呟くように言った。

テムジンは、ただ酒を飲み続けた。

翌朝、ヌオが死んでいた。

テムジンは、麾下を連れて、アウラガの本営に戻った。

ナイマン王国のタヤン・カンが、六万もの兵を集めているので、テムジン軍も召集をかけていた。ボオルチュが、召集の段階を作り、その時々で、召集をかけられる集落は変ってくる。

いまは、二万騎が集められていた。

そのすべての指揮は、カサルが執っている。

テムジンが思っている以上に、カサルは有能な指揮官だった。二万は四カ所に分かれて、幕舎を連ねている。

このところ、兵用の幕舎も、揃えられつつあった。

兵も将校も、暑さや寒さを等しく耐えるべきだ。そう言ったのは意外なことにボオルチュで、兵站部隊が、兵糧とともに幕舎も運ぶという仕組みを、すぐに作りあげたのだ。

ナイマン王国の情勢は、日々入ってくる。

テムジンはカサルと二人で、情報を整理し、分析した。

タヤン・カンが集めているのは、古い昔の軍だった。有力者が、百人隊をいくつか率いて、集まってくる。

総指揮はタヤン・カンでも、有力者の中には、自分こそが第一だ、と肚の底では考えている者もいるだろう。

「替え馬は、二頭だ、カサル」

「引き馬でなくても、いいのですね」

あらかじめ、替え馬はどこかに用意される。

二万頭を駈けさせられる牧が、旧ケレイト領の中にも、いくつか作られた。それはほとんど冬の間に準備され、同時にケレイトの長たちとテムジンの会談も、進められたのだ。

「馬は、すでに揃っています」

退屈そうな口調で、カサルが言った。

「おまえ、テムゲと話をしたか？」

不意に言われ、カサルはちょっと表情を動かした。

「いえ。なにを話したのかと、姉上が気になされます。下手をすると、俺は営地に呼び出されますよ」

「ボルテは、そんなにうるさいのか？」

「まあ、いまが大事な時だ、と思っておられるのですね」

「母上とは、話をしたか？」

「一度、営地を訪(おとな)いました。お元気ですが、ずいぶんと穏やかになられ、テムゲの結婚についても、喜んでおられました」

「俺はどうも、この手の話になると、母上もボルテも苦手でな」

「わかります」

カサルが、苦笑した。どちらかというと、テムジンよりテムゲに似ている。

「今度、テムゲと三人で、めしなど食いませんか。たまには、男同士で話をしないと」

「そうだな。おまえに任せる」

カサルにもテムゲにも、自分の弟だというだけで、相当な負担がかかっているだろう、とテムジンはいつも思っていた。

どうしようもないことでもある。

いつ原野に屍を晒してもいい、と思って生きてきただろうか。あるいは、なにがなんでも生き抜こう、としてきたか。

時によって、違っていたような気もする。

「近いうちに」

カサルは、そう言ってテムジンの部屋を出ていった。

夜、部屋の外から声をかけられた。

「入れ、ヤク」

テムジンがそう言った時、ヤクはもうそばに立っていた。

「おまえが、自分で報告に来たか」

「はい」

「見つかったな」

「と言うほど、隠れてもいませんでした。千五百騎ほどを率い、かたちとしてはタヤン・カンの下にいますが」

「いざとなると、勝手に動くか」

狗眼は、ジャムカの所在を探っていた。

冬の間は、北のバルグト族の集落にいるという話だったが、雪が深く、狗眼と同じ仕事をする者たちの介入もあって、はっきりは確認できなかった。

春になって、ジャムカのもとに集まったのは、千五百騎ということになる。

それは多いのか少ないのか、にわかには判断できなかった。まだ砂金の余裕はあるのだろうが、それで傭う軍はあまりあてにならないということも、知ったのではないのか。

拠って立つ地を持たないジャムカに、一万騎もの軍が集まってくるのは、おかしなことだった。半分は、ジャムカの人望であり、残りの半分が砂金の力だとしても、そういう軍はすぐに腐るのだ。

ジャムカの所在を捜したのは、二人きりでむかい合えるかもしれない、と考えたからだった。

結着のつけように、いろいろあるわけではなかった。殺し合うことしかできない。できれば、自分の手でジャムカを殺したかった。あるいは、ジャムカの手で殺されたかった。どれほどの軍を率いていようと、ジャムカと自分は、結局は男ひとりなのだ。

しかし、ケレイト王国を併合してから、ひとりでいることはきわめて難しくなった。

到底無理だろう、と思うしかない。ひとりきりだと思いながらも、立場はひとりきりを許しはしない。強引にひとりきりになると、そのために傷つく部下が出てくる。

「ジャムカはいまだ、人を魅きつける大将でいるのだと思います。狗眼と同じ仕事をなす、六臓党という一団がついているのですが、いまは砂金以外のもので動いているとしか、私には思えません」

「ジャムカは、そういうことをなす者たちを、あまり好いてはいなかった。それでも、魅きつける。俺と狗眼の関係は二重、三重になっていてはじめは複雑だったが、俺がいなければおまえもジャムカに魅かれただろうな」

「わかりません」

ヤクがそう言うのは、同意していることだとテムジンは思った。

それはそれで、いやなことではなかった。

五

全軍で、二万五千騎だった。

それで充分だと、兄は考えたのだ。

タヤン・カンの反金国連合は、七万騎に近い数に膨れあがっている。

おまえがやれ、とだけ兄に言われた。

それで、この戦の指揮は自分が執ることになった。七万騎を相手に、連戦というわけにはいかない、とカサルは言ったが、はじめから終りまでのすべての指揮だと、改めて命じられた。兄は、ただ戦を見ている、と言った。

五千騎を兄につけておこうとしたが、一千騎の麾下で充分だと相手にされなかった。

夏の盛り、カサルは進発の命令を出した。

二万四千騎は、相当の大軍である。兵糧や秣だけでも、兵站部隊が輜重の列を作る。

軍は六隊に分けた。

ジェルメ、クビライ・ノヤンが先鋒である。

チラウン、ボロクル、テムゲ、そしてジョチを入れた六将となる。テムジンの長男がついに一軍を率いる、と見た者が多いだろう。自分が総帥でなかったら、ジョチを入れるかどうか、微妙なところだ、とカサルは考えていた。

兄に、気を遣った。そんな必要はないとわかっていても、考えこみ、気を遣うのが、自分の悪いところだ、とカサルは思っている。

いまはテムジン領となった旧ケレイト領を、西へ進む。

ナイマン王国のタヤン・カンには、いかに大軍であろうと、国境を一歩も侵させない、という構えである。

暑い日が続いたので、無理な進軍はせず、国境から二十里の地点に到達した。

「ジェベ、六将に伝令。小さくかたまらず、大きく展開して、ゆるやかな陣を組め。隊ごとの距離も、二里はあけろ」

ジェベを、副官としてつけていた。

テムジンの二男のチャガタイ、三男のウゲディは、それぞれ百人隊を三つ率いて、ジェルメとクビライ・ノヤンの指揮下にいる。

布陣の情況が報告されはじめ、敵の動きについての情報も入りはじめる。

国境の西五十里に、七万数千騎はいるらしい。原野のすべてが軍で埋まっている、と斥候の報告にはあった。

敵は、進軍してくる気配はないようだ。大軍は、のんびりしたものだという。

敵が動きはじめたのは、六日経ってからだった。

一万騎程度が小さくかたまり、それが七隊で近づいてくると、さすがに圧倒されるような気分になった。

闘気も、満ちているようだ。

進軍をはじめて二日目に、敵は国境の川を越えはじめた。

ジェルメとクビライ・ノヤンの八千騎が突っこみ、まず越境してきた敵を蹴散らした。いくらそうしても、敵は無限にいるようで、二隊を退げ、チラウンとジョチの隊と入れ替えた。

この二人の組み合わせも、カサルはずいぶんと考えた。やらせてみるしかない、と思い切るまでに、二晩ぐらいは考えてしまうのだ。

ジョチの扱いは、きわめて難しい。テムジンからは、なにひとつ言われていないのだ。

テムゲとボロクルの隊が敵とぶつかった時は、すでに五万以上が越境してきていた。

「ジェベ、少し退げよう。速やかに十五里後退」

伝令が駈け、六隊はすぐに退がりはじめた。退がることの危険を、カサルは充分に承知しているが、こちらの動きに敵はついてこられないだろう、と判断した。ただ、十五里以上だと、敵の進軍に勢いをつけてしまいかねない。

大軍というのは、こちらも含めて鈍重なものだ。これだけの動きで、二日かかった。

カサルは、クビライ・ノヤンを呼んだ。

「威(おど)しですか、カサル殿」

呼ばれた理由が、クビライ・ノヤンにはわかっていたようだ。

「俺の麾下だけで、前へ出る。おまえは、一騎だけでついてきてくれるか」

「馬上からでも、充分威せますが、地に足をついていると、しばらく敵を恐怖の中に陥(お)とすことができる、という気がします」

「それは、現場に行ってから、考えよう」

カサルの麾下は、二百騎だった。新編制したものでなく、もともとのカサル軍だ。

「暑いですな、まだ」

「できるかぎり、風がよく通る陣を組んでいくつもりだ」

本格的にぶつかれ、という命令はまだ出していない。適当にぶつかり、犠牲は敵の半分以下にしろ、と命じてある。

兵站部隊の馬車が、一輛(りょう)ついてきた。二名乗っていて、一名はテムジンの四男のトルイだった。

「どのあたりまで、近づけばいい？」

「敵の矢が、届くか届かないところまで。カサル殿は、俺の後方、五十歩のところにいてくださ
い」

「何矢、射る気だ？」

「二十矢。さすがに、敵は俺を討とうと突っこんでくるでしょう。馬は曳いていきますので、先
に逃げちまってください」

「二十矢か」

敵が近づいてくる。近づけば近づくほど、視界は敵の姿で塞がれる。うっとうしいものをふり
払うように、カサルは空を仰いだ。雲がひと摑み浮いているだけの、碧い空だ。

「では、行きます」

クビライ・ノヤンは、馬車の荷台から矢筒と大型の弓を取り、馬を曳いて歩きはじめた。馬車
は、引き返そうとしない。

「なんのつもりだ、トルイ？」

「クビライ・ノヤン殿の弓を」

「見たいというのか。敵が突っこんできたら、馬車はあっという間に押し包まれて、おまえの首
は、あの雲のようになる」

トルイが、空を見あげ、それから御者に馬車を回させた。

クビライ・ノヤンは、正確に五十歩数えて、停まったようだ。

右手で持った弓を、頭上で大きくふり回した。両軍とも、それを見ている。こちらは全軍が見えるだろうが、敵の半数はなにも見えず、起きていることもわからないだろう。

クビライ・ノヤンが、矢をつがえ、左手で引いた。呆気なく矢は放たれたが、その音と、数騎が串刺しで落ちる姿は、まだざわめいていた戦場に、水を打つのに充分だった。

二矢目が、放たれる。敵もぱらぱらと矢を射返してきたが、クビライ・ノヤンの足もとの、かなり手前に突き立った。

四矢が放たれ、五矢目になったころ、前衛の兵がうろたえ、退がりはじめた。落ちるのは、一矢で三、四人というところだが、三、四十騎が瞬時に落とされたような感じがあった。

味方が声をあげはじめたのは、十矢を過ぎてからだ。

敵は、動揺していた。退がることで矢をかわせるわけはないが、ほとんどの兵は退がろうとしている。

二騎、突っこんできた。その姿が重なった時、躰がひとつになったように後方へ飛んだ。

味方の声が、大きくなった。カサルは、一里ほど右から、軍を飛び出して駈けてくる敵の一団を見た。五十騎というところか。

クビライ・ノヤンは、落ち着き払って矢を射た。

五十騎。いきなり、先頭から馬を落ちていった。ムカリの雷光隊が、味方の前衛から飛び出し、五十騎と馳せ違ったのだ。

クビライ・ノヤンは二十矢を射ると、ごく普通の仕草で馬に乗り、駈け戻ってきた。敵の五十騎は、もう一騎も残っていない。

「おまえを、敵にしたくはないな」

クビライ・ノヤンがそばに来たので、並んで駈けながらカサルは言った。

「これが、鉄の楯(たて)を貫けないのですよ、カサル殿。質のいい楯だと、そうなるのです」

「鉄の具足は、まとめて貫くのにか」

「殿に試してみろ、と言われたのです。貫けるやわらかな鉄もありますが、鋼(はがね)には矢が撥ね返されます」

「質のいい鋼か。兄上が喜びそうな話だ」

「まったくです。俺の矢が貫けなかった時の、殿の嬉しそうな顔は忘れられませんよ」

「鏃に、工夫はしたのか？」

「義竜(ぎりゅう)が最上の鉄だと言ったものを、これ以上はないというほど、研ぎあげていたのですが、無残に潰れていました」

兄が、鉄にこだわる理由は、以前からわかっているつもりだった。

スブタイが率いた二千騎が、陰山に入ったと聞いた時は、改めてその執念の強さを思い直した。戦に勝ちたい、というような小さな執念ではない。この世から戦を消してしまいたいというような、大きな思いだという気がする。ただカサルには、それがほんとうはなんなのか、想像できなかった。

翌日から、ナイマン軍は、さすがに猛攻を加えてきた。

束の間、本気でぶつかり、それから少しずつ後退するということを、カサルはくり返した。それでも、一日に百騎単位で犠牲は出ている。

カサルは、退がりに退がった。二十日で、四百里近く退がっていた。

そのあたりで、敵は態勢を整え直した方がいい、と考えたのだろう。あるいは、タヤン・カンは決戦だ、と思ったのかもしれない。

十里の距離を置いてむかい合い、しばし膠着（こうちゃく）した。

カサルが全軍に出した命令は、さらに退がる準備をしておけ、というものだった。

ボロクルが、文句を言いたいのか、本陣に駈けこんできた。なにも言わず、カサルはただ兵たちの眼の前で蹴り倒した。

ボロクルが、カサルを見つめ、それから撥ね起きると、かすかに頷き、駈け去った。

軍には、厳しい雰囲気がたちこめている。

カサルは、本陣にテムゲとジョチを呼んだ。

「チラウンと、うまく連係して動いているではないか、ジョチ」

「ありがとうございます、叔父上。チラウン将軍に、教えられることばかりです」

テムゲは、ちょっと訝（いぶか）しげな表情で、カサルを見ていた。

二人揃って呼ばれたことの意味を、ジョチはなにも思い到らず、テムゲは予測していた。カサルは、腕を組み、眼を閉じた。

「おまえたち二人に、厳しく困難な任務を与える。わが軍の命運が懸っている。死ぬつもりでやっても、足りないほどだ」

ジョチは眼を輝かせ、テムゲはうんざりしたような表情を隠さなかった。

「なんでも命じてください、叔父上」

「これが、たやすい任務だと思っているのか、愚か者が」

「まだ、任務の内容を、聞いておりません」

カサルは、ジョチの顔を張り、蹴り倒した。テムゲが、腕を取り、引き起こしている。

「いいか、おまえたち。敵の背後に回れ。そしてすべての兵站を断て」

「そんなことを」

言ったジョチを、また蹴り倒した。

「いいか、肉一片通すな。石酪ひとつ、敵の口にさせてはならぬ。これはたやすく見えて、至難だ。肉一片通すたびに、ジョチ、おまえの指を一本ずつ落としていくぞ」

「まあ、兄上。俺がよく言って聞かせますから。チラウンの話では、ジョチは一軍の将として、なんとかやっているようですし」

そんなことは、わかっていた。ジョチは、一軍の将以上のものにならなければならない。人に言われてなるのではなく、戦場でなっていくしかないのだ。

「兵站を断つのに、八千騎ですか、兄上」

「それはそのまま、挟撃の軍になる。ここはわれらが領内だ。これ以上、大軍が暴れると、領民にも犠牲が出かねない。それは、させてはならぬ。兵站を断つのが、これからやるまず最初の戦闘なのだ」

「七万を超える敵は、草原の各地から集まってきています。携行している兵糧もそれぞれに違い、飢える時期もまた違うと思います」

「あたり前のことを、言わなくてもいい、テムゲ」

「俺は、ジョチに聞かせようと」

「それも、余計なことだ」

「ひとつ、訊いてもよろしいでしょうか、叔父上？」

「言ってみろ」

「ここはもう、われらが領地の奥深くになります。叔父上は、ここまで敵を誘いこまれたのでしょうか？」

「それこそ、余計な質問だぞ、ジョチ。戦でどれほどの犠牲が出たか、考えてみろ。できるかぎり犠牲を少なくして、後退の戦をされたのだ、兄上は」

「では、クビライ・ノヤンの、あの弓矢は」

「見世物とでも思ったのか、ジョチ。クビライ・ノヤンに、敵の自尊心を射させたのだ、兄上は」

「もういい、テムゲ。少し遅れてはいるが、ジョチは大きな見誤りはしていない」

ジョチが、一瞬だけ、嬉しそうな顔をした。

「敵のどの方向からも二十里の間、羊一頭、タルバガン一匹でさえ、消してしまえ。それから飢えさせるまで、時がかかるぞ。ジョチ、おまえはテムゲの叔父上と二人で、地を這い回り続けなければならん」

「いま思いついたのですが、叔父上」

「言ってみろ」

「これから河の水が少なくなります。場合によっては、涸れるところもあります」

「わかった。頭に入れておこう」

それは、すでに耶律圭軻(やりつけいか)とその部下に、調べさせていた。

ほんとうなら、地図作りのチンバイの役目だが、南の城砦にいるので、耶律圭軻に頼んだ。陰山で、鉄の鉱脈を探せるかもしれない情況になり、耶律圭軻は機嫌がよかった。

地を掘ると、鉱脈ではなく水脈に行き当たることがあるそうで、涸れた河の近くにそれをいくつか見つけた。

相当な深さを掘らなければならないが、耶律圭軻の部下は、坑道を掘るのと較べれば、楽なものだと言った。

水がない地域にまで敵を引きこみ、こちらには水がある。それは大きなことだった。

ぶつかり合いは、何度もくり返すだろう。しかしほんとうの戦は、ぶつかり合いではないところにある。決戦になれば、あっさり決められるかもしれない、とカサルは思っていた。

「おまえは、もう自分の軍に帰れ、ジョチ」

「はい。どういうことができるのか、俺なりに考え、思いつくことがあったら、テムゲの叔父貴に相談します」

「ひとつ、言っておく。これは忘れるな。おまえの任務は、ひたすらつらい。耐えるのが、闘いだと思え」

ジョチが、直立し、踵を返して駈け去った。

カサルは、しばらく全軍の配置の状態を見ていた。本陣は、大抵は全軍を見渡せる場所に置く。

「大丈夫ですよ、兄上。死なせませんから」

「そうじゃない。おまえに、死ぬなよと言おうとしていたのだ」

遊牧の民が夏の営地へ移動する前に、アウラガでテムゲとツェツェグの婚礼がとり行われた。さすがに、ダイルもアチのそばで神妙にしていた。

女たちは、ブトゥとコアジン・ベキが、ヤルダムを連れて来たことを、ことのほか喜んでいるようだった。

宴会は、三日続いた。テムジンは一日で姿を消したし、カサルも二日目には本営へ戻った。ダイルは、三日とも酔い潰されたようだった。

それからすぐに、召集がはじまり、出陣ということになったのだ。

「死にません、俺は。死にたくないのですから」

「ひとつだけ、言っておく。タヤン・カンの下に、ジャムカがいる」

「アルタンとクチャルのことですね」

「あの二人は、やはり百人隊を二つずつ率いているようだ。恐らく、タヤン・カンの軍の中で、最も動きのいい百人隊で、熟練した指揮官だ。兵站線を取り戻そうとする時、ああいうやつらが働かされる」

「心しておきます」

「あの二人を見たら、逃げろ。剣が届くのなら、ためらわず、ひと言も喋らぬうちに斬れ。おまえの方から話しかけるのなど、論外だ」

「必死で、俺の首を奪りに来る、ということですね。どこかで、ジャムカをもう一度輝かせなければならないし」

「ためらわず、斬れよ」

「兄上、気にしていただいて、ありがとうございます」

「おかしな予感はしないのだ。大丈夫だと思うが」

「アルタンとクチャルは、とうの昔に、敵であったことの方が、長くなっています」

テムゲは、一度カサルを見つめると、自軍の方へむかって歩いていった。

ジェベが、いろいろと報告に来た。

コデエ・アラルから運ばれてきている、替え馬の位置、兵站の情況。

軍と軍が離れすぎているのではないか、と感じている者が、何人かいるようだ。

カサルは、六軍の位置を、眼で追った。

これから、長い闘いになるのだ。考えなければならないことは、いくらでもあった。

秋のはじめまでは、疫病がこわい。死なないまでも、腹を押さえてうずくまり、闘うことができない者がいたりするのだ。

悪い水を、飲ませないこと。それから、密集させすぎないことだ。

軍と軍。その隙間。ひとつひとつ、眼で追う。

風は、通る。どの方向から吹いてきても、全軍の中を風は通る。

すぐに決戦なら、そういうことを考える必要はない。

ここまで引きこみ、敵の兵站を断つ。テムゲとジョチは、今夜、進発する。

敵は、攻めかけてくるだろう。それをいなしながら、何度も膠着に持ちこむ。

ほんとうに、飢えるのか。

カサルは、しばらくそれを考えただけで、ほかのことに気をむけた。

テムジンは、ずっといるのかいないのかわからない。

戦は、任されたのだ。自分のやり方で闘うしかない。

草が、戦（そよ）ぐのが見えた。風が通っている。

雪が来る前に結着をつけられるか。

カサルは、それを考えはじめていた。

（八　杳冥　了）

初出　「小説すばる」二〇二〇年一月号〜五月号
＊単行本化にあたり、加筆・修正をおこないました。

装画　寺田克也
装丁　鈴木久美

北方謙三（きたかた・けんぞう）

1947年佐賀県唐津市生まれ。中央大学法学部卒業。81年『弔鐘はるかなり』でデビュー。83年『眠りなき夜』で第4回吉川英治文学新人賞、85年『渇きの街』で第38回日本推理作家協会賞長編部門、91年『破軍の星』で第4回柴田錬三郎賞を受賞。2004年『楊家将』で第38回吉川英治文学賞、05年『水滸伝』（全19巻）で第9回司馬遼太郎賞、07年『独り群せず』で第1回舟橋聖一文学賞、10年に第13回日本ミステリー文学大賞、11年『楊令伝』（全15巻）で第65回毎日出版文化賞特別賞を受賞。13年に紫綬褒章を受章。16年、第64回菊池寛賞を受賞。『三国志』（全13巻）、『史記　武帝紀』（全7巻）ほか、著書多数。

チンギス紀（き）

杳冥（ようめい）

二〇二〇年七月二〇日　第一刷発行

著者　北方謙三（きたかたけんぞう）
発行者　徳永真
発行所　株式会社集英社
〒一〇一―八〇五〇　東京都千代田区一ツ橋二―五―一〇
電話　〇三―三二三〇―六一〇〇（編集部）
〇三―三二三〇―六〇八〇（読者係）
〇三―三二三〇―六三九三（販売部）書店専用

印刷所　凸版印刷株式会社
製本所　加藤製本株式会社

ISBN978-4-08-771724-2　C0093